RAÍZES LOIRAS

BERNARDINE EVARISTO

Raízes loiras

Tradução
Camila von Holdefer

COMPANHIA DAS LETRAS

Grafia atualizada segundo o Acordo Ortográfico da Língua Portuguesa de 1990, que entrou em vigor no Brasil em 2009.

Título original
Blond Roots

Capa
Giulia Fagundes

Imagem de capa
Detalhe de *New Glarus*, de Sam Gilliam, 1984. Colagem e colografia, 75,6 × 94 cm.
Reprodução: © 2025 Digital Image, Whitney Museum of American Art,
New York/ Licensed by Scala.
Gilliam, Sam/ AUTVIS, Brasil, 2025

Preparação
Mariana Gonçalves

Revisão
Ana Alvares
Natália Mori

Dados Internacionais de Catalogação na Publicação (CIP)
(Câmara Brasileira do Livro, SP, Brasil)

Evaristo, Bernardine
Raízes loiras / Bernardine Evaristo ; tradução Camila von Holdefer. — 1ª ed. — São Paulo : Companhia das Letras, 2025.

Título original: Blond Roots
ISBN 978-85-359-4104-3

1. Ficção inglesa I. Título.

25-292933.0 CDD-823

Índice para catálogo sistemático:
1. Ficção : Literatura inglesa 823

Cibele Maria Dias – Bibliotecária – CRB-8/9427

EDITORA SCHWARCZ S.A.
Rua Bandeira Paulista, 702, cj. 32
04532-002 — São Paulo — SP
Telefone: (11) 3707-3500
www.companhiadasletras.com.br
www.blogdacompanhia.com.br
facebook.com/companhiadasletras
instagram.com/companhiadasletras
x.com/cialetras

Em memória dos 10 a 12 milhões de africanos que foram escravizados e levados para a Europa e para as Américas… e dos descendentes deles.

1444-1888

Todas as coisas estão sujeitas à interpretação: a interpretação que prevalece em dado momento, seja qual for, é consequência do poder e não da verdade.

Nietzsche

Sumário

Mapa, 11

LIVRO I

Senhor, me leve para casa, Senhor, 15
O trem das boas novas, 55
Caça, 77
Roubo à luz do dia, 78
Doklanda, 87
A Passagem do Meio, 96
Ah, Milagrinho, 116
Onde estou?, 130

LIVRO II

Origens humildes — tragédia pessoal, 138
Alguns são mais humanos do que outros, 145
Coração cinzento, 157
A salvação das almas, 168

Navegando nos mares do sucesso, 175
A traição da gentileza, 180

LIVRO III

Ah, querida carruagem, 187
Uni-duni-tê, 195
A justiça está servida (de A *Chama*), 202
Ilha Paraíso, 204
Um bálsamo em Gileade, 234
Na casa do meu senhor, 248
Fique à espera na água, 278

Pós-escrito, 305
Agradecimentos, 309

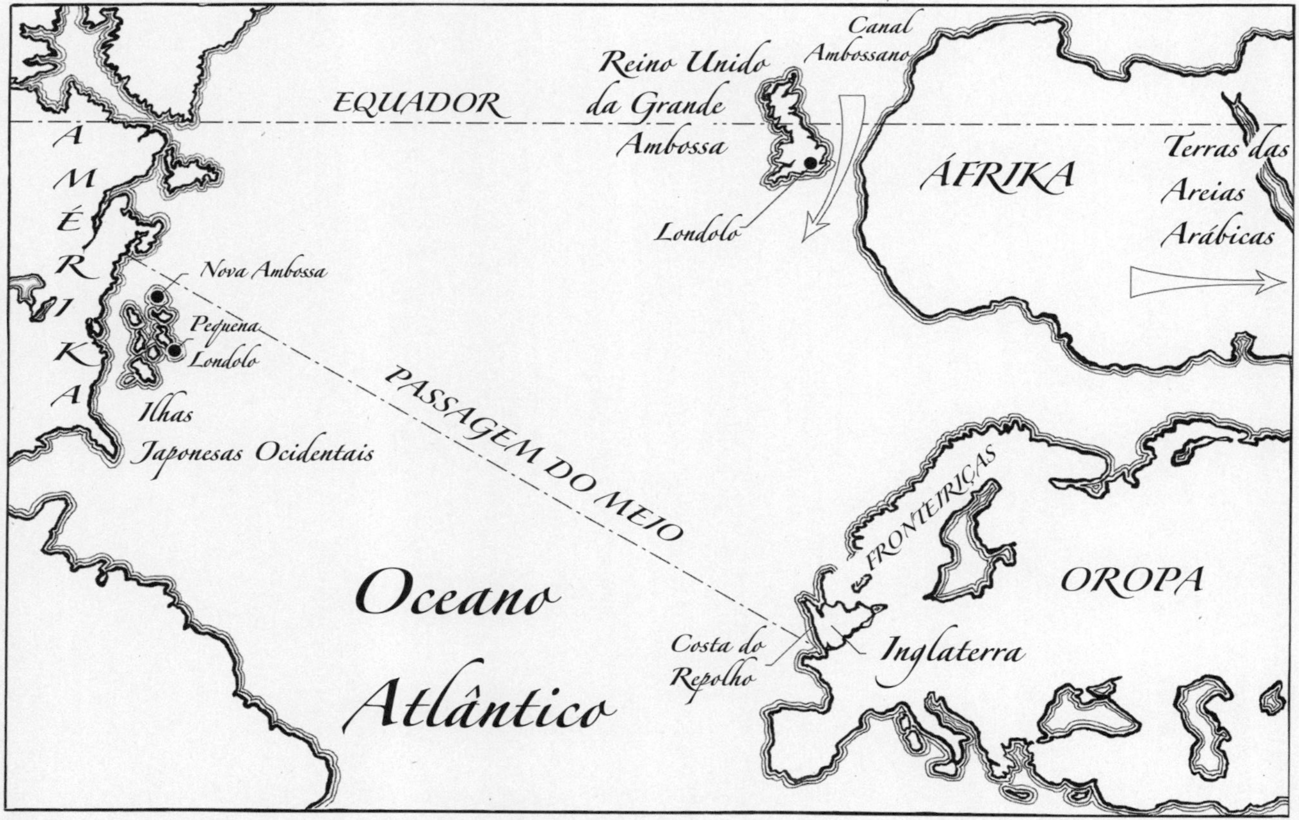
EQUADOR
Reino Unido
da Grande
Ambossa
Canal
Ambossano
Londolo
ÁFRIKA
Terras das
Areias
Arábicas
AMÉRIKA
Nova Ambossa
Pequena
Londolo
Ilhas
Japonesas Ocidentais
PASSAGEM DO MEIO
FRONTEIRIÇAS
OROPA
Oceano
Atlântico
Costa do
Repolho
Inglaterra

LIVRO I

Senhor, me leve para casa, Senhor

Então enquanto meu patrão, o Bwana, e a família dele estão fora de casa, erguendo copos de rum com coca e remexendo os quadris em festas chiques por aí, fui incumbida de passar um pente-fino nos registros contábeis no escritório dele. Já tive esperança de que a comemoração do Festivodu seria o único dia de folga do ano para nós, escravizados — mas, ah, não, é o de sempre.

Do lado de fora da janela, os coqueiros que margeiam as avenidas estão decorados com serpentinas de ouro e de prata. São altos, elegantes, esnobes como quem cresce equilibrando o precioso leite de coco na cabeça; e penduradas nas ramagens verdes brilhantes estão lamparinas a óleo tremeluzentes posicionadas em cabaças pintadas de vermelho.

A rua de paralelepípedos foi varrida ontem por conta da tempestade de areia, e os ambulantes que vendem refeições prontas foram enxotados.

Sapos e grilos fazem as vezes de um coral noturno embriagado enquanto carruagens puxadas por camelos trazem convidados de nariz empinado para as festas nos complexos residenciais vizinhos. Os homens usam cafetãs espalhafatosos, e suas mulheres, glamorosamente gordas, tentam superar umas às outras usando lenços na cabeça com estampa de pavão atados com laços extravagantes.

Todas as casas foram pintadas de branco há pouco tempo, com vitrais representando as divindades: Oxum, Xangô, Iemanjá. Esfinges de pedra protegem as varandas, e lamparinas foram colocadas em altos pedestais de mármore junto às portas — as chamas parecem dedos azuis escorregadios se agarrando ao ar pegajoso da noite.

Dos cômodos superiores das casas ressoam as batidas eletrônicas frenéticas dos jovens, e do andar de baixo vem a música suave da marimba em meio aos risos e ao falatório das pessoas que têm todos os motivos para comemorar esta época de boa vontade, pois são homens livres e mulheres livres no coração do metro quadrado mais caro já conhecido: Mayfah.

O chefe Kaga Konata Katamba I é o Bwana em questão. Ele construiu sua fortuna operando no jogo de importação-exportação, no famigerado comércio de escravos no Atlântico, até se estabelecer na vida da alta sociedade como um barão do açúcar omisso, marido em meio período, pai ausente, ser humano relativamente decente e, nem é preciso dizer, uma alma corrompida.

Meu patrão também é antiabolicionista em tempo integral, publicando discursos inflamados pró-escravidão na sua plataforma pessoal *A Chama* — um panfleto distribuído gratuitamente por toda parte.

Contra o meu bom senso, mal tinha começado a folhear a mais recente edição infame, sentindo meu estômago se contrair e minha garganta apertar, quando um bilhete dobrado foi empurrado pela janela aberta do escritório e a mão responsável desapareceu antes que eu pudesse ver a quem pertencia.

Abri o bilhete, li as palavras mágicas e, de repente, senti como se estivesse me afogando.

Dentro do crânio, ondas quebravam e retumbavam.

Soltei o uivo mais tremendo e silencioso.

Então desmaiei.

Não sei quanto tempo isso durou, talvez alguns minutos, mas quando recobrei os sentidos estava meio caída na cadeira, a cabeça tombada para a frente, o bilhete ainda na mão.

Li mais uma vez, como se através de uma película de água.

Era real e era verdade — estavam me dando a chance de escapar.

Ah, Senhor.

Depois de tantos anos na lista de espera, a coisa que mais desejava estava na palma da minha mão. Mesmo assim, foi tudo rápido demais. Fiquei ali sentada, paralisada. Milhares de "e se" atravessaram minha mente. Ao devolver minha vida à legítima dona — eu mesma —, também estaria colocando minha existência em risco. Se não tivesse cuidado ou sorte, acabaria ou no pelourinho ou no cepo.

Então meus instintos de sobrevivência entraram em ação.

Minha cabeça se desanuviou.

Estava de volta.

Rasguei o bilhete em pedacinhos. Fiquei de pé e olhei para a máscara de madeira do rosto do Bwana pendurada na parede.

E, com o dedo do meio, fiz a saudação real e apropriada para ela.

O bilhete dizia que a Underground Railroad voltou a operar após o serviço ter sido suspenso devido a um descarrilamento.

Acontecia com certa frequência, sempre que a eletricidade não podia ser desviada da estação de energia da cidade ou quando o trem quebrava devido à sobrecarga de pessoas escravizadas fugitivas querendo garantir uma carona segura para sair da cidade, para então começar a longa jornada de volta à Terra Natal.

Queria poder confiar na mensagem, porque muitas vezes havia infiltrados na Resistência que porventura entravam em ação para trair por completo células rebeldes.

Lá no fundo, eu sabia que os traficantes de escravizados nunca iam desistir da galinha dos ovos de ouro. Era, afinal, um dos negócios internacionais mais lucrativos *de todos os tempos*, envolvendo o transporte em grande escala de branquelos enviados aos milhares do continente da Oropa para as Ilhas Japonesas Ocidentais, assim chamadas porque, quando o "grande" explorador e aventureiro Chinua Chikwuemeka tentava encontrar uma nova rota para a Ásia, ele confundiu essas ilhas com as lendárias ilhas do Japão, e o nome pegou.

Então aqui estou eu, no Reino Unido da Grande Ambossa (RU ou GA, para encurtar), que faz parte do continente da Áfrika. O continente fica logo acima do Canal Ambossano. Também é conhecido como o Continente Ensolarado, é lógico, já que aqui faz um calor escaldante.

A Grande Ambossa é na verdade uma ilha muito pequena com uma população crescente que precisa se alimentar, e por isso estende seus tentáculos gananciosos por todo o mundo, roubando países e roubando pessoas.

Eu inclusa. Sou uma das Pessoas Roubadas.

É por isso que estou aqui.

O bilhete me dava apenas uma hora para chegar à estação Paddinto, agora desativada, além de instruções de como encontrar o bueiro escondido atrás de alguns arbustos por onde poderia me esgueirar até o subsolo. Lá eu seria recebida por um membro da Resistência que me conduziria pelos túneis úmidos do subterrâneo. Pelo menos essa era a promessa, e se não fosse o treinamento, tudo estaria acabado para mim.

A escravidão me ensinou que as promessas nunca vêm com garantia de reembolso, e, se reclamar com o atendimento ao consumidor, vão denunciar você para a gerência e aí você se ferra pra valer.

Mas acredito firmemente na esperança. Afinal de contas, ainda estou viva.

Os trens do metrô da cidade de Londolo tinham parado oficialmente de utilizar a rede subterrânea havia muitos anos, quando os túneis começaram a desmoronar sob o peso dos prédios. A cidade voltou aos meios de transporte mais lentos, porém mais seguros: carruagens, cavalos, carroças, camelos, elefantes, diligências e, para aqueles fanáticos pela boa forma física, velocípedes. O único meio de transporte que nós, escravizados, possuíamos era chamado de Pernada.

Mas veja bem: em algum momento um sabichão na Resistência teve uma ideia iluminada, e o metrô abandonado foi colocado em uso, permitindo que muitos saíssem da cidade altamente vigiada de Londolo e chegassem até as docas, onde davam início à longa e perigosa viagem de volta para a Oropa.

Pela primeira vez desde que me capturaram, fui capaz de considerar seriamente que talvez estivesse voltando para casa. Era possível? Ainda tinha lembranças muito vívidas dos meus pais, minhas três irmãs, da nossa casinha de pedra e do meu amado cocker spaniel, Rory. Era provável que minha família inteira estivesse morta agora, caso tivessem sobrevivido às invasões dos Fronteiriços que haviam sido meus primeiros captores.

Os ambossanos nos chamavam de tribos, mas éramos muitas nações, cada uma com a própria língua e seus velhos costumes engraçados, como aqueles dos Fronteiriços, cujos homens usavam saias xadrez sem cuecas por baixo.

Os ambossanos também chamavam a Oropa de Continente Cinzento, uma vez que o céu estava sempre nublado.

Mas, ah, como eu ansiava por aquele céu cinzento e nublado.

Como ansiava pela garoa incessante e pelo vento que avançava com força nos meus ouvidos.

Como ansiava pelos casacos de lã aconchegantes e tamancos de madeira robustos.

Como ansiava por aqueles sanduíches quentes e gordurosos e por aquela sopa espessa de abóbora que minha mãe fazia.

Como ansiava pelo fogo crepitando na lareira e minha família cantando diante dele.

Como ansiava pelo distrito ao extremo norte de onde fui raptada.

Como ansiava pela Inglaterra.

Como ansiava pela minha casa.

Tenho orgulho em declarar que venho de uma longa linhagem de produtores de repolho.

Meu povo era formado por camponeses honestos que lavravam a terra e que jamais recorreram ao roubo, mesmo quando nevava no verão ou chovia durante todo o inverno a ponto de a plantação se perder ainda no início da brotação, transformando-se em matéria orgânica.

Não éramos proprietários de terras. Ah, não, éramos *servos*, o nível mais baixo na cadeia alimentar agrícola, embora nenhum grilhão real se arrastasse pelo chão quando caminhávamos. Nem éramos propriedade de ninguém, não exatamente, porém nossas raízes penetravam fundo no solo já que, quando a terra mudava de mãos por morte, casamento ou mesmo guerra, nós íamos junto, e permanecíamos assim atrelados, geração após geração.

Algumas áreas foram cedidas a nós para uso provisório, em um acordo feito com o nosso mestre Lorde Perceval Montague (Percy, como nós o chamávamos pelas costas), o enésimo filho mais velho da família com a qual a minha tinha um vínculo praticamente de sangue. Em troca, todos os servos do sexo masculino eram recrutados como soldados de infantaria nas suas batalhas, e, acredite em mim, era uma sociedade sem lei naquela época. Se alguém quisesse invadir sua terra ou roubar seu rebanho, faziam isso por meio da força bruta, a menos que você conseguisse unir fogo à pólvora ou mobilizar um exército particular para defendê-lo, mesmo que fosse apenas um grupo heterogêneo de trabalhadores rurais despreparados.

Então trabalhávamos no nosso pedaço de terra, assim como no de Percy.

Independentemente do que fosse colhido, a metade tinha que ser entregue a ele.

Ele devia oferecer assistência aos mais pobres, mas raramente o fazia.

Cobrava por coisas adicionais, como levar a carroça para ir ao mercado ou usar o moinho para moer grãos ou o forno para assar pães, o que, se tivéssemos colheitas ruins, significava uma dívida que se acumulava às contas anuais por muito tempo.

A Mansão Montague era uma imponente pilha de placas de granito semelhantes a túmulos, emolduradas pelo céu que estremecia sob a malha de chuva diária do norte.

A mansão se mostrou uma atração irresistível para nós, crianças, mas eu era a única das minhas irmãs com coragem o suficiente para sucumbir ao encanto daquele casarão.

Uma vez, quando todo mundo estava na feira anual de verão na propriedade, enquanto minhas irmãs espiavam por entre alguns arbustos feito testemunhas covardes, me esgueirei pela pesada porta de madeira da mansão e entrei no Grande Salão cavernoso. Tentei andar na ponta dos pés, mas o som dos tamancos ecoava até o teto alto.

As paredes eram decoradas com tapeçarias de belas donzelas acariciando o chifre de unicórnios e galhadas de rena que se sobressaíam como galhos de árvores, e uma cabeça de urso enorme com os dentões salivando estava posicionada bem à frente da porta principal. Os olhos úmidos e límpidos acompanhavam cada movimento meu.

Entrei em pânico quando ouvi gemidos vindos das profundezas da terra, mudei de direção e disparei para fora, esbarrando num lobo empalhado na porta da frente, que parecia prestes a saltar e me dar uma mordida. Os gemidos deviam ter vindo das lendárias masmorras do Percy, onde ele encarcerava caçadores ilegais e prisioneiros das escaramuças dos Fronteiriços. Mais cedo ou mais tarde, seriam despachados para a longa jornada através das florestas até o próximo navio atracado na costa com destino ao Novo Mundo — é o que dizem.

Para nós, camponeses, o Novo Mundo era uma terra distante do outro lado dos oceanos, sobre a qual não sabíamos nada, exceto que ninguém queria ir para lá, uma vez que aqueles que quiseram nunca mais voltaram.

Nosso lar era a Choupana Macieira, nos limites da propriedade. Um amontoado de vigas de madeira e paredes de terra compactada. Estava infestada de insetos barulhentos. A casa toda fervilhava de pragas — desde os ninhos de vespas que surgiam no telhado de colmo até as pulgas saltitantes para quem o nosso sangue era o elixir da vida. A porta da frente dava para uma pequena saleta com piso de terra batida e uma fogueira de turfa. Dois espaços para dormir eram separados por pesadas cortinas de lã verde de ambos os lados do corredor, que por sua vez servia de cozinha.

Não tínhamos condições de ter vidro nas janelas por causa do imposto, então, com as venezianas fechadas, era sempre inverno lá dentro.

Madge, Sharon, Alice e eu dividíamos um colchão de palha. Dormíamos debaixo de uma colcha multicolorida feita de retalhos velhos, costurada por duas tias-avós que morreram antes de nascermos. Reivindiquei o meio, que minhas irmãs mantinham aquecido durante aquelas noites geladas do norte.

E ainda havia o Rory, o cachorro que estava sempre pulando e derrubando as coisas mesmo que "não fosse mais um filhotinho", como a mamãe gritava. O pé dela o lançava num salto à distância improvisado, depois do qual ele pousava com um uivo agudo, as pernas abertas de um jeito cômico.

Nosso pai e nossa mãe eram o sr. e a sra. Jack e Elisa Scagglethorpe.

Os músculos do nosso pai grudavam nele, tensionando os tendões, porque havia pouca gordura para proteger os ossos. Ele tinha uma barba cerrada que formava uma ponta fina que "não estava nem um pouco a fim" de aparar, e as bochechas estavam cheias de bolhas no lugar em que o vento implacável as deixava em carne viva. Sua coluna tinha a curvatura de uma árvore raquítica envergada para a frente por um vendaval, porque plantava e colhia repolhos desde criança.

O cabelo do nosso pai tinha o ruivo-escuro do povo dos Fronteiriços. Caía em espirais até os ombros sob o chapéu de fazendeiro de abas largas que costumava usar ao ar livre.

Antes de eu ter idade suficiente para entender, ele arregaçava as mangas da roupa de trabalho, me pedia para colocar um dedo na pulsação das veias dos braços dele e me dizia que centopeias viviam ali dentro. Eu corria gritando, com ele no meu encalço, e nós dois derrubávamos banquinhos, baldes e as minhas irmãs no caminho.

O nosso pai era apaixonado pelos repolhos, dizia que deviam ser tratados com carinho, feito crianças. O que eu não sabia a respeito de repolhos! O repolho-rei-de-janeiro era "crocante e cheio de sabor", o repolho-chato-de-quintal era verde-escuro e a couve-lombarda era um "porre porém durona". O que eu não sabia das Guerras do Repolho, quando os Scagglethorpe lutaram vitoriosamente pelos Montague contra os Paldergrave?

Odiava comer repolho naqueles dias de AE (Antes da Escravidão).

E o que eu não daria por um agora.

O nosso pai nunca se queixou de não ter um filho homem, mas todas nós sabíamos o que pensava, porque, às vezes, quando olhava para nós, a decepção era evidente.

Quem ia dar continuidade à tradição do cultivo de repolho dos Scagglethorpe?

No entanto, ele sempre deixava pra lá.

"Vamos", dizia, incentivando as garotinhas dele. "Me digam que tenho direito a um desejo."

"Qual desejo?"

"Não sejam bobas. Me digam que tenho direito a um desejo. Que vocês podem me conceder isso."

"Mas a gente não tem poderes especiais; a gente não é fada madrinha."

"É uma brincadeira, suas tolinhas. Me concedam só um desejo ou vou jogar um repolho na cabeça dura de vocês."

"Tá bom então, pai. Você tem direito a um desejo."

"Bom, vejamos então. O que é que eu poderia querer? Ah, já sei o que pedir", ele dizia, coçando o queixo como se o pensamento tivesse acabado de lhe ocorrer.

"Ver as minhas garotinhas naquelas crinolinas feitas com ossos de baleia muito caros e que aquelas senhoras lá em cima usam, alguma maquiagem bonitinha nas bochechas, pérolas em volta desses pescoços de cisne; ver vocês rodopiando nos bailes com gentis cavalheiros nos braços, sorrisos largos nos lábios e sapatinhos de cristal nos pés."

"Aaah, não seja tão sentimental", eu dizia, antes de pegar o espelho pra ver se meu pescoço era mesmo "de cisne".

Naquela noite, sonhei com uma crinolina rendada amarela com mangas bufantes. Meu vestido era tão *requintado* e minhas sapatilhas de vidro eram tão delicadas que, quando corria pelos campos com o cabelo esvoaçante ao vento, todos perdiam o fôlego ao ver como eu tinha me tornado elegante.

Então estraguei tudo ao ficar com joanetes, porque as sapatilhas eram muito apertadas, e uma delas trincou e o vidro cortou meu pé, e a dor me acordou.

O nosso pai se levantava antes que a luz do dia tivesse chutado a noite pra fora de cena. Ele voltava pra casa depois do anoitecer, e ficava carrancudo até que comesse.

Ele gostava de tomar um canecão de cerveja (só se permitia um único) às sextas-feiras à noite depois do jantar quando ia ao celeiro do Johnny Johnson na Fazenda Ninguém-Atravessa para uma "reuniãozinha semanal" com "os rapazes" — todos eles velhotes beirando os quarenta. Voltava pra casa cheirando a cevada e ervas aromáticas da cerveja, cantando uma canção obscena que a gente podia ouvir de longe, depois recuperava o fôlego enquanto se escorava no batente da porta aberta ao mesmo tempo que enchia nossa saleta de ar frio, discursando sobre como "um dia vai chegar o momento dos trabalhadores" antes de cambalear para dentro com as botas sujas de esterco endurecido e desabar na cadeira, as pernas abertas, a cabeça jogada para trás de modo que o proeminente pomo de adão se projetava e estremecia.

"Como estão os *rapazes*?", mamãe perguntava em voz alta enquanto ele roncava, sem erguer os olhos das agulhas de tricô, que produziam um clangor como o das espadas em combate.

Nunca vou esquecer da primeira vez que recebi a tarefa de levar pão fresquinho com gordura pro almoço do meu pai.

As nuvens estavam tão baixas no céu que não consegui encontrá-lo por um bom tempo, até que lá estava ele, emergindo da névoa, uma mão apoiada no forcado, olhando para o mundo feito um espantalho, e, de repente, vi como todo o trabalho pesado o havia esgotado.

Ele estava cantando, mas não uma das canções obscenas de sempre, que levavam a nós, garotas, a dar risadinhas e nossa mãe a franzir a testa. Em vez disso, parecia um dos meninos do coro da igreja cuja voz não ficou rouca e carregada de pigarro e raivosa por causa dos anos quebrando o solo congelado com pás, esvaziando baldes com merda de burro ou cortando lenha por horas no inverno rigoroso usando praticamente farrapos de juta e os pés calçando só tamancos.

Era a voz do menino dentro do homem. A criança dentro do meu pai.

O coração dele estava cheio de anseios, por algo que havia perdido ou que desejava ter.

Meu coração se desintegrou feito pão seco.

Você está indo para a Feira de Scarborough?
Sálvia, alecrim, tomilho, canela e salsão,
Mande lembranças pra aquela que mora lá,
Certa vez ela foi minha grande paixão.

No meu décimo aniversário, foi minha vez de sair em direção ao campo com os olhos vendados para colher o primeiro repolho da estação. Aos dez anos você já teria sobrevivido à varíola, à doença do suor e a quase todas as outras enfermidades que faziam as crianças partirem cedo, então era provável que chegasse à idade adulta. Se o repolho que você colhesse viesse com muita terra, significava que você ia ganhar muito dinheiro, e se não viesse, então ia ser pobre.

Naquele amanhecer de primavera, todos nós atravessamos a grama úmida e passamos por árvores que começavam a desenrolar as minúsculas pétalas dos botões de flores cor de lavanda.

Já tinha decidido minha carreira. Ia me tornar uma daquelas raras mulheres negociantes de seda, como aquela jovem Margaret Roper do vilarejo em Duddingley, pois ela partiu na traseira de uma carroça e voltou na própria charrete. Como ela, ia ser aprendiz por sete anos, depois construiria meu negócio. Primeiro teria de convencer meu pai a por sua vez convencer Percy a me deixar ir. Sabia que meu pai zombaria da ideia de uma das filhas tolinhas de se tornar uma mulher de negócios de verdade.

Isso não me desanimou.

Levaria muitos anos para pagar a dívida, mas um dia seria rica o suficiente para quitar tudo sozinha.

Tinha tudo planejado.

Assim como você tem aos dez anos.

O repolho saiu com um enorme torrão de terra preso nele.

Fiz uma pirueta, cantando "Ei, ei, ei, o gato e o violinista e a vaca saltaram por cima da lua".

Ah, então essa porcaria funcionou mesmo, não é?

Essas lembranças não iam me levar à estação a tempo.

Saí voando do escritório do Bwana feito um leopardo cafeinado e atravessei o complexo residencial às pressas, o maior da cidade. Passando pelo gramado recém-irrigado de um verde-estridente, passando pelo jardim ornamental coberto de cactos, passando pelas grandes palmeiras fartas e acolhedoras na plantação de abacaxis, passando pelos escorregadores e os gira-giras cor-de-rosa e laranja do parquinho, passando pelo cheiro adocicado dos pés de mangostão, mamão-papaia e baunilha, passando pela piscina ao ar livre com mosquitos zumbindo sobre a superfície estagnada, passando pelo cercado de camelos e, por fim, depois de tudo isso, chegando ao alojamento segregado dos escravizados, que após muita consideração tinha sido construído ao lado da área de despejo do esgoto e do chiqueiro.

Ao chegar lá, entrei na pequena cabana que dividia com minhas companheiras de quarto: Yomisi e Sitembile.

Yomisi estava na casa dos trinta, como eu. Só que nasceu Gertraude Shultz em uma fazenda de trigo na Baviera. Foi raptada por traficantes de escravizados aos dezoito anos quando voltava da igreja numa manhã fria de domingo, pegando o atalho pelo cemitério de forma imprudente. Por fim acabou indo parar em Londolo, dormindo lado a lado com esta que vos escreve. Um vínculo pouco provável: eu era a otimista; ela, a pessimista. Eu mantinha minha passagem de volta junto ao peito, sempre sonhando com a fuga; ela rasgou a dela em pedacinhos da primeira vez que foi estuprada pelos três sequestradores, logo após a captura.

Ela estava determinada a se vingar desde então.

Yomisi era a cozinheira do Bwana. Esquelética, olhos verdes, com pálpebras pesadas, era forçada a usar uma máscara de flandres na cozinha para evitar que comesse no trabalho. O aparato engaiolava o rosto dela em tiras de metal que suspendiam uma placa toda perfurada sobre a boca. Uma trava prendia essa geringonça na parte de trás.

Os lábios dela racharam. A boca ficou desidratada. A língua inchou. As gengivas sangravam.

Mesmo quando a máscara era removida à noite, ela falava entredentes.

Às vezes o Bwana vomitava a noite toda ou um dos filhos ficava com febre. O corre-corre era rotineiro. As alucinações regulares do Bwana beiravam a insanidade, e com frequência a família toda tinha erupções cutâneas tão insuportáveis que as pessoas podiam ser vistas arrancando camadas de pele com as unhas num frenesi coletivo.

Todos os dedos apontavam para algum feitiço dos inimigos do Bwana nos negócios; nenhum apontava para a cozinheira passiva, que mais parecia um graveto.

Vidro triturado.

Carne podre disfarçada com ervas aromáticas fortes e especiarias.

Fungos.

Plantas de que ela nunca daria o nome.

Era a única coisa que lhe dava prazer.

Minha segunda companheira de quarto era a jovem e animada Sitembile, que tinha um pouco mais de vinte anos. Ela gostava de lembrar a nós, simples mortais, que nasceu Princesa Olivia de Champfleur-Saxe-Coburg-Grimaldi-Bourbon-Orleans-Hapsburg num palácio na antiga terra de Mônaco. Tomada como refém numa guerra contra os franceses, foi vendida ao cativeiro quando seu pai, o rei, não quis pagar pela libertação de uma menina quando já tinha cinco filhos homens na linha de sucessão para herdar a Coroa.

Sitembile ocupava a honrosa posição de responsável pela limpeza dos banheiros, dando descarga em cerca de cinquenta vasos sanitários toda manhã antes de passar o resto do dia removendo a imundície daqueles buracos, limpando com mangueira e desinfetante de limão para deixar os insetos e moscas longe.

Quando sobrava um tempinho, e raramente sobrava, ela se sentava no nosso alpendre, tagarelando e embarcando numa conversa na própria cabeça, deixando o ouvinte a ver navios e depois se surpreendendo quando a gente reclamava que não tinha a menor ideia do que ela estava falando.

Ela se sentava ali, entrelaçando o cabelo com argila, esfregando a massa ocre na pele para escurecer sua pigmentação na esperança de ser vista por um dos mais simpáticos, mais jovens e mais bonitos parceiros de negócios do Bwana e ser levada para uma nova vida como a amante favorita. Com curvas sinuosas de uma cintura naturalmente fina, isso era bem possível.

Yomisi tentou neutralizar o entusiasmo de Sitembile com sua máxima, muitas vezes externada, de que os sonhos e as decepções eram companheiros inseparáveis.

Ajudei a esfregar argila nas costas lisas e imaculadas de Sitembile, reafirmando que os sonhos mantinham nosso espírito animado.

Nós três mulheres entramos na vida uma da outra e encontramos uma forma de ficarmos juntas.

Agora eu estava escapando.

Sem dizer uma palavra.

Nossa cabana fora construída com ferro corrugado que se tornava escaldante nas noites de verão. Não são pro nosso bico aquelas residências elegantes e frescas de pau a pique caiado espalhadas na parte mais elevada do complexo residencial, com telhados de palha de palmeira, pilares e janelas feitos com madeira dos manguezais e varanda ao redor da casa. Não, a gente ou assava ou congelava nas nossas latas encardidas, e nosso vizinho de porta era um cupinzeiro de três metros e meio de altura que a gente não ousava perturbar, já que muito provavelmente ia querer se reerguer dentro da nossa habitação.

Quando entrei na cabana, sabia que as outras estariam ocupadas em algum lugar do complexo residencial, pois nunca paramos de trabalhar. Mesmo quando parecia que todos os afazeres estavam concluídos, ainda assim a Madama Blessing, a autoritária esposa número um do Bwana, mantinha todo mundo atarefado. Diz a lenda que ela tinha sido a jovem virgem mais doce da cidade, mas que, depois de anos de casamento com o Bwana e do desejo dele de acumular mais e mais esposas para, no fim, ela ter de controlá-las, o poder lhe subiu à cabeça e ela se transformou na gárgula que todos nós conhecíamos e odiávamos.

Naquele dia, ela usava uma grossa corrente de ouro que circulava as dobras do seu pescoço e como pingente uma boneca da fertilidade Akuaba cravejada de rubis e diamantes. Era bastante ridículo, uma vez que era óbvio que ela já estava na pós-menopausa. Um anel de ouro na forma de uma cabeça de leão rosnando sobressaía das mãos bem cuidadas com unhas feitas, de modo que, mesmo quando ela tentava ser legal, você lembrava que não era. Um belo osso de marfim esmaltado atravessado no nariz e um alargador labial no lábio inferior mostravam que era uma mulher casada (como se alguém precisasse ser lembrado).

No mais festivo dos dias, ela acordou em um de seus encantadores humores matinais e ordenou que todos os escravizados disponíveis ficassem de joelhos e esfregassem a interminável extensão do seu querido piso de lajotas bege — com sabão e uma escova de unhas. Para alcançar fundo nos sulcos, ela explicou, varrendo com os olhos os pés descalços e amontoados de todos, antes de lançar os quadris e os ombros pelo corredor com toda a graça de um hipopótamo de três patas, meio cegueta e pesando mil e trezentos quilos.

Como os olhos são a janela da alma, se ela tivesse se dado ao trabalho de olhar para os nossos, teria visto um assassino segurando um machado em cada um deles.

A própria Madama Blessing tinha olhos grandes e assustados que dominavam seu rosto, e quando disparavam e se desviavam, a saída era rezar para que não pousassem em você, porque, se pousassem, seria com uma indignação chocada por um crime pelo qual você tinha que ser punido, mesmo que não o tivesse cometido. Ao mesmo tempo, ela carregava toneladas de autopiedade, o que com frequência era o caso dos nossos senhores — *eles* eram as vítimas, não a gente. Ela usava a roupa favorita feita de tecido adinkra. O pano era estampado com o desenho conhecido como *Atamfo Atwameho*, que significa "Cercada de Inimigos".

Juntei uma trouxa com minhas roupas e a atirei numa cesta, peguei uma canga e a joguei sobre os ombros. Esconderia as belas tatuagens personalizadas que corriam pelos meus ombros. Como era a moda na sociedade escravagista, o nome da minha primeira senhora, Panyin Ige Ghika — "P.I.G." — foi tatuado.

Já fui a dama de companhia da filha de P.I.G. — Milagrinho.

Ah, Milagrinho — mais sobre ela depois.

Quando o Bwana me comprou, também me tatuou com as iniciais dele — K.K.K.

Você pode imaginar ter um atiçador em brasa lhe queimando a pele? Duas vezes? A reação de choque tardia quando aquilo chia e solta fumaça, e então as lágrimas de sangue quentes escorrendo pelos braços e pela espinha?

Não tinha muito o que levar comigo. A gente não vestia quase nada por causa do calor, com o qual nunca me acostumei, nem com o código de vestimenta ambossano — as cangas com diferentes amarrações —, nem com o fato de ter que andar descalça, o que era muito desconfortável, sobretudo quando tinha lembranças tão boas de usar tamancos. Como ansiava por aquelas palmilhas anatômicas, pelo leve estremecimento quando a madeira atingia o solo firme. E ficar sem a parte de cima da roupa não é brincadeira quando você já teve três filhos e os seios balançam como duas abóboras pesadas. E não me faça falar do penteado que Madama Blessing insistiu que eu adotasse como a pessoa escravizada de posição mais elevada da casa. Meu longo cabelo loiro e liso foi enrolado em arames e ajeitado em arcos entrelaçados por toda a cabeça. Queria protestar dizendo que nós, branquelas, simplesmente não tínhamos estrutura óssea para ostentar algo do tipo. Mas ela esperava que eu tivesse uma aparência respeitável quando abrisse a porta para seus ilustres convidados e não parecesse uma coitada da Oropa. Os convidados quase sempre eram Membros da Câmara dos Governadores, o órgão governante do Reino Unido, muitos deles também proprietários de terra que haviam comprado uma cadeira na Câmara.

Todos esses pensamentos rodopiavam no meu cérebro enquanto eu vasculhava o solo arenoso debaixo do meu leito improvisado e pegava uma velha bolsinha de pele de cabra onde foram guardadas quarenta e seis unidades de búzio-moeda. Conseguira furtar uma conchinha aqui e outra ali ao longo dos muitos anos fazendo compras pro Bwana e sua família. Sempre acreditei que algum dia ia precisar delas.

Fechei a porta sem fazer barulho, verificando se o caminho estava livre. Coloquei a cesta na cabeça e me esgueirei por uma abertura nos arbustos. Essa passagem levava a um beco, e era graças a ela que nós, escravizados, entrávamos e saíamos de forma furtiva do complexo residencial para encontrar com nossos namorados, eu inclusa, embora estivesse solteira havia muito tempo. Eu era uma pessoa bastante monogâmica, me mantendo na prática um-homem, uma-mulher, conduta que fazia parte da minha cultura, mesmo que os ambossanos polígamos ridicularizassem o costume como sendo contrário à economia, egoísta, tipicamente hipócrita e pura e simplesmente retrógrado.

O amor da minha vida tinha sido o Frank. Seu nome de escravizado era Ndumbo, mas nunca o chamei assim quando estávamos a sós. Construtor e reparador de coisas, era um carpinteiro renomado. Ele disse que nunca se sentiu mais vivo do que ao se deparar com o que parecia uma silenciosa congregação de toras em um necrotério — que era o acampamento madeireiro em Golda's Green. Lá os troncos passavam por um processo de envelhecimento sob as intempéries até estarem prontos para reencarnar em objetos funcionais ou decorativos por intermédio de seu Sumo Sacerdote — o meu Frank.

Frank tinha mais de um metro e oitenta de altura, ombros largos, cabelos escuros — um cavalheiro.

Nem uma única vez falou de modo brusco comigo, ou tentou me dar ordens, e sempre que sorria para mim era com uma admiração que demorei um pouco para aceitar. Eu já estava acostumada a não ser valorizada.

A gente passava juntos todo o tempo livre possível e os prazeres eram, por necessidade, simples.

Dividir uma fatia de bolo de rum com coco que Yomisi havia surrupiado da cozinha.

Deitar na grama e contar as estrelas no céu.

As pulseiras e tornozeleiras de madeira que fez para mim, todas gravadas na parte de dentro com o meu nome e o dele.

Às escondidas, o ensinei a escrever o nome dele numa rocha: Frank Adam Merryweather, filho de Frank William Merryweather, de Hull, Inglaterra.

O olhar dele quando conseguiu escrevê-lo pela primeira vez

sem nenhum erro de ortografia. A forma como sorria, feito uma criança eufórica.

À noite, as hábeis mãos de carpinteiro de Frank percorriam com tanta maestria o contorno de minhas costas que meu corpo amortecido foi reanimado e remodelado numa obra de arte.

No dia seguinte, encarava minhas obrigações com ossos aliviados, articulações mais soltas, musculatura leve e uma mente dispersa que não conseguia se fixar em nada nem em ninguém além dele.

Frank era um homem inofensivo, mas a senhora dele, aquela mulherzinha insignificante, Madama Subria, de um metro e meio, o acusou de violência sexual e o denunciou ao marido. Ele revendeu o Frank para uma das Ilhas Japonesas Ocidentais, mas não antes de Frank ter que suportar cinquenta chibatadas com um chicote de nove cordas com nós no posto de açoitamento em Cumburlasgar Gateway, subindo a estrada. Todos os escravizados da vizinhança foram obrigados a comparecer.

Imagine como me senti vendo isso. As costas retalhadas do pobre Frank. O silêncio obstinado dele, depois os gemidos comoventes antes de começar a soltar gritos tão terríveis que rasgaram o tecido azul dos céus.

A ironia era que Madama Subria ficava o tempo todo tentando seduzi-lo com aquele beicinho petulante e aquelas cangas ao redor do quadril, saracoteando feito uma pavoa, rebolando o enorme traseiro ambossano (de modo que cada nádega se movia de forma independente uma da outra — uma tremenda façanha) sempre que ele andava atrás dela no corredor. Ele ignorava seus avanços até que um dia ela conseguiu fazer com que ele consertasse as dobradiças do baú de ouro e marfim no quarto principal. De repente, ela tirou a roupa e ficou lá, completamente nua.

O que você precisa entender é que Madama Subria era tão mimada quanto qualquer outra senhora de posses. Quando você tem um exército de pessoas escravizadas à sua disposição, espera ter o que deseja quando o deseja.

Lição Número Um — escravizados não rejeitam as investidas de seus senhores.

Meu homem aprendeu isso da maneira mais difícil.

Ela ficou furiosa. Ela se vingou.

Nós, pessoas escravizadas, não terminamos relacionamentos. Outras pessoas fazem isso por nós. Com frequência também não os iniciamos; outras pessoas fazem isso por nós. Somos encorajados a procriar apenas para aumentar a força de trabalho.

Meus três bebês foram vendidos.

Todas as vezes me prometeram que eu poderia ficar com a criança. Uma mentira sórdida, porque algumas mulheres grávidas iam preferir se matar caso soubessem que o filho seria levado embora ao nascer.

Quando entrava em trabalho de parto, agachada sobre um tapete de ráfia esfarrapado, a parteira Ma Ramla (Sigfrieda, da Alemanha) enxugava minha testa com um pano úmido, queimava varinhas de incenso de sândalo, me segurava por trás e me incentivava a fazer força.

Cada criança era colocada sob a tutela de uma ama de leite até ser vendida. Outra artimanha, como cheguei a descobrir, porque era sabido que as mães se tornavam incontrolavelmente violentas quando era exigido que entregassem a criança que amamentaram por meses.

Duas meninas e um menino.

Nunca mais vi meus filhos.

Às vezes, quando coloco a mão na barriga, ainda sinto os chutinhos deles.

Eu me lembro de como carregar o peso extra de uma criança me preenchia.

Como cantava canções de ninar para eles quando estavam no útero:

A pequenina Bow Peep perdeu suas ovelhas
E não sabe onde encontrar.
Deixe elas em paz que elas vão voltar para casa
Com o rabinho sacudindo atrás.

Lembro que Frank estava lá no nascimento da primeira criança, apertando minha mão.

O silêncio dele por meses depois disso.

Como a gente nunca falou da perda.

Como ele não esteve presente no segundo nem no terceiro parto.

Melhor assim.

Ainda sonho que meus filhos vão aparecer à minha procura.

De alguma forma — vão encontrar a mãe deles.

Ah, Senhor.

Sinto saudade de Frank todos os dias.

Quando namorávamos, nunca me sentia sozinha.

O beco estava deserto. Graças a Deus estava escuro. Tive que sair na avenida antes de atravessar uma rua lateral e seguir em direção ao distrito de Edgwa e depois ao distrito de Paddinto. Estiquei a cabeça perto da entrada. Carruagens douradas reluzentes e cromadas ainda chegavam para as comemorações do Festivodu, mas fora isso estava deserta.

Teria de andar com a confiança e calma de quem tem permissão para sair à noite. Se alguém me visse, o alarme ia soar. A liberdade estava ao alcance, mas minhas rótulas estavam sendo atingidas por uma marreta. Lutei para permanecer de pé. Seria tão fácil me esgueirar de volta para dentro do complexo residencial.

Madama Blessing ia ficar indignada com a minha fuga e, tendo testemunhado a reação dela diante de crimes imaginários, temia pensar em como ela se comportaria se sua raiva pudesse resistir ao escrutínio de um tribunal, me acusando dos crimes de Ingratidão e Desonestidade e provando minha culpa além de qualquer Dúvida Razoável, apresentando a Evidência (Capturada na Fuga) a um júri composto de seus pares, todos, como ela, ambossanos proprietários de pessoas escravizadas.

Quanto ao Bwana, diferente da esposa, ele não desperdiçava emoções, mesmo toscas do jeito que eram, com os escravizados. Tomava medidas disciplinares quando necessário, com toda a paixão de um empresário cabeça-dura para quem os escravizados pertenciam à coluna dos lucros ou das perdas. Veja meus filhos, por exemplo. O Bwana não precisava de mais quadrúpedes gorgolejantes engatinhando pelo complexo residencial que não carregassem o DNA dele nos genes, então fazia sentido para os negócios incluí-los na coluna dos lucros.

Até onde sei, a única chama que o incendiava era quando à noite uivava da cama de alguma mulher com uma ferocidade tão descontrolada que a gente, no dormitório dos escravizados, sentia a espinha gelar.

No entanto, o Bwana e a família dele eram conhecidos, e aqui estava eu me aventurando no perigoso desconhecido. Eu me tornei muito mais que a escravizada que nada realiza e voa baixo. Tinha sido elevada à posição de secretária pessoal do Bwana porque era articulada e esperta (mas não esperta demais, ou assim pensavam).

Os termos desse acordo estipulavam que era um trabalho para a vida toda, que meu horário deveria ser de segunda a domingo, das 0h às 23h55 diariamente, embora precisasse estar disponível para fazer hora extra quando necessário. Ia receber um salário anual de nada com um bônus de nada por bom comportamento, mas também ia contar com penalidades na forma de espancamentos por quaisquer insolência, atraso ou ausências.

Por sorte, só fui espancada um pouquinho nos primeiros dias como parte do meu aperfeiçoamento profissional, como se lê no relatório: Assiduidade 100%. Pontualidade 100%. Motivação 10%. *Poderia trabalhar mais e propensa a distrações, isto é, sonhando acordada*. Depois disso cumpri todas as minhas metas de desempenho. Também era esperado que estivesse apresentável o tempo todo e aprendi a simular um sorriso agradável desprovido de qualquer satisfação pessoal. Nosso "contentamento" nunca deve exceder o deles.

Isso era algo muito normal para uma escravizada doméstica, e devo dizer que o Bwana não tinha motivos para reclamar comigo.

Eu era a branquela mais perfeita da casa.

Espiei a avenida escondida atrás de uma enorme árvore de fruta-pão cheia de frutos verdes bulbosos que estavam prestes a cair direto na minha cabeça macia e espalhar meus miolos por ali.

Meu coração chacoalhava feito ervilhas secas numa cabaça.

Outra carruagem passou estrondeando com um casal rindo dentro, as rodas e os cascos dos cavalos levantando e espalhando areia direto no meu rosto. Vi a mulher de relance; era aquela Madama Subria, coquete.

Eu a observara com lágrimas transbordando do meu coração

enquanto ela assistia ao Frank sendo amarrado a uma árvore e chicoteado. Estava piscando muito rápido. A princípio pensei que estava com pena dele, então me dei conta de que estava vertendo lágrimas por si mesma. Leio essas pessoas tão bem. É muito fácil quando você é invisível.

Dava para ver como os ambossanos endureceram os corações para a nossa humanidade. Eles se convenceram de que não sentimos o que eles sentem para que não tenham de sentir nada em relação a nós. É muito conveniente e lucrativo.

Madama Subria, compreendi, havia perdido a esperança de ter alguém especial que a mantivesse entretida quando estava entediada. O sr. Subria devia tê-la forçado a comparecer ao açoitamento. Essas mulheres ambossanas eram em geral muito "sensíveis" para isso. Ele tinha uma posição de prestígio como executivo sênior no Banco Baringso S.A.

Alto e funéreo, ele parava ao lado da esposinha atraente com um sorrisinho.

A carruagem passou e disparei para fora do beco.

Quando cheguei ao distrito de Edgwa, me senti mais segura. Passei por baixo da famosa entrada: duas presas como as de elefante que se encontram no meio como um grande arco, dezoito magníficos metros de altura.

Edgwa, comparada à sofisticação de Mayfah, era uma agressão aos sentidos, fervilhando com multidões e explodindo com o baque surdo das batidas afro vindo das tendas de música. O distrito era famoso pelo mercado que funcionava a qualquer hora do dia e da noite e ocupava vários quilômetros das ruas cheias de lixo do Vale m'Aiduru, outro reduto rico de chefes com seus complexos enormes. O Vale tinha um canal que o cortava e que os moradores usavam numa forma de transporte de elite e de alta eficiência energética: canoas entalhadas movidas por escravizados. Dessa forma evitavam as multidões e o solo vermelho de laterita do mercado, que quando seco cobria as roupas de poeira e quando molhado fazia afundar os pés numa gosma imunda.

Fingi um leve interesse nas barracas ao passar por elas e parecer assim que estava tratando de um assunto para o meu senhor, cabeça erguida, a cesta no alto, mãos balançando. No entanto, andar muito ereta e orgulhosa era considerado um sinal de arrogância. Essa era uma linha muito tênue a ser observada: dignidade interior contra o instinto de sobrevivência. Não precisava ter me preocupado, porque a única coisa que os comerciantes tinham na cabeça era se você estava inclinada a comprar e, em caso afirmativo, o quanto poderiam subir o preço, ponto em que se esperava que você pechinchasse e suportasse uma batalha de inteligência e força de vontade.

Passei por algumas barracas de melões maduros demais, as unidades partidas em dois pedaços, exalando um cheiro fétido e doce, um suco cor de cereja escorrendo. Eles pendiam como as cabeças dos fugitivos que não tinham sobrevivido, as sementes eram como olhos pretos me encarando assustadoramente.

Passei por um armeiro trabalhando, uma bigorna colocada entre as pernas estendidas no chão.

Os vendedores da Comissão de Comercialização de Algodão vendiam cestas de um algodão branco cru tão sedutor que resisti ao impulso de mergulhar as mãos na suavidade espessa e espumosa.

Ergui os olhos justo no instante em que um vendedor ambulante enfiou uma mão com quatro ratos moribundos se contorcendo bem na minha cara. Na outra, havia sachês de veneno de rato.

Um jovem alto e magro caminhava rápido na minha direção, equilibrando uma tábua de madeira na cabeça com cerca de um metro e meio de comprimento. Me abaixei bem a tempo.

Matronas pomposas, saindo das festas para retomar as comemorações mais tarde, passaram por mim, os rostos altivos acentuados com calcário e sândalo vermelho, as coxas roçando uma na outra como lábios se beijando.

Frango com especiarias assado no espeto quase me fez desmaiar de fome, pois minha adrenalina superacelerada já havia queimado cada grama de carboidrato da última refeição.

Havia pirâmides de grãos de café vermelhos, bacias de toranjas rosadas, peças de tecido encerado multicolorido, estrados decorados, banquinhos com bordas entalhadas.

Bananas verdes e duras, ainda no cacho, pareciam um monte de dedos voltados pra cima.

O sal do deserto era como bolos de lama compactada.

Muitos dos comerciantes do mercado eram imigrantes da Áfrika do Norte e das Terras das Areias Arábicas, alguns dos quais haviam sido determinantes no comércio de escravizados — o Negócio. Chegavam ao Quartel-General da Escravidão com currículos impressionantes, detalhando a montaria excepcional e as habilidades exemplares em invadir aldeias e sequestrar mulheres e crianças oropeias para serem escravizadas. Alguns tinham sido piratas, escravizando os pescadores ou marinheiros oropeus que tiveram o azar de navegar em alto-mar na hora errada. Infelizmente esses imigrantes árabes logo descobriram que suas habilidades práticas eram bastante redundantes no Reino Unido, onde o ofício da escravidão era um pouco mais *administrativo*.

Entre as multidões também se encontravam as habituais massas empobrecidas da cidade, as classes trabalhadoras da Grande Ambossa que conseguiam trabalho quando podiam e usavam restos de tecidos tão frágeis que se desfaziam com a facilidade de uma teia de aranha. Aquela pobreza me surpreendeu quando cheguei. Negros pobres no Reino Unido da Grande Ambossa? Mas era verdade.

Fiquei ainda mais surpresa ao descobrir que em outros tempos os próprios ambossanos haviam sido enviados para trabalhar nas plantações de cana-de-açúcar das ilhas ao lado de nós, branquelos. Alguns eram servidores contratados, outros haviam sido sequestrados e escravizados.

Os oropeus eram considerados mais adequados para o trabalho em questão, no entanto.

Não éramos nós os sortudos?

Os ambossanos pobres que perambulavam pelas ruas em dias de festa tinham poucos motivos para comemorar e não precisavam de desculpas para fugir dos barracos de papelão nas favelas de Harlesdene, no norte; Poplarare, no leste; Pe Khama, no sul; e Goatsherd Bush, no oeste.

Seus filhos maltrapilhos tinham olhos esbugalhados com maçãs do rosto ossudas, lábios frouxos, peitos afundados, quadris ossudos e pernas finas de garça.

Eles não iam me incomodar. Na verdade, era um fato bem pouco conhecido que membros da classe trabalhadora ambossana atuavam ativamente na Resistência, conosco na luta contra a classe dominante.

Outros, no entanto, eram menos solidários, gritando do outro lado da rua: "Branquela, vai pra casa! Vocês tão tirando nossos empregos!", e até mesmo atirando pedras em nós.

A via pública estava repleta de cascas de noz-pecã, polpas de coco, couro de bacon, pontas de cigarro, excrementos de mangustos e antílopes, preservativos usados feitos de tripa de porco e o resto dos detritos comuns da vida na cidade.

Tentei andar rapidamente sem dar na vista. Tinha vinte minutos pra chegar à estação Paddinto e estava indo bem, até que me deparei com cinco ou seis branquelos com barba desleixada e peito nu. Como estavam jogando dominó debaixo de um baobá à noite, era óbvio que eram homens livres, e pude ver que tinham a percepção feroz da maioria dos branquelos livres, alertas em relação ao entorno, prontos para sumir de vista por uma passagem ou se perder numa multidão para evitar confronto ou perigo. Como suspeitava que fariam, todos ergueram os olhos (branquelos sempre olhavam uns pros outros quando estavam fora de casa. Era uma questão de consciência minoritária). Fiz muita força pra não entrar em pânico, mas os parâmetros da minha vida estavam mudando de repente. Ali era terra de ninguém: eu estava fugindo da escravidão e caminhando rumo à liberdade, mas ainda não tinha chegado lá. De uma coisa agora tinha certeza: quando saí do complexo residencial do meu senhor, havia perdido sua proteção, o que significava que não podia fingir que não tinha visto os homens, como sempre fazia. Aos olhos daqueles de nós que continuavam a ser escravizados, as pequenas comunidades dos livres eram objeto de pena (muitos eram catadores desesperados) ou inveja.

Isso também me surpreendeu quando cheguei à Grande Ambossa: que aqueles escravizados que foram libertados por alguma razão pudessem permanecer no país, embora muitos ambossanos fizessem pressão para que fossem expulsos.

Os branquelos livres foram sobretudo relegados a viver na miséria em barracas coletivas nos guetos caindo aos pedaços, nas periferias das grandes cidades, ironicamente denominados pelos ricos ambossanos de "Subúrbios de Baunilha", bem diferentes das suas próprias "Cidades de Chocolate", com as avenidas muito superiores margeadas por coqueiros.

Ouvimos dizer que nos subúrbios você podia comprar o traje tradicional de muitas nações, como aquelas bolsas de couro que os escoceses usam com o kilt, bombachas, gibões de couro, saias camponesas, capacetes de metal com chifres, túnicas de cota de malha, boleros, vestidos compridos com gola de pele, corpetes que reduziam a cintura a quarenta e seis centímetros e anquinhas que expandiam os quadris para um tamanho colossal.

Nos subúrbios havia pinga, antros para encher a cara, grupos de rapazes entoando louvores, recitais de flauta doce e até cantores de protesto pelos direitos civis. E também havia templos clandestinos com batidas de pandeiro e falas em línguas que sincretizavam o cristianismo com o vodu.

Havia também cabeleireiras branquelas que vendiam pentes de dentes estreitos para os nossos cabelos finos, esvoaçantes e indomáveis. Nos subúrbios, raramente você via um cabelo natural numa branquela livre. Elas faziam permanente, usavam o cabelo torcido ou com tranças das mulheres ambossanas, embora os afros fossem os mais procurados. As cabeleireiras usavam cabelo afrikano crespo nas mulheres suburbanas, que tinham os próprios cabelos finos cortados, e então essas mechas cheias e crespas eram costuradas neles para que o efeito ficasse afrikano de uma forma (anti)natural. Isso demorava até dez horas, e quando as raízes loiras, ruivas, castanhas ou lisas surgiam, o penteado, ao que parece, ficava simplesmente brega.

Nossos homens costumavam brincar que, se você passasse as mãos pelos cabelos de uma branquela, era provável que os fios saíssem nos seus dedos. Você veria tufos de cabelo encaracolado espalhados pelas ruas feito lã de ovelha negra.

Nos subúrbios, o bronzeamento também estava na moda, e era possível achatar o nariz por um preço bem baratinho, como ouvimos dizer, embora eu sempre achasse ridículas as narinas achatadas e arredondadas no rosto dos branquelos. A simples ideia de uma marreta esmagando meu nariz era assustadora demais para colocar em palavras.

Mais importante ainda, nos subúrbios se vendia comida oropeia exótica que não se encontrava em nenhum outro lugar. Dava pra arranjar couve-de-bruxelas, pepino, alface, ervilha, pudim de tapioca, limonada, pão branco industrializado e até repolho.

Minha boca salivava só de pensar em toda aquela comida simples e encantadora sem pimentas e especiarias horríveis.

Os subúrbios estavam fora dos limites para pessoas iguais a mim, é lógico, mas costumava sonhar em perambular pela lendária Brixtane, no sul da cidade, ou por To Ten Ha Ma, no leste, que inicialmente havia sido ocupada por marinheiros chineses.

Alguns desses branquelos livres arranjavam uma vida miserável como estivadores ou barqueiros nas docas, enquanto as mulheres lavavam roupas ou, com maior frequência, eram vendedoras ambulantes — de todos os tipos de mercadorias.

Para os ambossanos, os "Subúrbios de Baunilha" eram em geral uma área proibida, exceto pros xerifes que metiam medo e vasculhavam as dunas quase todo dia em busca de fugitivos. Esse era naturalmente o último destino de um escravizado em rota de fuga. Há pouco tempo ouvi dizer que os turistas afrikanos mais aventureiros do continente começaram a visitar as periferias em viagens turísticas para a Grande Ambossa. Do alto da segurança de suas carruagens, e com uma escolta de guerreiros Massai ou Zulu, eles olhavam embasbacados para os nativos do gueto com fascínio antropológico.

Todos os branquelos livres viviam juntos numa cidade onde os xerifes percorriam as vias públicas e paravam e revistavam jovens do sexo masculino sob as temidas Leis do SUS — o que significava detenção sob suspeita de serem fugitivos ou criminosos ladrões de galinha. É evidente que ter uma pele branquela era a comprovação necessária para os xerifes abordarem um jovem e revistá-lo. A maioria dos condutores de carruagens costumava ser parada e revistada pelos xerifes quando estava na estrada sem passageiros, sobretudo quando eles pareciam ser propriedade dos ricos que ostentavam acessórios personalizados como aros banhados a ouro.

Para aumentar ainda mais o risco, havia os grupos de recrutamento oportunistas que percorriam as ruas isoladas, rasgavam o Certificado de Liberdade com toda a tranquilidade e levavam um desafortunado homem livre ou uma desafortunada mulher livre a um navio escravagista que esperava nas docas do Cais do Japão Ocidental, localizado na Ilha dos Cães Selvagens.

Rezei para que aqueles branquelos não me seguissem. Sendo uma branquela solteira, muitas vezes era cobiçada pelos nossos homens, que achavam atraente minha figura ossuda tamanho PP. Uma clavícula proeminente, ossos do peito um tanto visíveis, barriga côncava e cabelos loiros finos eram considerados a personificação da beleza na Oropa, embora os ambossanos me achassem feia feito o cão. E como o mundo em que vivia era deles, eu tinha problemas com a minha imagem, é lógico.

Todas as manhãs, repetia um mantra inspirador para mim mesma enquanto me olhava no espelho. Tentava não ver as "narinas apertadas, a pele macilenta, o cabelo oleoso, os olhos claros ardilosos e a bunda chata" que os ambossanos rotularam como inferiores. Em vez disso, tentava dizer com confiança:

"Posso ser *pálida* e ter cabelo *cor de palha*. Posso ter narinas *estreitas* e lábios *finos*. Posso ter um cabelo *rico em óleo natural* e uma bunda *não rotunda*. Posso ruborizar com facilidade, ficar *corada* ao sol e ter olhos *azuis dissimulados, porém sempre alertas*. Sim, posso ser branquela. Mas sou branquela e sou linda!"

Nossos rapazes chamavam as mulheres que se pareciam comigo de Barbee, em homenagem às famosas bonecas de pano da terra natal, aquelas pequenas figuras femininas flexíveis com cintura de dois centímetros e meio, olhos de botõezinhos azuis e madeixas loiras de dez centímetros que toda garotinha por aquelas bandas adorava.

Porém não aqui. Ache uma menininha escravizada neste continente e você vai descobrir que ela anseia por uma das rainhas afrikanas, uma boneca de pano com uma bunda grande, lábios carnudos, muitas pulseiras e cabelo crespo.

Isso era terrível para a nossa autoestima.

Na intimidade, as branquelas mais voluptuosas eram, às vezes, bastante desejadas pelos ambossanos. Seja como for, todas as branquelas eram rotuladas como sexualmente insaciáveis. Uma piada de mau gosto, com certeza, pois como a gente ia poder recusar os avanços deles?

O homem ambossano gostava de mulheres grandes e suculentas: uma mulher gorda era uma mulher bem alimentada e, quando ele saía com ela, era como exibir o talão de cheques. Algumas mulheres tomavam hormônios de galinha para aumentar os seios e o traseiro. O Bwana sempre me deixou em paz e, se a futura esposa dele não chegasse a um tamanho extragrande ideal, era mandada para a fazenda de engorda em Onga para que se ajustasse a uma versão mais turbinada para ele. Ela ficava lá sentada o dia todo, forçada a não fazer nada além de comer bolinhos de inhame, rosquinhas, ebá, banana frita, batatas fritas gordurosas, arroz rico em amido, sorgo, pedaços de carne bovina e de cordeiro, torresmo, castanha-de-caju, pãezinhos, queijo, bolo de chocolate, abacate e frangos inteiros com pele.

Atravessei o mercado, aliviada por não estar sendo seguida, e entrei no distrito de Paddinto. Em poucos minutos, estaria na estação. O sol havia se posto horas antes, mas ainda podia sentir aquela língua quente e desagradável roçando meu pescoço.

Prendi a respiração enquanto passava pelas altas torres feitas de taipa que abrigavam os escritórios da cidade, em meio à proliferação de cafeterias da moda, que surgiam para atender à dupla demanda de café e negócios.

Os cafés em Paddinto eram famosos — alguns tinham até

plataformas para leilões de escravizados. De forma um tanto tola, pensei que estariam fechados no mais santificado dos dias, mas, para os comerciantes, acho, a riqueza era mais importante que a adoração. Vários estavam ali fazendo negócios. Droga!

Passei me esgueirando pelo Cacaueiro, pelo Café Beira-Mar, pelo Tenda Tropicana, pelo Café Shaka, pelo Covil Demerara, pelo Starbright e depois pelo elegantérrimo Shuga, parte de uma cadeia de cafés da moda que se estendia desde o Cais do Japão Ocidental até Amersha, um posto avançado distante, situado a noroeste.

O Shuga se especializou no então inédito cappuccino com rum, conhecido como *rumpaccino*, no chamariz das notícias diárias transmitidas por meio de um tambor falante, *De Hora em Hora* (mesmo que esse antiquado serviço postal tenha saído de moda há eras), na torta caseira de maçã com sorvete de amendoim, com pedaços da fruta formando estrelas no topo, e, anunciado a giz numa tabuleta preta, nos "Escravizados Frescos".

Os homens no interior do Shuga podiam farejar uma pessoa escravizada a um quilômetro de distância. Cães de caça atrás de uma raposa, todos eles. Alguns eram agentes de senhores de engenho amarikanos ou japoneses ocidentais que estavam lá pra comprar novos oropeus, outros eram chefes de família de classe média em busca de novos empregados.

Sempre tentei me consolar com o fato de que, enquanto estavam nos destruindo, se destruíam também. A demanda por açúcar era tamanha que a recompensa por apreciar demais um docinho era um sorriso desdentado. A demanda por café era tamanha que a recompensa pela cafeína era o vício, palpitações cardíacas, osteoporose e irritabilidade em geral. A recompensa pelo rum era uma doença hepática crônica, alcoolismo e perda permanente de memória. A recompensa pelo tabaco era câncer, dentes manchados e enfisema.

Eu tinha parado bem em frente ao Shuga enquanto a minha mente disparava em mais uma corrida por conta própria. Anos de raiva reprimida estavam vindo à tona, já que a liberdade estava tão próxima. Tinha feito exatamente o que não devia. Tinha olhado pro interior do salão "rústico", uma birosca suja e desarrumada com o retrato obrigatório do Presidente Vitalício Sanni Abasta em posição de destaque acima do balcão.

Quando dei por mim, estava olhando para um homem na plataforma de leilões.

A atmosfera estava carregada de fumaça de tabaco e do cheiro de grãos de café fumegantes.

Os homens estavam dando lances por ele.

Imaginei que ele tinha cerca de quinze anos. Um troféu, então. Estava de costas para mim, mas o rosto fechado e cheio de acne estava virado para a porta, longe dos homens.

A atmosfera estava impregnada de vergonha adolescente em vez da raiva de ranger os dentes de um homem adulto.

Estava completamente nu, e as costas e as nádegas pálidas estavam infestadas com o que pareciam ser baratas, mas que eram pedaços de sangue coagulado. Talvez tivesse tentado fugir, falado sua língua nativa ou cometido algum crime semelhante.

Meus olhos percorreram a aglomeração de homens de rostos animados e suados, mantos estampados à mão atirados sobre os ombros ou amarrados na cintura, fumando cachimbo e sentados com as pernas abertas, de modo que ocupavam o dobro da largura do corpo. As vozes ambossanas roucas e estrondosas ecoavam de um lado para o outro enquanto davam lances pelo garoto. De repente, encontrei os olhos de um homem muito jovem, sentado um pouco afastado e parecendo entediado, cabeça inclinada, girando uma pena de pombo na orelha. Estava olhando diretamente para mim através da névoa e das negociações com uma surpresa que bem depressa estava se transformando em constatação.

Ele me conhecia.

Era o Bamwoze.

O segundo porém o mais privilegiado dos filhos do Bwana.

Dentre tanta gente.

Bamwoze.

Eu havia alimentado e cuidado do pequeno bastardo. Tinha limpado aquela bundinha nojenta dele e o embalado para dormir. Eu o amamentei quando o meu primeiro bebê foi levado e ainda estava cheia de leite.

Durante todo esse tempo, estava de luto pelo meu filho perdido.

Envolvi Bamwoze com todo o amor destinado ao meu bebê.

Até me deixava enganar, às vezes, que era mesmo meu.

Ele se agarrou a mim como uma sanguessuga, e não soltava.

Então ele cresceu e foi mandado para a floresta pra ser iniciado na masculinidade.

Quando voltou, depois de ficar vários dias enterrado até a cabeça na lama para provar sua resistência e matar um crocodilo com as próprias mãos, a fim de provar sua força, começou a se pavonear pelo complexo residencial como um mini-Bwana, e eu, com os peitos que haviam produzido o leite gordo que formou seus ossos, cérebro, pele e músculos, deixei de existir para ele.

Chega de ama.

Invisível, perceba.

Algum tempo depois, o Bwana descobriu que Bamwoze tinha engravidado uma escravizada local, o rito de passagem dos filhos dos senhores; porém, tinha tentado fugir com ela para a Oropa. Dentre tantos lugares, aquilo só podia ser uma piada. O que os dois estavam planejando? Uma grande jornada?

O Bwana deserdou Bamwoze e o chutou para fora de casa.

Não sei o que aconteceu com a garota — morta ou no Novo Mundo, talvez. Fomos todos invadidos por um novo respeito por Bamwoze quando descobrimos que havia desistido da herança por causa de uma mestiça. Algum tempo depois, ouvimos dizer que ele próprio se tornara um comerciante de escravizados, com o propósito de continuar vivendo no conforto em que nasceu e cresceu. A garota havia sido uma extravagância, todos nós percebemos; apenas um belo troféu mestiço ou só parte de uma rebelião adolescente contra o Bwana. O que eu sabia com certeza era que ele não dava a mínima para o resto de nós.

E aqui estava ele me encarando, depois de todos esses anos, sabendo muito bem que eu estava onde não deveria estar e que só poderia haver uma razão para isso. Ele fora um rapaz grande e agora era um homem grande, um típico ambossano. Mas reconheci a expressão familiar de autopiedade se espalhando pelo rosto rechonchudo da criança antes de se tornar um homem; antes que os ossos começassem a ficar proeminentes nas bochechas e transformassem o rosto dele em algo feroz e arrogante.

Aqui estava o menino mimado que conseguia tudo o que queria; mais hambúrgueres de girafa, mais balas de baunilha, mais um camelo bebê para levá-lo para passear pelo complexo residencial. Nunca lhe fora negado nada quando criança, e assim, como acontece com os abençoados deste mundo, ele nunca estava satisfeito.

O desgraçado ainda sentia pena de si mesmo.

Não me movi, e ele também não. Dava para ver a indecisão nos olhos dele, considerando as opções, avaliando qual seria a mais vantajosa para *ele*. Se eu me afastasse, ia decidir por ele e ele daria o alarme. Os segundos se passaram. A sobrecarga sensorial da fumaça e do cheiro e dos gritos do leilão desapareceram. Sabia muito bem que não devia implorar com os olhos, porque ele ia se sentir manipulado e reagiria mal. Se eu parecesse estar com medo, ele iria me desprezar. Então simplesmente fiquei impassível — a posição padrão dos que foram escravizados. Nessa hora senti que um pensamento tomava forma na cabeça dele. Deixar que eu fosse embora seria uma forma de se vingar do pai.

Ambos sabíamos que eu tinha lido os pensamentos dele.

Ele sorriu para si mesmo, então gesticulou pra mim com um magnânimo revirar de olhos e um aceno de cabeça que significava: *Ah, vai em frente, então*, para eu seguir meu caminho.

Segundos depois, eu estava correndo.

Não me importava mais. Não havia mais tempo.

Se alguém me fizesse parar, que assim fosse.

Encontrei os arbustos cobertos de poeira com pouco esforço, usando em seguida toda a força pra abrir a tampa redonda de ferro do bueiro. Eu me deixei cair e senti mãos fortes agarrarem meus quadris magros com uma força tão quente e sólida que era como ser pega por meu pai depois que ele me jogava no ar quando eu era criança. Seriam mãos confiáveis? Ao me virar, vi um ambossano idoso segurando uma lamparina de cerâmica cheirando a querosene. A cabeça dele era careca, dura e irregular como uma cabaça, com uma faixa de dentes de antílope sobre ela. O sorriso torto e acolhedor me assegurou que não estava aqui para me ludibriar.

"Saudações, Omorenomwara, de seus amigos da Resistência. Sou seu Condutor. Estamos felizes que tenha conseguido."

Omorenomwara era o nome de escrava que P.I.G. me deu quando fui escravizada pela primeira vez. Significava "Esta criança não vai sofrer".

Eu me detive.

Podia enfim dizer meu nome verdadeiro a um ambossano. Era como recuperar minha identidade. Eu tremia, gaguejando.

"Por favor, me chame de Doris. Eu sou Doris. Meu nome é Doris."

Ele sorriu e tentou repetir a minha denominação verdadeira, bem devagar, parecendo constrangido, dividindo o nome em três sílabas alongadas, a língua tropeçando na estranha fonética. Pareceu satisfeito quando conseguiu pronunciar.

De verdade, foi adorável.

"Dooo-raaa-sha", ele disse.

Abençoado seja.

Mesmo assim, sorri de forma encorajadora. Pelo menos ele tentou.

"Precisamos nos apressar", ele acrescentou. "Vou levar você até a Linha Bakalo, onde o trem está à sua espera."

O trem das boas novas

Era silencioso aqui embaixo, exceto pela movimentação agitada dos roedores e dos lagartos e pelo eco abafado dos nossos passos. O chão cedeu em alguns lugares e levei uma eternidade para descer a escada rolante enquanto abria meu caminho pouco a pouco, agarrando o corrimão de borracha, as unhas raspando uma sujeira pastosa. Quem sabe quando vou poder me limpar de novo? Era uma pessoa meticulosa e gostava de um banho generoso pelo menos uma vez a cada duas semanas.

Quando chegamos ao final, meu guia anônimo virou à direita num corredor que cheirava a mofo e que me fez engasgar devido à quantidade de poeira. Mas meu guia não se virou. Precisava ser uma fugitiva corajosa, não uma covarde. Era uma mulher madura, não uma criança. No entanto, algo estava causando um profundo alvoroço dentro de mim. Quando estive pela última vez num espaço tão escuro, fechado e claustrofóbico?

Teias de aranha se estendiam diante de nós feito nervuras na vegetação da floresta. Ele as removeu com chacoalhões da lanterna, passo a passo. Dava para sentir a vibração de todos aqueles ambossanos que por anos encheram todos esses túneis iluminados no que chamavam de horário de pico. Todos os pés apressados e mentes agitadas. Todos os amantes de açúcar, bebericadores de café, tabagistas, degustadores de rum, muitos dos quais não pensavam em quem possibilitava seus pequenos prazeres, seus pequenos vícios.

Como nas cavernas profundas das montanhas da minha terra natal, nas quais o sol nunca conseguia penetrar, essas catacumbas eram escavadas numa massa de terra que pesava sobre elas, e estava um frio de rachar até suas vigas abandonadas. Com o passar do tempo, o solo e os rios subterrâneos concluiriam a reivindicação da natureza.

Meu guia seguia arrastando os pés, a lanterna criando padrões de luz e sombra que pareciam demônios vindo em nossa direção.

Ele passava com bastante cuidado por cima de pequenas crateras no chão e de pilhas de reboco poeirento do teto que desabava, olhando para trás e verificando se eu fazia o mesmo. Ele não precisava ter se preocupado; eu estava à mercê dele. O metrô era um território estranho e eu não tinha como me orientar. Quando olhei para trás, o túnel havia se fechado para nós.

Quando algo molhado, peludo e escorregadio rastejou por cima do meu pé, me limitei a morder o lábio e tive a destreza de chutar aquilo para longe. Provavelmente havia mais bichos naquela selva subterrânea do que ia suportar imaginar, famílias de tarântulas e escorpiões para os quais meus tornozelos seriam uma iguaria sem igual. O que aconteceu com a garota do campo que eu costumava ser? A garota que conseguia torcer o pescoço de uma galinha, estripar um coelho, ajudar no parto de um bezerro e que tinha um cachorro como animal de estimação?

Os ambossanos consideravam um bocado primitivo manter animais como bichinhos de estimação. A ideia de dormir na mesma cama que um gato ou cachorro pulguento que perde pelo, ou beijar a boca de um canino ou um felino que lambeu o próprio ânus, era nojenta.

Voltei a atenção para o meu guia. Ele usava um tecido laranja desbotado em volta do corpo e nada mais. Era baixinho para um ambossano, e atarracado, embora a gordura parecesse ter a substância dura de um homem que conheceu o trabalho braçal por uma vida inteira, em vez daquela maciez frouxa dos que não passaram por nada disso. Estava acostumada a ler as pessoas pela retaguarda, um estado emocional que emana da postura de alguém, um estado de espírito indicado pela inclinação da cabeça. Havia aqueles que carregavam uma raiva autoinflamável nas costas. Outros tinham o andar de um perdedor, o peito implodido e os braços apáticos que perguntavam: *Por que eu deveria me dar ao trabalho?*

Ansiava por possuir aquele impulso confiante de uma pessoa com a liberdade de seguir o próprio curso.

A linguagem corporal do meu guia era a de alguém lutando contra uma tempestade. Os ombros foram moldados numa curvatura permanente. A testa estava preparada pra dar uma cabeçada em qualquer oponente. Sem dúvida ele veio de uma das comunidades. Não há a possibilidade de ter nascido com uma colher de prata levando o alimento até sua boca, e, no entanto, escolheu a compaixão no lugar do ressentimento.

Gostei dele. É óbvio que gostei.

Eu sempre conseguia dizer se o Bwana ou a Madama Blessing estavam de bom humor ou, o que era bem mais provável, se estavam prontos para estalar o famoso chicote, e costumava estar preparada quando o faziam. Prever os humores e as necessidades do senhor antes que ele mesmo tome conhecimento é uma das habilidades de um bom escravizado. Sabia o que se passava na rotina do Bwana (uma mulher prevenida vale por duas), por estar sempre bisbilhotando — o que é uma vantagem para aqueles que se camuflam na decoração até serem instados a realizar alguma tarefa — e era especialista em ler as expressões faciais, a linguagem corporal e a entonação dele. A visão periférica também era essencial, assim como a capacidade, depois de tantos anos, de intuir seus desejos mais profundos.

Quando o Bwana entrava no refúgio dele depois de um jantar composto de, digamos, guisado de *egusi*, inhame batido, perna de vaca e um garrafão de vinho de palma, arrotando e com flatulência, fedendo a óleo de almíscar, mascando uma noz-de-cola e lançando o suco em uma escarradeira, ou parando para mijar num penico que um menino escravizado segurava na posição certa para ele, via de regra eu sabia se devia lhe servir uma dose de rum com gelo, um daiquiri de banana ou uma piña colada, ou se devia deixá-lo sozinho, ou se devia encomendar uma sessão de sexo em domicílio de uma das agências de alta classe, como a tal Damas da Noite, recrutadas em um dos países afrikanos mais pobres, como o Congo ou Malawi.

Embora o conhecesse de modo profundo, ele mal me notava. Meu trabalho era garantir que seu escritório fosse administrado com eficiência.

De modo geral, os ambossanos eram um povo orgulhoso e valente. Muita gente acredita na anedota muito contada de que os gambianos bateram numa porta, os ganenses a abriram de supetão, porém o que os ambossanos fizeram? Ora, eles simplesmente derrubaram a porta, cara!

O Bwana era de fato um autêntico chefe ambossano. Tinha os lábios úmidos e esponjosos de um homem acostumado a tê-los satisfeitos, um nariz amplo e cheio de poros que se enrugava quando irritado e transbordava suor quando enfurecido e os ombros agressivos de um homem musculoso com uma cintura enorme, que lhe dava a seriedade de um ditador militar já velho.

O homem ambossano rico costumava ser magro como um cão de corrida jovem, mas acumulava uma armadura de gordura à medida que envelhecia. Um homem importante devia ocupar muito espaço físico também. Além disso, caminhava com o balanço lento típico de alguém cuja autoridade era inquestionável. Um leve gesto de mão, uma sobrancelha erguida ou um olhar severo fazia com que os servos saíssem chispando. Nem é necessário dizer que as mulheres o adoravam. As esposas de amigos e conhecidos que apareciam para uma visita se desmanchavam em risinhos afetados quando ele lançava seus encantos sobre cada uma delas. O número de olhares furtivos e apaixonados — não dava nem para começar a contar.

Como é evidente, o Bwana ocupava o primeiro plano na minha cabeça enquanto a gente se enterrava sob aquela cidade de terra e areia. Quando ele descobrisse minha fuga, suas narinas iam soltar chamas tão quentes que seus lábios iam derreter.

Voltei a atenção para os cartazes nas paredes do túnel: manchados, enrugados, despencando nas molduras de vidro rachado tal qual pessoas de costas curvadas, barrigas desleixadas e joelhos fracos. Anunciavam dramas de outrora, como os clássicos: *Adivinhe quem* não *vem para o jantar*, *Ao mestre com grosseria*, *Sr. Branquinho Pardo*; e aquelas tragédias famosas: *A tragédia parda*, *A tragédia birracial*, *A tragédia multirracial*. Um cartaz me fez voltar o olhar duas vezes. Foi *O espetáculo de menestréis branquelos e palmitos*.

Os ambossanos ainda se reuniam aos milhares para ver o espetáculo na Arena Palladia durante a estação chuvosa. Apresentavam artistas ambossanos como menestréis de cara feia, os rostos cobertos de uma pasta branca de giz e lábios reduzidos a uma fenda vermelha. Eles cantavam fora do tom com vozes esganiçadas, lábios superiores rígidos ao mesmo tempo que dançavam com movimentos idiotas e espasmódicos durante as tentativas de levantar os pés, dar passos ritmados e pulinhos durante a folclórica dança de Morris. Usavam tamancos nos pés, guizos nos tornozelos, agitavam lenços no ar e esfregavam as nádegas umas nas outras. O tempo todo, cantavam canções de teatro de variedades que versavam sobre serem preguiçosos, mentirosos, ardilosos, covardes, ignorantes e bufões sexualmente reprimidos.

O Bwana e sua gigantesca família iam ao Palladia todo ano. Ocupavam todas as arquibancadas e voltavam cantando bem alto as canções dos menestréis, acreditando que estavam sendo extremamente engraçados. Era uma loucura, porque as caricaturas que eles imitavam não tinham relação com os branquelos que estavam à disposição deles. Ainda assim, verdade seja dita, essas eram as únicas ocasiões em que tentavam entreter os serviçais.

Do nada, meu guia dobrou de forma brusca à direita, me levando junto. Ele me conduziu por um pequeno lance de escadas que dava para túneis de ambos os lados.

Uma placa empoeirada na parede dizia LINHA BAKALO — Direção sul passando por Rua Baka, Marbone, Ox Fordah Crossroads, Embankere, Wata Lo, Ponte Londolo, Kanada Wadi.

A outra placa dizia LINHA BAKALO — Direção norte passando por Planícies Pharoah, Vale m'Aiduru, Dunas Kenshala, Harlesdene, Kentouni, Harro Wa.

Viramos à direita numa plataforma com trilhos e diante de nós estava meu presente da Resistência: um trem de um só vagão. Outro homem estava sentado no banco do condutor numa pequena cabine na frente. Tuaregue talvez, usava um turbante índigo enrolado em torno da boca e da mandíbula, ocultando a maior parte do rosto. Só os olhos e o nariz estavam à vista, com vincos profundos em cada lado.

Ele acenou, uma vez; sem dúvida um homem de poucos gestos e, como descobri, de menos palavras ainda.

Então, era isso: um dos famosos trens do metrô que durante

anos se deslocou de um lado para o outro sob a cidade. Era um lixo completo — não tinha janelas, nem portas, nem assentos.

A gente não conversou durante toda a jornada.

O guia agarrou meus ombros e me surpreendi por ter ficado com vontade de chorar. Ele estava arriscando a vida por mim.

Os membros da Resistência capturados eram torturados, mas pressenti que esse homem nunca ia dar com a língua nos dentes. Se fosse apanhado, o destino dele era inevitável.

"Se cuide, Doris", ele disse. (Dessa vez saiu como Duo-ro-sisi.)

"O condutor vai levar você até Doklanda. Minha tarefa terminou aqui, mas rezo pra que você chegue à sua terra natal. Assim que chegar, você precisa enviar uma mensagem pra cooperativa. Quero saber que está à salvo."

O olhar dele sustentou o meu. Realmente isso era sério.

"Não baixe a guarda até chegar em casa em segurança."

Apertou minhas mãos trêmulas com suas mãos quentes e rechonchudas.

"Só confie naqueles que conquistarem sua confiança."

Antes que eu pudesse responder, ele havia desaparecido por onde viemos. Agora não podia mais voltar a desaparecer no labirinto de túneis e regressar a Mayfah, mesmo que o medo levasse a melhor sobre mim e me puxasse pelo braço feito criança.

O condutor olhou para a frente e ligou o motor. Entrei na carcaça do vagão e encontrei um ponto no meio do chão onde podia me segurar numa barra de metal.

O trem começou a se mover com a furtividade silenciosa de uma cobra.

Tive visões de centenas de ambossanos furiosos descendo pelos túneis usando apenas tanguinhas, fazendo buscas à luz de tochas, com tiros de mosquetes soando e sabujos rugindo.

O Bwana era o principal fomentador e agitador da cidade. A notícia da minha fuga ia se espalhar feito fogo no mato. Ele ia sofrer uma humilhação pública se eu não fosse capturada. Escravizados e senhores iam tripudiar. Como assistente pessoal dele, eu não era uma branquela doméstica qualquer. Então eu ia ser o assunto em toda mesa da cidade. Provavelmente estava nesse exato instante entrando para a história.

> **c£ 250**
> **PARA O RETORNO**
> **DA**
> **ESCRAVA LOIRA ESQUELÉTICA**
> **OMORENOMWARA**
>
> **—DE PREFERÊNCIA MAIS MORTA DO QUE VIVA**

Para os ambossanos, nós, "loiras esqueléticas", éramos todas parecidas. Pelo menos uma vez na vida isso viria ao meu favor.

Nós avançávamos devagar e cada vez mais fundo nas entranhas da terra. Ninguém lá em cima ia detectar qualquer tremor ou som. Eu me escorei na barra enferrujada. Precisava conservar minha energia. Durante a longa permanência na casa do Bwana, a vida se tornou tão previsível que meus sentidos entraram em coma. Agora os cabelinhos da minha nuca estavam eriçados; os ouvidos, alertas; a coluna, arqueada.

Horas se passaram. As dores na minha barriga eram inexplicáveis, pareciam chutes de um bebê ainda no ventre, como se um peso tivesse descido do topo da minha cabeça até os dedos dos pés, feito chumbo derretido. Mas toda vez que minha cabeça caía, pesada, e os olhos se fechavam, eu a erguia depressa de novo. A adrenalina me trouxe até aqui. E meu guia me disse para não confiar em ninguém.

À medida que o trem se movimentava pelo escuro túnel subterrâneo, aquele ritmo arrastado passou a me embalar.

Deslizei em direção ao chão e encolhi o corpo em torno da barra.

Talvez acordasse novamente em Mayfah como se essa noite nunca tivesse acontecido.

Vivia com medo desde que o homem dos Fronteiriços me agarrou quando brincava de esconde-esconde com as minhas irmãs nas plantações de batata atrás da nossa casa.

Madge. Sharon. Alice.

Amada. Amada. Amada.

Escravizada ou morta? Escravizada ou morta? Morta ou escravizada?

Não saber o destino delas transformou meu sono em uma sessão de tortura ao longo dos anos.

Alice era a mais jovem e a mais bonita — chegando dois anos depois de mim, o que *não teve* graça. Não disse uma palavra até os sete anos de idade, coisa que a tornava adorável, assim como os cílios volumosos e os cachos loiros. (Foi a única de nós a herdar os cachos de papai.) Uma vez ele lhe disse no jantar que ela era uma coisinha tão graciosa que nunca precisaria abrir a boca para falar. Infelizmente ela não seguiu o conselho. Durante os anos emudecida, ela aprendeu a conseguir o que queria por meio de um ramo da linguagem de sinais conhecido como "pestanas esvoaçantes".

Quando a gente estava sozinha, eu a imitava: grunhia feito

uma imbecil, revirava os olhos, me jogava no chão e babava. Ela lançava seu corpinho de macaquinho surpreendentemente forte em cima de mim, cravava os dentes em qualquer parte do meu corpo que estivesse ao alcance e gritava alto para todo mundo ouvir. Adivinha quem sempre se dava mal e "devia amadurecer", embora fosse eu a carregar as marcas dos dentes dela?

A gente devia formar uma dupla, já que nossa idade era muito próxima, mas, mesmo quando ela foi capaz de falar, eu me recusava. Brincava sozinha com minhas bonecas, exceto quando as duas mais velhas me deixavam participar da amizade delas.

A Sharon era dois anos mais velha que eu, e era unha e carne com a Madge. Não tinha como separar as duas ou se meter no meio delas, não importava o quanto tentasse: apunhalando pelas costas, bajulando uma e a outra não, plantando objetos roubados, fazendo insinuações.

Sharon era como uma miniatura de nossa mãe, mais magra que o restante de nós, embora fôssemos magras o suficiente para que nos partissem em duas metades na cintura, feito aqueles biscoitos de gengibre no formato de homenzinhos. A gente tinha olhos azul-escuros, mas Sharon insistia que os dela eram *azul-celestes*. Ela imitava bem os movimentos elegantes de mamãe, na esperança de que as pessoas comentassem (e de fato comentavam), os braços dançando em pleno ar, mesmo quando fazia algo tão ordinário quanto colher maçãs de uma árvore no pomar de Percy ou até mesmo pentear o cabelo.

Sharon odiava o que chamava de tarefas subalternas, o que era uma lástima, porque as unhas dela ficavam tão craqueladas e quebradiças quanto as minhas quando a gente tinha que ajudar o papai nos campos ou cavar valas que iam até a cintura, e tão esfoladas quanto as minhas de tanto esfregar roupas na grande pedra junto ao riacho e branquear o linho com uma mistura de alvejante e urina humana fedida coletada em uma tina especificamente para esse fim.

No verão, Sharon usava uma guirlanda de ranúnculos como coroa na cabeça, e, no inverno, campânulas-brancas. Era o visual da princesa, ao que tudo indica. Certa vez, mudou o nome para Sabine, mas teve que recuar quando a gente se recusou a adotá-lo. Acho que Princesa Sabine soava muito melhor que Princesa Sharon. Ela esperava que seu príncipe chegasse um dia num grande cavalo branco para que finalmente vivesse seu próprio "era uma vez".

Ela quase sempre podia ser vista parada na porta, esperando ansiosa por ele.

"Devo fazer suas malas?", eu dizia quando passava, e então, uma vez fora de alcance, eu cantava:

Lavanda azul, sempre paradinha
Lavanda verdinha,
Enquanto ele é o rei, sempre paradinha,
Você nunca vai ser a rainha.

Provavelmente o mais perto que ela iria chegar da realeza seria como empregada doméstica do Percy.

Nossa Madge cuidava de todos nós, até mesmo de papai. Certa vez, à mesa, depois que ele vomitou na sala após outra das noites de sexta-feira de "só uma cervejinha" com "os rapazes", ela lhe disse, de maneira brusca: "Você e eu vamos ter uma conversinha — em particular".

Uma criança iniciar uma conversa dessas com um adulto era fora do comum, assim como seria se uma mulher puxasse esse papo com um homem. Não conseguia acreditar no atrevimento dela, e nem ele, porque ele simplesmente assentiu, passivo. Foi nesse dia que a gente percebeu que ela logo seria adulta, uma adulta formidável, verdade seja dita. Como primogênita, Madge não teve que competir com ninguém durante quatro anos, o que devia tê-la transformado num monstro quando a bebê Sharon apareceu; ela, porém, adorava a irmãzinha.

Era conhecida pelo brilho nos olhos, que nunca arrefeceu mesmo quando estava exausta de tosquiar ovelhas, nem na ocasião em que eu lhe disse que ela provavelmente ia acabar velha, solteirona, passando os dias numa roda de fiar se não fosse para a feira de verão da propriedade a fim de encontrar um jovem companheiro. A mamãe e o papai disseram que não conseguiriam pagar um dote, mas a verdade é que nunca iam deixar *ela* partir.

Tentei colocar o brilho dos olhos de Madge nos meus, passando horas praticando na frente do espelho, mas só funcionava se batesse na minha bochecha com tanta força ao ponto de me fazer chorar.

Ninguém precisou dizer a Madge que ela ia ter de assumir o controle da casa se a mamãe morresse. Nunca olhava com melancolia para o horizonte nem usava guirlandas no cabelo, mas falava de "dever", de "responsabilidade" e de fazer parte do "plano maior de Deus".

Quando as classifiquei numa escala de um a dez de perfeição, Madge era nove e meio. Eu me dei um oito. Sharon recebeu um quatro e Alice, nota um e três quartos.

Bom, minha mãe era alta pra uma mulher, mas teve varíola quando criança, o que explicava por que ficava "um tanto indisposta" com tanta frequência. A pele era pálida e delicadamente enrugada, como o crepe que a sra. Katharine Holme, a costureira de Duddingley, transformava em vestidos para as damas "lá em cima". A mamãe flutuava por ali lentamente, de modo que os movimentos dela fluíam e se transformavam sem começo nem fim — feito uma dança. Eu também tentava imitar os movimentos dela, mas os meus sempre terminavam de forma abrupta.

Todo mundo dizia que a palavra para isso era "desengonçada".

O cabelo dela era completamente liso e caía até a cintura feito o meu. Sua cor era o que chamavam de loiro-morango (Morango? Loiro? Nunca consegui entender) e por baixo do gorro de linho engomado que ela usava era visível que o cabelo estava ficando grisalho antes do tempo.

Quando o papai estava fora, ficávamos sentadas juntas bordando uma toalha de mesa para vender no mercado, e nossa mãe nos contava como numa tardezinha de verão, depois de um dia de colheita, quando marchava impaciente rumo à vida adulta, Lorde Perceval Montague (sempre usava o nome completo dele) surgiu atrás dela na Lower Lane. Os prados estavam "banhados pelo brilho dourado do verão", e, quando ele passou por ela, ela o sentiu descansar a palma da mão nas suas costas enquanto um hálito quente lhe sussurrava ao pescoço que havia se tornado "uma mocinha encantadora" e que tinha "uma graça natural".

Nossa mãe disse que sentiu "borboletas no estômago" e um "arrepio na espinha" pela primeira e última vez na vida, e que podia ter ficado e nadado naqueles olhos sedutores para sempre, só que o pai dela, o viúvo e rabugento Bob Woulbarowe, tocando a vaca para que seguisse em frente enquanto praguejava, se virou de repente e a chamou, embora isso pudesse colocá-lo em sérios apuros com Seu Lorde.

Depois disso, o vovô Woulbarowe a manteve escondida dentro do casebre de turfa nos confins ventosos por três meses seguidos, e daí em diante a forçou a usar roupas de lã preta disformes, feito uma solteirona. Foi quando ela começou a ter "os altos e baixos", os "humores ficaram desequilibrados" e "teve um palpite" de que seus dias estavam "contados". Dentro de um ano, ela foi forçada a se casar com nosso pai, embora só o tivesse visto uma única vez.

Nossa mãe erguia uma agulha, fechava um olho, apertava os lábios finos até formar uma fenda e enfiava a linha com cuidado enquanto falava que nessa vida havia "castelos de contos de fadas" e "casas camponesas de merda", e que era mesmo uma pena a gente não ter escolha.

Naquela noite na cama, nós, garotas, debatemos os prós e contras de sermos filhas do Percy.

Lady Madge. Lady Sharon. Lady Doris. Lady Alice.

A gente pensou que podia haver possibilidades.

Nossa mãe estava sempre mostrando para a gente como fazer as coisas, porque "não ia ficar por aqui para sempre". Guardava um pequeno pingente de caveira numa caixinha para se lembrar disso e afirmava que ficava surpresa "de ter recebido uma vida tão longa do bom Deus lá em cima, mas essa jornada não vai durar muito, espero".

"Quando eu morrer", ela sussurrava quando o papai não estava por perto, porque ele logo ia lhe mandar parar de falar bobagens, "não esqueçam que as minhas cinzas têm que ser espalhadas nos sete mares."

"Que cinzas? Que mares?", a gente respondia, piscando pra conter as lágrimas, pensando na nossa mãe ardendo em chamas.

"Ah, vocês sabem, os sete mares", ela acrescentava, com conhecimento de causa. "E quero que seja cantado aquele cântico 'When the Saints Go Marching In', para que seja uma ocasião alegre. Entenderam?"

Não passava um dia sem que ela falasse da sua morte. Dava vontade de enrolar meu corpo como uma bola no chão e chorar descontroladamente, mas, se você fizesse isso depois dos quatro anos de idade, a mamãe ia dar um bom pontapé no seu bumbum e lhe dizer pra enfiar uma meia na boca.

Quando fiquei mais velha, retrucava: "Mãe, você vai morrer *depois* de assar a torta de ruibarbo?".

A gente foi educada pra ser esposa e mãe — então ensinaram a gente a cozinhar: sopa de repolho, empada de repolho, fritada de repolho, repolho em conserva, repolho refogado, repolho gratinado, assado de repolho e nabo, caçarola de repolho e batata, suflê de repolho e espinafre. Como separar o leite para fazer manteiga e queijo. Como assar o pão com ervilhas secas, farelos e outros grãos quando o orçamento doméstico não estava equilibrado, e quando estava — *scones*, bolinhos e biscoitos de gengibre. Como fazer pudim de leite com cevada, e também geleia de groselha e morango. Como caramelizar frutas. De vez em quando a gente comia bacalhau salgado que podia durar quatro anos, mas tinha que ser batido com um martelo de madeira por uma hora inteira e depois mergulhado em água morna por mais quatro horas antes de ficar pronto. O padre disse que a gente tinha que comer peixe duas vezes por semana, mas quem podia bancar isso?

A mamãe ensinou a gente a costurar nossos vestidos e nossas blusas com tecidos comprados a granel direto das fiandeiras e tecelãs no mercado, o que nos deixava parecidas umas com as outras, algo que a gente odiava. Como fazer cobertores de crochê, como tricotar blusões de lã e cachecóis, cerzir meias; como limpar a casa, a roupa suja, o quintal; como armazenar legumes no depósito e batatas no solo para o inverno; como destilar água de rosas, como passar uma camada de cola no pão e colocar uma vela acesa no meio para atrair e matar pulgas, e como usar trapos para nossa menstruação quando a hora chegasse, como usar clara de ovo para o cabelo, e soda, limão e potássio pra fazer sabão.

Graças a Deus a gente tinha o riacho de água doce que descia lá de Haven Banks a menos de cem metros da nossa casa. A maioria das pessoas tomava cerveja diluída em água.

O papai construiu todos os nossos móveis: cadeiras, mesas, armários, camas — tudo torto e capenga, mas não que ele notasse.

A gente caçoava dele por isso.

"Vocês sabem muito bem que não posso pagar por um carpinteiro", ele gritava, antes de sair abruptamente de casa.

Eu costumava me sentir um pouco zonza ao entrar em casa. A mamãe disse para imaginar que a gente estava num navio, mas protestei dizendo que nunca tinha estado em um.

Em algumas noites, uma das minhas irmãs ficava parada atrás da nossa mãe com o coçador de costas que o papai fez especialmente para ela, uma mão de madeira presa a um pedaço de pau — só que tinha quatro dedos, porque ele tinha esquecido do quinto. Duas de nós massageavam as mãos dela, uma em cada mão, e eu massageava os pés ossudos, se conseguisse ser a primeira a chegar lá. Ela ficava sentada dando instruções:

Pra direita, Madge! Não esquece dos dedos, Alice!

A gente era um emaranhado de cotovelos magros espetados em ângulos retos, mariposas brancas voando em torno dela, enquanto cada uma de nós tentava fazer com que fosse mais amada que as outras.

O passeio mais importante da nossa semana era para Duddingley com a mamãe, sempre às segundas-feiras de manhã, para vender toalhas de mesa e gorros artesanais. A viagem levava séculos e só uma de nós podia ir junto na parte de trás da carroça, pois havia muito trabalho para fazer em casa. Eu adorava esse tempo na estrada, fingindo ser filha única, abraçada a mamãe enquanto a carroça era conduzida aos solavancos ao longo de trilhas estreitas e caminhos de terra batida cheios de pedras caídas e buracos perigosos que podiam atrasar uma viagem por várias horas se as rodas ficassem presas.

No mercado, nossa mãe se entregava à fofoca porque o boato era a força vital da conversa. A fofoca era o nosso teatro e a nossa literatura de ficção.

Eu ficava pendurada no braço dela observando seus olhos

brilharem, o rosto corado e a boca enunciando com entusiasmo muitos "Não me diga" e "Quem teria imaginado isso".

Como agricultores, a gente costumava falar sobre uma pessoa bem mais que de todas as outras, a única que não ia ouvir: Percy.

Baixinho, barrigudo e com uma queda por gibões de brocado e chapéus de abas largas com penas espetadas para cima, Percy era um homem que caçava e pescava como o falecido pai, Lorde Peregrine, e também como o pai, sempre recebia convidados importantes a caminho das Fronteiriças. Houve muitos grandes jantares e festas na Mansão Montague. Ouvimos dizer que ele tinha preferência pelo refinado pão branco, pele de javali recheada com carne gelatinosa, pastelão de carne de porco assado, tortas de creme com especiarias e mousse, e que a adega dele continha centenas de barris de vinhos doces.

Havia também a esposa Priscilla, que de um jeito inquietante parecia estrangeira. Ela enlouqueceu (é provável que haja uma conexão aí) e foi trancada no sótão.

Havia o filho e herdeiro, Harold, que todos suspeitavam que era no fundo o resultado do flerte do jardineiro com Priscilla, só que ninguém se atrevia a contar a Percy.

Havia o filho ilegítimo, Tom, que era fruto do caso amoroso de Percy com a copeira Lizzie.

Havia a filha legítima, Phoebe, que morreu em circunstâncias misteriosas em um passeio de barco no lago Larksong com a dama de companhia Elinor, que na verdade era sua irmã secreta (criada por uma tia idosa do Percy), pois nascera do caso amoroso de Percy com a governanta, a Senhorita Felliplace, que acabou morrendo de asfixia causada pelo cachecol preso nas rodas da carruagem de Percy e que foi enterrada de forma suspeita em Mad Bess Woods no dia seguinte.

Os Montague traziam às nossas vidas drama por tabela, glamour por proximidade, status por meio da familiaridade. Sem eles, a gente teria sido uma miserável e medíocre família camponesa ganhando a vida ao trabalhar a terra. Em vez disso, a gente era parte de uma *herdade*. A gente era dos *Montague*.

Numa manhã gelada, Percy passou trotando na sua égua enquanto a gente caminhava pela Floresta Coppice. Ele ergueu o chapéu e quase sorriu.

Bom, o papai deu um pulo e socou o ar em silêncio, como se tivesse acabado de ganhar um baú cheio de moedas.

Em outra manhã de tempestade, o papai agiu como um amante rejeitado quando Percy, quase atropelando a gente, gritou "Saiam do meu caminho!" no momento em que a gente estava chapinhando na estrada em tamancos encharcados depois da missa na Igreja de São Miguel.

Assim que ele estava fora do alcance da voz, o papai disparou que "um dia o trabalhador vai ser a perdição merecida do Percy".

Apesar de toda a conversa do "homem comum e sua desforra", ninguém estava falando sério quanto a querer que o Percy desaparecesse. Ele representava a estabilidade, era o demônio que a gente já conhecia, e, de qualquer forma, se de fato houvesse uma tentativa de "revolução" por parte do papai e dos rapazes, Percy e os outros da laia dele iam dar ordens para enforcar, arrastar e esquartejar todos os perpetradores.

Foi no mercado que ouvimos dizer que traficantes de escravizados haviam entrado no nosso país vindos do mar distante, embora nenhum tivesse sido avistado na nossa região até aquele momento. O rumor era que os habitantes das Fronteiriças estavam envolvidos, assim como homens chamados afrikanos, que eram de cor preta.

Os traficantes de escravizados, ao que parecia, estavam em conluio com aristocratas como Percy e com intermediários que lhes forneciam acesso a essas pessoas para serem escravizadas e embarcadas rumo ao exterior. Criminosos e prisioneiros de guerra eram os grandes favoritos, mas, quando não estavam disponíveis, qualquer um podia ser capturado, desde que não fossem muito velhos ou, no caso do Percy, seus servos. Crianças também eram levadas.

Os afrikanos construíram fortalezas muito sólidas para proteger sua carga até que os navios chegassem para recolhê-la. Corria o boato de que havia um na costa que podia acomodar mil escravizados de cada vez.

Mas tudo isso estava acontecendo em algum lugar muito afastado. Nenhum de nós sabia o que acontecia quando os prisioneiros entravam naqueles navios, mas havia rumores de que abaixo do convés era um pouco lotado e os enjoos eram constantes.

Para ser sincera, isso parecia tão distante que não pensávamos muito a respeito. Nosso mundo era composto dos nossos vizinhos mais próximos, e *estrangeiro* significava o povo das terras centrais ou pantanosas.

A gente era simples, gente do campo, que dava o melhor de si para conviver bem e se entender uns com os outros.

Passávamos as noites entoando canções. O que mais havia para fazer depois que o trabalho estava feito e já estávamos alimentados e exaustos, mas ainda não preparados para dormir? O ronco do papai produzia um baixo sonoro. Ficávamos dentro de casa com a vela de junco e sebo tremulando, enrolados em cobertores de lã para conseguir criar um calorzinho adicional. Durante o verão ficávamos ao ar livre, sentados em banquinhos sob um céu tão vasto que nossa mente nem podia compreender direito (só conseguíamos lidar com hectares, não com planetas), rodeados pelo silêncio do campo, que na verdade era bem barulhento graças aos grilos e às corujas, aos pequenos animais correndo no meio da vegetação, ao zumbido próximo dos mosquitos, ao ronco dos porcos, aos galos e às galinhas movendo as patas no galinheiro à noite e ao riacho correndo nas proximidades.

Batíamos os pés no chão, fazíamos a percussão com potes de barro, esfregávamos gravetos para cima e para baixo numa tábua de lavar roupas, batíamos talheres de madeira, marcávamos o compasso com as mãos e tocávamos harmonias familiares. Aplaudíamos depois de cada música, se tivesse sido executada de forma correta, ou apontávamos o dedo quando a cadência de alguém não estava em perfeita sincronia.

Quando minha mente volta aos dias de gandaia, em algum momento ela vai além do que me lembro e vai parar no que me foi contado. Lá vem, pernas, mãos, a espinha flexível de um bebê, recuando os anos até o momento em que minha mãe estava em trabalho de parto e a Velha Sarah, a parteira local, salvou minha vida.

Nossa mãe entrou em trabalho de parto um pouco antes do anoitecer, um mês antes do que estava previsto para eu chegar, enquanto nosso pai, por sorte, estava no trabalho. Ela estava deitada em meio a uma poça de água depois da ruptura da bolsa, e já sabia que eu ia sair toda retorcida. Era a sétima filha — quatro já haviam morrido. Ela não parava de sacudir algumas pedras na mão, o que em teoria devia evitar um aborto espontâneo.

Mamãe teve que mandar a pequena Madge até a casa da Velha Sarah, que vivia em Sheepwash. De algum modo ela chegou lá, e a Velha Sarah entrou correndo porta adentro, mandando Madge esquentar um pouco de água enquanto mudavam a minha posição com segurança.

Então fui enfaixada da cabeça aos pés com tiras de linho para não crescer deformada e ela preparou uma bebida de vinho quente condimentado pra mamãe, para manter a saúde e o ânimo.

A Velha Sarah morava sozinha, nunca se casou, não teve filhos, cuidava de um gato chamado Tibbles e tinha mais de cinquenta anos — tudo isso era o suficiente para ser amarrada dentro de um saco e afogada no rio por bruxaria. Ela também fazia uso de ervas e era conhecida pelos poderes de cura, o que podia ter terminado com ela sendo arrastada e queimada viva na fogueira do lado de fora da igreja em Duddingley. Teve sorte de não ter sido despida em busca de tetas extras (nas quais os diabinhos dela mamavam), examinada em busca de uma verruga reveladora (sinal de que estava "mancomunada" com o demônio), espetada por um picador de bruxas para ver se sangrava, ter a cabana revistada à procura de uma pilha de pênis roubados que se moviam e se alimentavam de aveia ou milho (como naturalmente fazem); e, se tudo isso falhasse, alguns dias de uma boa tortura à moda antiga teriam feito com que confessasse que voava em vassouras, podia se transformar em um animal, participava dos sabás das bruxas e tinha relações sexuais com o Diabo.

Mas tantos de nós devíamos a vida à Velha Sarah que, quando as fofocas maliciosas começaram a circular dizendo que ela era a origem do mal — a vaca dos Copplestone misteriosamente doente, o sexto dedo esquisito do último bebê dos Durridge, a tempestade surpresa que atingiu e fulminou a jovem Jennet Briggs em pleno verão —, muitos se ergueram para defendê-la.

Ela morreu enquanto dormia, muito antes que eu pudesse lhe agradecer.

Seu corpo foi examinado após a morte, mas nenhuma marca incomum ou seios extras foram encontrados, para a decepção de alguns.

Quando o papai chegou em casa depois do meu nascimento, ele me pegou no colo e me levou para fora, e, como era a tradição da família Scagglethorpe, com os braços estendidos ergueu o último pacotinho em direção ao céu.

Estava escuro, mas havia uma lua cheia que brilhava direto sobre mim, proporcionando um brilho luminoso e sobrenatural, ao que parece.

"Eu a nomeio, minha querida e preciosa filha, Doris Scagglethorpe", ele disse, a voz rouca de emoção.

"Doris Scagglethorpe, eis a única coisa maior que você."

Caça

Dez anos depois, eu era a "caça" no jogo de pique-esconde, e Madge, Sharon e Alice diziam que meus dias estavam contados.

Havia escapado delas e estava me escondendo atrás de alguns arbustos na extremidade do campo. Lembro de espiar por trás do arbusto para ver se estavam vindo na minha direção quando um braço se enrolou em volta da minha cintura e me carregou para as margens da Floresta Coppice, que circundava os campos.

Foi tão inesperado que, antes que tivesse tempo de lutar ou gritar, já estava na floresta, e um saco foi enfiado na minha cabeça. Senti que me erguiam de novo e me atiravam sobre um ombro musculoso, de modo que minha cabeça pendia sobre as costas dele e o tecido do saco arranhava as minhas bochechas.

Então ele estava correndo. Não tinha visto meu agressor e ninguém tinha me visto partir. Não conseguia respirar direito, meus ossos do quadril estavam espetados no ombro dele, minha cabeça estava cheia do sangue que começou a escorrer do meu nariz. Lembro que me molhei toda.

Foi rápido e chocante assim.

Roubo à luz do dia

Após já ter percorrido certa distância pendurada no ombro do meu raptor, quicando feito uma bola contra os músculos duros das costas dele, o vestido de lã e a anágua erguidos, as mãos grosseiras me apertando os joelhos com tanta força que o sangue parou de fluir, ele parou de repente e me jogou no chão feito um saco de beterrabas.

Fiquei ali deitada dobrada sobre mim mesma, sem distinguir o traseiro do cotovelo, de forma bastante literal, enquanto ele desamarrava o saco e o arrancava da minha cabeça.

Esfreguei os olhos atordoados e corrigi minha postura para a cabeça voltar para a parte de cima do pescoço, onde é o lugar dela, e apertei a barriga, que, por um milagre, não tinha virado do avesso. Meu raptor começou a tirar uma corrente de uma algibeira de couro. Ouvi o clangor dos elos enquanto raspavam um contra o outro, e arrisquei uma olhadinha no rosto dele. Um velho capacete de ferro enferrujado estava puxado para baixo sobre os olhos, e a barba estava cheia de tufos grisalhos. O rosto era incandescente por causa das manchas escarlates, o nariz coberto de veias vermelhas e os poros escurecidos dos velhos beberrões que se moviam indolentes na praça da cidade enquanto as esposas encarquilhadas imploravam por esmolas do lado de fora da igreja. Dava para ver que ele precisava de uma bebida, porque estava tremeliquento, do jeito que eles ficam, como se moscas estivessem pousando em diferentes partes de seu corpo enquanto tentava se livrar delas.

Aos meus olhos, ele parecia um gigante. Sem dúvida não era um homem, mas um daqueles ogros malignos das lendas que o papai adorava narrar ao redor do fogo de turfa nas noites de inverno.

Reconheci o kilt xadrez verde e amarelo enlameado usado pelos habitantes das Fronteiriças. Quando ele enfim falou algo, foi no sotaque rústico daquela língua estrangeira. Ladrou algum tipo de advertência pra mim, usando uma linguagem corporal que não exigia intérprete.

Se ao menos eu não estivesse em choque. Se ao menos fosse mais velha, mais sábia, mais esperta, mais corajosa, podia ter aproveitado aquela chance para fugir. Era uma corredora veloz. E ele era muito corpulento para ser ágil. Estava desacorrentada. Ainda conhecia aquela parte da floresta. E logo ia escurecer. Teria encontrado o caminho de volta para casa.

Se soubesse àquela altura que já havia perdido minha família e tudo que conhecia, que logo ia perder nome, idioma e país, minhas pernas estúpidas poderiam ter assumido o risco — teria corrido para o mato sem nem olhar para trás.

Então já era tarde demais, o homem inclinou a cabeça, se virou e andou de forma desajeitada na minha direção, agarrando minhas pernas de modo que caí de costas, e mais uma vez as saias subiram de forma indecente pernas acima. Ele me amordaçou com um trapo, prendeu minhas mãos com uma corda e colocou uma coleira de ferro em volta do meu pescoço, na qual prendeu uma corrente com a competência de quem tem prática.

Ele começou a me guiar floresta adentro, seguindo a trilha aberta por Gervase, o apicultor.

Era um domingo. Gervase ia estar o dia todo na igreja.

Continuamos trilhando o caminho: eu seguia o farfalhar do kilt enlameado, a sujeira entranhada nas dobras atrás dos joelhos, a contração das panturrilhas largas de um arremessador de peso, os tamancos surrados e lascados.

Ele ganhava impulso a cada passo, segurando em uma das mãos um cajado que cravava no chão. Os tamancos esmagavam e trituravam os galhos e as folhas abaixo deles.

Andava tão rápido que eu sufocava com os solavancos da coleira de ferro, tal como um bode sendo arrastado morro acima.

Queria dar um tapinha no ombro dele e dizer que não era uma das caçadoras ilegais da região e que também não era prisioneira de guerra, e que nunca havia roubado nada na vida, exceto quando removia uma camada de nata ao receber a incumbência de buscar o leite pela manhã, mas todas as minhas irmãs faziam isso, então, por favor, me deixe ir, senhor.

Se soubesse então o que sei agora; que era prisioneira de alguém que de plena consciência tinha assinado um contrato com o Diabo havia muito tempo.

Eu pertencia a ele agora.

O sol fraco começou sua descida monótona em direção ao leste. Dava para perceber que a gente tinha andado por muitas horas. Além disso, sabia pela posição do sol qual direção me levaria para casa, embora agora estivesse em uma parte da floresta que não reconhecia. Minhas primeiras horas de escravidão tiveram um efeito de amadurecimento quase instantâneo. Assim que o choque inicial passou, minha cabeça começou a tramar planos com a astúcia de uma adulta. Se ele soltasse a corrente, eu ia desaparecer no matagal e seguir as estrelas e a lua até em casa.

O tempo todo eu ficava olhando para trás.

De início, esperava de fato que meu pai saísse sorrateiramente do mato com "os rapazes", todos empunhando cutelos e fazendo uma algazarra tão grande que meu raptor ia largar a corrente e correr mato adentro.

O meu pai me libertou da corrente, me envolveu nos braços dele, acariciou meu cabelo para trás com a ponta macia dos polegares. Enxugou minhas lágrimas e me censurou com uma leve admoestação: "Olha só o tamanho do pepino em que cê se meteu desta vez".

A expectativa se transformou em oração.

Quando aquilo não funcionou, a fúria se instalou.

Onde diabos estava o meu pai, meu criador, meu protetor?

Quando a luz do dia, por fim, começou a sucumbir à escuridão, chegamos a uma clareira na floresta. Era um acampamento. Fogueiras estavam acesas. Um javali assava no espeto. Havia barris de álcool. Já conseguia ouvir risadas. Será que era uma feira?

Mas antes que minha euforia pudesse borbulhar até a superfície, vi algo que me deixou alarmada.

Na parte central da clareira havia um curral delimitado por cordas. Em torno da área, havia guardas com espadas, mosquetes e porretes. Lá dentro devia ter centenas de pessoas, todas acorrentadas umas às outras, inertes, imundas e exaustas.

Não estava mais sozinha, mas a comunidade na qual estava prestes a ingressar estava condenada.

Havia trabalhadores corpulentos lá dentro, agora tão indefesos quanto crianças. Alguns deles teriam combatido em guerras, seriam capazes de carregar uma vaca nos ombros e se gabar disso na taberna local, conseguiriam atirar numa maçã posicionada no topo da cabeça de um menino e deixá-lo de pé sem ferimentos.

As mulheres se sentavam de costas para os guardas.

Eu logo entenderia o porquê.

Também aprenderia depressa a perceber a diferença entre exaustão e derrota. A reconhecer o momento em que o espírito de uma pessoa se extingue. Que depois disso a morte é a consequência inevitável. E de notar como alguns escolheram a morte como o único caminho para a liberdade.

Mais tarde soube que algumas dessas pessoas tinham vindo de lugares tão distantes quanto Espanha, França, Bélgica, Portugal, Dinamarca e Alemanha.

Até ali eu não sabia que cada um havia trilhado uma jornada diferente. Independentemente do status social, profissão, convicção política ou religiosa, estávamos todos a caminho da derradeira fronteira da Oropa — o fim da civilização como a conhecíamos.

Com o tempo, conheci pessoas que haviam sido agricultores, ferreiros, padeiros, confeiteiros, farmacêuticos, pregadores, músicos, vendedores de peixe, granjeiros, barqueiros, pescadores, negociantes de lã, mulheres negociantes de seda, lutadores, pavimentadores, cozinheiros, donos de galos de rinha, artesões de cordas, carpinteiros, donos de armarinhos, donas de casa, bem como lordes e damas, mesmo os de sangue real. Entre nós estavam o rei e a rainha da Casa Real de Portugal — e todos os seus filhos.

À direita do curral, comerciantes de escravizados avaliavam os recém-chegados como eu, trocando mercadorias que eram transportadas em carroças; ou ficavam sentados de pernas cruzadas no chão, depois de um dia de trabalho, brindando à sua boa saúde e à boa sorte, emborcando rum de um barril que um criado servia em canecas de estanho.

Pareciam ter descoberto um dos grandes segredos da vida — que dinheiro realmente crescia em árvores.

Meu raptor me puxou para perto dos comerciantes. Eu tinha perdido o controle do meu corpo. Não era mais eu que decidia se caminhava para a direita, para a esquerda, para trás ou para a frente, e em qual velocidade.

Ele se aproximou de dois homens com grandes chapéus de penas e cabelos pretos caindo em cascata até o ombro — no estilo dos piratas de que ouvia falar nas histórias do papai. Tinham barbas pretas bem aparadas que afinavam numa ponta, como a descrição do Diabo nos sermões da igreja. Usavam casacas de veludo verde com botões, calças de seda até os joelhos e botas de couro castanhas que ficavam um pouco acima do joelho, com pequenos saltos. Esse era o traje dos cavalheiros. Pareciam irmãos gêmeos idênticos. Irmãos gêmeos riquíssimos. O comportamento do meu raptor mudou quando se aproximou deles. Fez uma reverência profunda com o capacete na mão. Eles continuaram eretos e assentiram, secamente.

Fizeram uma oferta. Que foi aceita. Fui vendida.

Não valia a pena pechincharem por mim.

Um guarda me cutucou com o mosquete para que entrasse no curral, onde fui apresentada a uma correia de ferro — uma haste à qual as duas extremidades das coleiras eram presas. Preso à coleira atrás de mim estava um menino que usava calções de juta e uma bata típica de trabalhador braçal. Seu rosto era coberto de sardas e o cabelo estava espetado de forma desordenada, parecendo grossos feixes de trigo. Ele sorriu; eu o encarei de volta sem nenhuma expressão. Ele deixou os olhos vesgos.

Eu tinha encontrado um amigo.

O nome dele era Garanwyn e tinha vindo de uma fazenda na fronteira galesa com a Inglaterra. Ele e o irmão mais novo, Dafyyd, foram vendidos por um fazendeiro rival que queria aumentar o rebanho de ovelhas.

Dafyyd estava dormindo encolhido na minha frente, com a

mão direita na sua pequena boca, chupando o dedo. Veias azuis formavam um mapa sanguíneo sob a pele translúcida, que mostravam as costelas da carcaça que ele logo ia se tornar.

Erguendo os olhos, avistei meu raptor voltando para a floresta com nova vivacidade no caminhar, mesmo enquanto tentava firmar os dois garrafões de rum que equilibrava nos ombros.

Uma chaleira novinha em folha estava amarrada na cintura dele.

Quando voltei a atenção para o lugar onde os comerciantes se reuniam, avistei de supetão alguém familiar. Sua carroça acabava de chegar carregada de lã de ovelha, couro bovino e dois novilhos vivos. Atrás dela, aos tropeços e acorrentados, estavam dois jovens furiosos e machucados, com coxas semelhantes a canelas de um boi.

Não era outro senão o Gideon — o filho primogênito do Velho John Hopkins, o mestre curtidor de Duddingley. Gideon vendia as peles que o pai preparava na rica e distante cidade termal de Upper Whiddon. Ele se achava um conquistador, mas seus caninos proeminentes faziam com que as mulheres recuassem só de pensar em bater os dentes com ele. Nós, garotas, o evitávamos, porque, se não o fizéssemos, ele dava um jeito de nos tocar quando a mamãe não estivesse olhando.

Agora eu o encarava com tanta intensidade que ele se virou com a força emanada por mim. Gideon me conhecia. Ele ia me salvar, com certeza, mesmo que isso significasse bater meus dentes com os dele.

O rosto dele corou quando me viu — uma das garotas Scagglethorpe. Seria constrangimento? Culpa? Pena? Foi ele que os levou ao nosso distrito? Não conseguia entender. Pouco depois de pousar os olhos em mim, ele se virou e continuou a negociar com alguns comerciantes que se reuniram ao redor da carroça; estavam apertando os dois jovens que tentavam se esquivar de quem os tocasse.

Chegou a hora de partirmos, através da floresta, numa longa fileira de correntes de ferro interligadas. Luzes de tochas iluminavam a noite. A correia de ferro me arranhava a pele do pescoço. O jovem Dafyyd lutava com o peso dela.

As pessoas que não conseguiam seguir em frente eram espancadas com um porrete até conseguirem.

Depois de muitas horas, Dafyyd começou a tropeçar como um potro recém-nascido atordoado, as pernas vergando. Queria estender a mão, mas a correia nos separava por um metro.

Por fim ele desmoronou, derrubando todos que estavam ligados a ele como dominós.

A nossa solene procissão parou. Dafyyd não estava se movendo. Os guardas tentaram estimulá-lo com uma sequência de chutes.

Garanwyn tentava dizer aos guardas que ia carregar o irmãozinho nos ombros, mas o ignoraram.

Se o coração de Dafyyd já havia parado de bater a essa altura, não faço ideia.

Ele foi solto, impulsionado pelos braços e pernas e lançado em um arbusto qualquer.

Tão pesado quanto um saco de vinte quilos de cevada.

Ouvi o baque quando seu corpo atingiu o chão.

Levamos duas noites e três dias pra chegar até o mar, que, como acabei descobrindo, era como o céu de inverno: sem brilho, descolorido, vazio.

As ondas soltavam um chuvisco na praia de seixos.

Gaiolas improvisadas de madeira esperavam por nós.

Havia navios enormes na água, ao longe.

Ancorados na praia, havia pequenos barcos chamados ioles.

Quando vi os homens negros pela primeira vez, não consegui acreditar que a pele deles pudesse ser tão escura, os traços tão amplos, o cabelo tão crespo. Todas as histórias que tinha ouvido eram verdadeiras, porque, embora estivesse frio, eles usavam meras faixas de tecido de algodão para cobrir as partes íntimas, então tremiam e espirravam e ficavam com a pele toda arrepiada.

Não sabia que preferiam sofrer o desconforto das frieiras, queimaduras de frio, a temida gripe e até a morte a se vestir como os nativos.

Os homens negros inspecionaram nosso corpo, nossa boca e nossos membros, e logo fomos colocados de cara para baixo nos barcos.

Enquanto esperava minha vez, imaginei contar às minhas irmãs em casa que tinha visto os homens negros com meus próprios olhos, sim, verdade verdadeira; que as histórias sobre os caçadores de escravizados não eram rumores para trazer emoção à nossa vida, mas uma realidade assustadora que a toda velocidade e com uma furtividade sinistra abriu caminho até nossa terra natal.

Um pouquinho antes de ser empurrada para dentro do pequeno barco, olhei para os enormes navios no mar, prontos para me levar a um lugar que não conhecia, e de repente entendi.

Não iria contar nada para ninguém.

Doklanda

Quando o lento balanço das rodas do trem diminuiu até parar com suavidade, acordei.

Estava escuro. Não havia porta. Estava deitada de cabeça para baixo ou girando no teto?

Vi a lua dançar por sobre a minha cabeça e um falcão mergulhando rápido para arrancar meus olhos com o bico.

Erguendo o braço para me defender, percebi que era o condutor do trem segurando uma lanterna, me sacudindo para me acordar. Pude ver nitidamente que ele era de fato um dos nômades tuaregues que às vezes se deslocavam a Londolo depois de um período de seca ou de guerra nas próprias terras. Sob mantos esvoaçantes, flutuavam pela cidade mantendo-se afastados. Então ele era um imigrante, como eu.

"Venha", ele disse, com aquela voz suave do deserto que eles têm, que requer pouco para reverberar por quilômetros de areia ininterrupta. Fiquei de pé, em pânico, esqueci a cesta e segui o tuaregue e a lanterna para fora do trem.

Uma névoa sonolenta cobria a plataforma enquanto eu lutava para acompanhar os passos largos dele.

Subimos alguns degraus até um patamar onde consegui enxergar uma luz difusa através de uma fenda na parede. Logo descobri que era uma porta, porque, quando ele a destrancou, um barulho e um raio implacável do sol do meio-dia explodiram sobre nós feito o rugido da chama de uma fornalha. Recuei como se tivessem me queimado, pronta para correr de volta em direção à segurança do túnel, mas ele se virou para me encarar, o contorno da silhueta esbelta realçado pela luz do dia.

"Espere", ele disse, e partiu.

Nunca mais o vi. Ao todo, ele tinha dito duas palavras para mim.

Antes que tivesse tempo de cerrar a porta e entrar em pânico, a próxima voluntária chegou trazendo um pacote de comida envolto em folhas de bananeira.

"Oi", ela disse, de forma jovial, enfiando a cabeça pela porta como se eu fosse uma velha amiga e ela estivesse apenas dando uma passadinha para visitar. "Você pode me chamar de Ezinwene!"

Reconheci o cheiro de ilangue-ilangue, da perfumada ilha de Madagascar. Ele vinha num frasco no formato de uma mulher voluptuosa e era o preferido de Madama Comfort. A lufada daquele aroma doce e enjoativo costumava virar uma esquina antes dela, o que nos dava tempo de caminhar rapidinho na direção oposta.

Devia estar parecendo selvagem e faminta, porque a jovem entregou o pacote de imediato e observou com perplexa fascinação enquanto meus olhos lacrimejavam e minhas mãos atacavam um frango com molho de coco em uma pilha de cuscuz morno.

Quando terminei, lambi os dedos até limpá-los, um por um.

Ezinwene era jovem e vinha de uma família abastada, o que era óbvio pelas duas coroas de ouro nos dentes da frente. (Um ambossano rico se assegurava direitinho de que todos soubessem de sua origem.) Os lábios eram enormes e macios e tingidos com o rubi das flores de tabaco. A pele cor de canela brilhava com a combinação de uma dieta saudável e hidratantes caros, como manteiga de cacau e óleo de carité. Os dentes foram elegantemente alinhados até certo ponto. O penteado era um trançado intrincado que se erguia em arcos entrelaçados, revelando que era solteira. Pingentes de madeira haviam sido costurados neles para afastar os maus espíritos. Os seios perfeitos, nus e em forma de cone estavam cobertos de colares de cascas de ovos de avestruz e os mamilos marrons se erguiam atrevidos na direção do céu. Braceletes de ouro lhe subiam pelos braços como serpentes enroladas. A estrutura arredondada dos quadris bem alimentados, envoltos em seda verde brilhante estampada com flamingos laranja, lhe garantiria um bom casamento.

Ezinwene exalava o tipo de confiança exuberante que é inerente aos indivíduos a quem os deuses favoreceram.

Para ser honesta, odiava ficar cara a cara com a juventude, a beleza e a riqueza tão saudáveis dos afrikanos.

Ela fez eu me sentir como o traseiro de um javali geriátrico.

Pior, ela fez com que eu me lembrasse da Milagrinho.

Ela tagarelava sem parar, mas eu não me importava. Depois de tantas horas sozinha, estava sedenta por uma conversa. Os ambossanos não acreditavam na solidão, e nem eu acreditava mais. Será que realmente tive momentos felizes na minha terra natal brincando sozinha com minha boneca de pano? Eles diziam que a necessidade oropeia de solidão era mais uma prova da nossa cultura inferior, da nossa incapacidade de *repartir*. A privacidade era um conceito estranho para os afrikanos. A vida era comunitária, e para nós, escravizados, por necessidade, íntima.

"Estou tão feliz por ter encontrado minha vocação", ela seguia tagarelando. "Estou aqui para ajudar os menos favorecidos. Acredito que, embora a gente tenha sido criado de forma igual, alguns têm uma vida fácil e outros vão ter que suportar as maiores adversidades. Ah, olha só, eu e minhas palavras complicadas! Isso significa *falta de sorte*, entende? A vida pode ser tão, mas tão injusta, né? Olhe pra mim, por exemplo. Basta estalar os dedos e uma empregada vem correndo fazer todas as minhas vontades. Mas até para mim a vida é uma luta. Ninguém entende como é terrivelmente tedioso, como é insuportavelmente maçante, como é tremendamente monótono que ninguém espere que você levante um dedo, assim mesmo, literalmente. O que diabos a pessoa deve fazer com todo esse tempo?"

Ela se inclinou na minha direção.

"Esse negócio de escravidão é terrível. Ah, sim. Não aprovo isso de maneira alguma. Já me deu até pesadelos. Ouvi falar do que acontece naqueles navios horríveis e nas colônias. Você, coitadinha, tão querida, doce, atormentada, infeliz. Como deve ter sofrido."

Ela voltou a alisar pra trás os cachos que haviam se soltado e puxou as laterais da canga cara, ajeitando o tecido com a ponta dos dedos longos embelezados com esmalte cor de abóbora, sobre o qual estavam cravadas estrelas brilhantes. Então inclinou a cabeça para um lado e me deu um meio-sorriso que — bem, há uma linha tênue entre simpatia e pena, e alguém havia acabado de atravessá-la.

Quando tinha a idade dela, eu carregava no ombro uma bandeja de madeira cheia de batatas-doces fritas e o conhecimento de que eu era membro da raça mais odiada do mundo, os branquelos, ou, para usar o jargão correto aqui, um termo que os ambossanos inventaram — os *caucásicos*.

"Ouça com atenção", continuou ela, com uma carga dramática. "Estamos nas docas de Kanada Wadi. Precisamos chegar ao Cais do Japão Ocidental, que fica um pouco mais abaixo, onde um navio está esperando por você. Agora preste atenção e não meta os pés pelas mãos, ou nós duas estamos ferradas. Você vai fingir ser minha escravizada daqui pra frente, e a gente vai ter que partir agora mesmo. A gente não pode esperar até anoitecer, porque até lá as notícias já se espalharam. Entendeu?"

Assenti, resistindo ao impulso de meter a porrada nela.

Ela se abraçou com prazer autocongratulatório, como se a missão já estivesse cumprida e pudesse ir para casa se gabar da fuga arriscada como combatente pela liberdade.

Será que era assim tão simples?

Queria perguntar se ela já havia feito aquilo antes, mas já sabia a resposta.

Ela seria descuidada.

Eu seria cautelosa.

As docas de Kanada Wadi estavam lotadas de estivadores ambossanos usando tangas de couro. O rosto coberto de sujeira, uma gosma de suor e serragem escorrendo pelo corpo. Os calcanhares eram endurecidos e rachados e possuíam a masculinidade crua de homens que suportam trabalho físico extenuante para sobreviver.

Eles também fediam, o odor repelente de marinheiros cujos poros abertos não exalavam suor, mas a cerveja e o rum que bebiam o dia inteiro, porque a água fresca era escassa no mar.

Como um bando de grandes felinos em uma caçada, começaram a rondar perto demais em busca de aconchego, farejando os feromônios da núbil Ezinwene, despindo a metade inferior dela como em qualquer cena pornô leve ou pesada que cada um fosse capaz de fantasiar na própria exibição privada; inalando o perfume doce como se fosse afrodisíaco enquanto ela desfilava na frente deles, lançando sorrisos sedutores por cima do ombro com a confiança de uma mulher que não tem dúvida de que vai receber olhares de admiração de volta.

O que diabos ela estava tramando?

O sol nos atingiu com a costumeira ferocidade tropical desagradável, sem consideração por aqueles de nós que haviam nascido sem melanina protetora suficiente.

As marteladas, a gritaria e os estrondos das docas eram insuportáveis. Eu me sentia como um trapo velho; meu cabelo estava encharcado, uma poça de suor escorrendo do lábio superior.

O ar estava mormacento. As vias navegáveis, fumegantes. As passarelas lamacentas, pegajosas e escorregadias sob os pés. Por toda parte havia roldanas, rodas, caixotes de madeira do tamanho de cabanas; cordas caídas como grandes cobras adormecidas no chão.

Guindastes voavam até o céu como pássaros pré-históricos exóticos. Havia cestos de todos os formatos e tamanhos, barris em que cabiam dez de mim, potes de barro gigantescos, balanças de ferro tão grandes que cada uma delas podia pesar dois búfalos afrikanos.

Os navios de transporte de escravizados lotavam as docas como gigantescos mamutes primitivos, cada um com três mastros que subiam em direção aos céus feito chifres imponentes.

Iemanjá, a deusa ambossana do mar, com seus seios voluptuosos e cenho franzido, era a figura de proa preferida, presente na maioria desses navios.

Botalós se projetavam das proas feito o narigão de peixes-espada gigantes prontos para cortar os mares do mundo.

Cada um desses navios era crivado de buracos redondos de artilharia. Canhões seriam introduzidos neles e se projetariam como falos eretos ao se aproximarem da costa oropeia.

Os navios escravagistas balançavam e rangiam na água, impacientes para zarpar mais uma vez e alimentar suas barrigas carnívoras com as delícias suculentas de gado humano.

Marinheiros subiam e desciam pelo cordame e fervilhavam pelos conveses enquanto se preparavam para a jornada de três meses pela Passagem do Meio.

Apertei a barriga.

Os navios escravagistas navegavam até a costa da Oropa, onde trocavam meu povo por miçangas, facas, chapéus, cabaças, tigelas, lanças, mosquetes, rolos de tecido de algodão, conhaque, rum e até chaleiras.

É bom saber o que você vale.

Os navios escravagistas tinham acabado de chegar ou se preparavam para zarpar rumo às várias costas da Oropa: a Costa do Carvão, a Costa do Repolho, a Costa do Estanho, a Costa do Milho, a Costa das Oliveiras, a Costa das Tulipas, a Costa do Trigo, a Costa da Uva, a Costa da Influenza e o Cabo da Má Sorte.

Quando esses navios navegavam até o Novo Mundo, eles trocavam pessoas escravizadas por rum, tabaco, algodão e depois navegavam de volta para casa no Reino Unido — ricos, obesos, preguiçosos, satisfeitos.

Ah, esse comércio fazia muito sentido pros oropeus. Eles recebiam itens de luxo, como chapéus velhos e surrados e facas, e em troca vendiam espécimes saudáveis da raça humana.

Passamos por armazéns no cais de Doklanda, onde três milhões de barris de rum sempre ficavam armazenados. O cheiro denso, sufocante e inebriante da madeira embebida em rum era o suficiente para me deixar tonta.

Então a gente deu de cara com várias lojinhas que vendiam provisões para os homens do mar, como galinhas e ovelhas vivas, produtos desidratados, panelas e utensílios, e em seguida chegamos a uma loja que conhecia só de nome. Olhei para a vitrine da Vítima da Moda, que vendia "Joias de Grife para o Senhor com Bom Gosto". Uma placa azul com o Selo Real de Aprovação do Reino Unido estava pregada na porta.

A loja era de altíssimo nível, elegante, só para aqueles que podiam adornar os escravizados com "joias" caras, para desfilar em casamentos, rituais, festivais e afins.

Sobre uma camada de veludo roxo amassado havia uma gargantilha de ouro com uma safira incrustada, com um gancho na parte de trás para prender uma corrente (a gravação do nome era um extra opcional); havia braceletes de ouro robustos com safiras e com correntinha combinando (também disponível em platina); tornozeleiras folheadas a prata (com chaves combinando).

Um segurança nu com mais de dois metros de altura estava parado lá dentro. Uma enorme quantidade de contas multicoloridas se cruzava no peito dele, e um cocar que era uma juba de leão tingida de vermelho lhe acrescentava outros sessenta centímetros, ficando com quase três metros, e tinha uma espada e um escudo à mão. Era branquelo, claro. Os seguranças sempre eram. Esse tinha a aparência marcadamente nórdica, com as longas tranças loiras e a estatura elevada.

Ezinwene havia parado um pouco à frente e se virou, notando por fim que eu estava ficando para trás. Ela me lançou um olhar severo de reprovação com olhos que brilhavam mesmo à distância. Era o típico olhar senhora-serva, projetado pra incutir medo e subserviência.

Eu me arrastei para longe dos Fornecedores de Grilhões e Algemas da Coroa e corri para alcançá-la. Assim que a alcancei, ela já se pôs a caminhar de novo, andando mais perto dos navios que se avultavam de forma sinistra. Li os nomes: *O Herói Ambossano*, *Rainha Oropiana*, *Beleza Negra*, *A Volta de 3 Pontos*, *Palmitão*, *Ó Querida Mamãe*.

Então comecei a notar que as pessoas nas docas sorriam para mim de forma disfarçada e matreira: as finas damas com os olhos altivos e as roupas que deixavam o tronco nu, os cavalheiros elegantes com o andar ereto orgulhoso e os tecidos luxuosos jogados sobre o ombro, as crianças robustas conduzidas por babás branquelas que eram mais mães para elas que as próprias progenitoras.

Ezinwene parou em frente a um pequeno navio atracado no

final do cais e esperou que eu a alcançasse, momento em que tentou me conduzir até o passadiço da embarcação com o que me pareceu ser uma careta impaciente e de lábios torcidos. A luz do sol refletia nos seus dentes de ouro, mas lançava o resto dela na sombra. No calor, no barulho e na agitação das docas que drenavam toda a energia da gente, percebi que a missão dela era de fato me levar até o navio escravagista, onde seria vendida de forma ilícita ou onde um xerife estaria esperando para me levar acorrentada de volta pro Bwana.

Havia infiltrados na Resistência? Claro.

Tudo começava a se encaixar.

O calor fritava meus miolos.

Não conseguia pensar direito.

Meus pés não podiam, não queriam subir a bordo do navio.

Nunca mais outra câmara de tortura flutuante.

Nunca mais outro caixão flutuante.

Não depois de todo esse tempo.

Finquei os calcanhares na lama das docas e senti que afundava.

De volta ao passado, quando era criança e fui capturada.

A Passagem do Meio

Amarrada e deitada no fundo do iole escravagista, me sentia como um peixe fisgado se debatendo nos estertores finais enquanto lutava pra ficar de costas, cuspindo escamas podres de peixe.

A cabeça batia contra a madeira lascada enquanto inalava o novo e estranho cheiro das algas marinhas que batiam contra a lateral do pequeno barco, que agora se afastava da costa. Estava sendo puxada em duas direções: meu corpo forçado para longe da costa, enquanto meu coração me arrastava de volta para a terra a que toda a minha vida estava ligada.

Dois homens remaram para o alto-mar, os músculos bombeando com força, quatro remos cortando as ondas, ignorando as contorções dos pobres cativos presos entre as pernas deles. Notei que foram os estranhos homens negros que haviam assumido na praia o controle do nosso embarque. Não eram da minha espécie. Minha espécie? Se tivesse que apontar um momento em que a raça humana se dividiu nas brutais distinções entre negros e brancos, seria esse: as pessoas pertenciam a uma de duas cores e, na sociedade a que estava prestes a me juntar, era minha cor, não minha personalidade ou minha capacidade, que ia selar meu destino.

Os remadores pararam e fui carregada por uma escada de corda que balançava de forma precária pela lateral do navio.

Quando olhei para trás em direção à costa uma última vez, a floresta escura parecia avançar em direção ao mar — uma legião de garanhões pretos correndo para me salvar.

Então avistei pássaros mergulhando no mar, gerando pequenos respingos enquanto submergiam, numa exibição despreocupada de balé aquático.

Era deslumbrante.

A água cintilava nos meus cílios.

Pisquei para que escorresse.

O oceano fluía silencioso.

Era um navio escravagista tripulado pelos homens negros. Pesava cerca de duzentas toneladas, com seis canhões montados no convés de armas. Estiquei o pescoço para ver a proliferação de redes e cordas que iam alto no céu prendendo as velas ondulantes içadas em direção aos ventos alísios. Eram como as asas do lendário albatroz branco, prontas para nos levar a um novo e estranho lugar.

Fui carregada a bordo no ombro de um dos homens, as mãos amarradas, o corpo machucado e encharcado. Enquanto o navio balançava de um lado para o outro com o vento forte, cravava um pé e depois o outro no chão tentando permanecer na vertical. Cabras, ovelhas e galinhas em gaiolas foram içadas a bordo balindo e cacarejando. Reservatórios de água foram içados pelas laterais do navio junto com sacos de trigo e montes de couro bovino, e outros capturados pingando água foram trazidos pelo corrimão do convés, enquanto outros eram empurrados pela escotilha até o porão.

Garanwyn conseguiu se esgueirar e parar ao meu lado. Ele era pelo menos trinta centímetros mais alto que eu, e os joelhos protuberantes prendiam as pernas muito mais finas no lugar, ao passo que os ombros ossudos tentavam se libertar de uma infância que ainda não havia alcançado a puberdade, que ia expandir sua compleição e ajustar as proporções.

No entanto, como o homem que queria se tornar, ele tomou minha mão flácida e úmida na sua mão pegajosa e confiante e a apertou. Apertei de volta. O calor me invadiu.

O Capitão Wabwire, o homem no comando, se encostou a uma amurada, observando a atividade a bordo do navio, uma perna cruzada de forma casual sobre a outra.

À sombra de uma vela, os olhos dele pareciam buracos sem fundo.

Ele girava uma bengala de madeira polida entre os dedos finos das mãos.

Ao contrário dos marinheiros, que usavam o cabelo raspado, curto ou preso em tufos despenteados, ele usava tranças enraizadas. Um tecido branco imaculado cingia os quadris estreitos, as pontas lançadas sobre os ombros com a firula volumosa clássica.

Estava hipnotizada.

Ele era um pavão de pescoço comprido e nariz empinado, distante do caos do carregamento da carga.

Ele me viu espiando por um vão entre as cinturas de dois homens capturados. Nós dois ficamos paralisados. Queria desviar os olhos, mas um novo dilúvio de lágrimas escorreu por meu rosto.

Ele bateu as asas, se virou e desfilou em direção ao tombadilho, a bengala agora girando de um modo furioso.

Depois disso as aparições daquele pássaro requintado se tornaram raras.

Os corpos e as palavras dos marinheiros tinham uma estranha presença física. Os músculos eram compactos, sólidos e definidos com bastante nitidez, e falavam um idioma diferente de qualquer outro que já tivesse ouvido. Cliques e claques se intercalavam entre as palavras — sons produzidos pela sucção da língua contra o céu da boca. Lançavam vogais largas e abertas ao ar enquanto consoantes fortes montavam na espinha da própria reverberação e me sacudiam as vértebras, me fazendo tremer.

Fiquei boquiaberta diante dos entalhes dos rostos marcados e dos bíceps traçados com tatuagens pretas representando mulheres nuas cujas nádegas, exageradas, aumentavam quando flexionavam os músculos. Um deles mijou por cima da grade do navio. Os outros soltaram um riso abafado pelo nariz quando o vento soprou o mijo de volta, respingando em um grupo de cativos.

Estremeci, sem perceber que tal comportamento grosseiro não era nada comparado ao que esses leões do mar fariam assim que a gente estivesse em alto-mar.

Os homens que trabalhavam com os traficantes de escravizados eram a escória da comunidade marítima, porque até mesmo as chances *deles* de sobreviver à Passagem do Meio eram baixas. Aqueles que foram recrutados à força não tinham escolha a não ser aderir ao código moral dos escravizados, que era: Vale-Tudo.

Enquanto eu estava lá em meio ao caos, um marinheiro apertou a mão purulenta em volta do meu pescoço com tanta força que impulsionou as minhas pernas em direção à escotilha.

Rolei pelos estreitos degraus de madeira até a escuridão iluminada por uma lamparina enquanto a mente se lançava de volta pra cima, saltava sobre o corrimão do convés até um pequeno barco, remava até a costa em grande velocidade e corria pela floresta até em casa.

Abaixo do convés, o sistema de armazenamento era unissex e utilitário: tábuas de madeira formavam prateleiras que corriam em seis fileiras paralelas por todo o comprimento do porão.

As prateleiras economizavam espaço e eram bastante econômicas, como descobri mais tarde. Havia duas opções disponíveis: o Encaixe Apertado, que permitia trinta por cento a mais de carga, mas que tinha a desvantagem de aumentar os casos fatais. Ou o Encaixe Folgado, que oferecia mais espaço por pessoa, mas que também resultava em lucro reduzido.

Meu espaço em uma das prateleiras me foi apontado e uma das pernas foi presa a um grilhão que estava aparafusado à madeira. Não fui algemada, já que as mulheres não eram. Nada de pulseiras chiques para nós; só os homens usavam correntes que ligavam os grilhões dos tornozelos aos dos pulsos.

Um desconforto menor eram as larvas que faziam suas ceias nos cortes purulentos causados pelo atrito constante do ferro na pele. Infelizmente, era impossível para os homens se abaixarem para tirar os pequenos vermes úmidos dos tornozelos.

Meu tornozelo era fino o suficiente para praticamente escorregar pelo grilhão.

Nossa prateleira era reservada apenas para as fêmeas da espécie, e passamos quase toda a viagem deitadas em cima dela. Ficávamos deitadas de lado, pois o Capitão Wabwire havia optado pelo Encaixe Apertado — mais carga, menos espaço.

Se uma de nós se virasse, todas tinham que fazer a mesma coisa.

A altura livre de menos de cinquenta centímetros tornava impossível para as mulheres se sentarem, exceto aquelas bem pequeninas.

* * *

Quando me deitava sobre o lado direito, meu rosto ficava espremido nas costas de Hildegaard. A pele esponjosa e macia dela se descolava com facilidade do osso. Ela se tornou meu colchão e meu travesseiro.

Quando me deitava sobre o lado esquerdo, meu nariz cutucava a coluna vertebral de Samantha.

Hildegaard veio de uma nação que não era a minha. Nunca descobri qual, porque a gente nunca ultrapassou a linguagem de comunicação usada no porão, a linguagem dos sinais.

Ela tinha duas longas tranças loiras que davam voltas duplas na cabeça. Os piolhos rastejavam por todo o couro cabeludo, como faziam em todos os outros. A gente coçava a cabeça até sangrar e infeccionar. O cabelo dos homens era raspado, mas as madeixas de uma mulher aumentavam o preço dela no mercado. A gente tirava os piolhos da cabeça que estava na nossa frente. A parte de trás das orelhas era o local de reprodução favorito. Era bastante eficaz como atividade de desalojamento.

Era um choque, porém, descobrir que sua vizinha havia morrido durante a noite e os piolhos continuavam escavando.

Como quando acordei.

E a Samantha não.

Samantha tinha sido uma ordenhadora na propriedade Throgmorton, a alguns quilômetros ao sul da casa da minha família.

Ela era ossuda onde Hildegaard era carnuda, sardenta onde Hildegaard era imaculada, tinha uma cabeça com cachos ruivos até a altura dos ombros em comparação com as tranças circulares intermináveis de Hildegaard.

Samantha me disse que tinha dezenove anos, estava casada havia um e tinha uma filha de um mês chamada Rosie-May. O marido, Wilf, fora enviado pelo seu senhor a uma fazenda vizinha, mas voltava para ver a esposa e a filha todo domingo depois da missa. Ele as tomava nos braços e as abraçava durante um bom tempo.

Com a chegada do verão, o senhor, Lorde Thurston Throgmorton, começou a visita sazonal ao casebre que ela dividia com outras sete mulheres na herdade.

Aquelas que resistiram não foram páreo para a força dele.

Mas Samantha agora estava casada; era esposa e mãe.

Ela o deixou rolando pelo chão com as mãos na virilha, lançando as maldições mais sujas em direção à noite.

Alguns dias depois, ela estava a caminho da leiteria, com Rosie-May amarrada às costas, assobiando a cantiga infantil "Mary tinha um carneirinho", notando que o musgo na charneca havia se transformado no mais belo tom de verde, maravilhada com a forma como os dias vinham esquentando, quando dois homens de um metro e oitenta apareceram na curva, usando capas marrons e botas de couro de cano alto. Eles bloquearam o caminho dela e a luz do sol.

Os olhos eram implacáveis no momento em que agiram.

Eles puxaram Rosie-May com força das costas dela e a atiraram no chão. Simples assim.

Samantha foi arrastada até o vale no sopé das colinas.

Quando conseguiu olhar para trás, lá, parado no meio da trilha, estava Lorde Throgmorton.

Triunfante.

O amontoado aos pés dele era a filhinha dela.

Na floresta, eles se revezavam — embora ela nunca sentisse nada.

Esgotados, os raptores se arrumaram, a amarraram com uma corda, a colocaram em cima de um cavalo diante do cavaleiro, os braços dele em volta da cintura dela enquanto se apressava em direção à costa.

Ela podia senti-lo encostado nela, duro, e a cada poucas horas ele a deitava no chão para se aliviar nela.

Eles se revezavam.

E assim continuou até que alcançaram a costa.

À medida que o navio escravagista avançava em direção aos trópicos, o lugar ia se tornando insuportavelmente quente. O ar fresco vinha pelas grades de madeira e as entradas de ar, mas nunca era suficiente. Quando chovia, a gente ouvia o temido grito: "Fechem o gradil, na proa e na popa!".

Se uma tempestade durava dias, meus pulmões maltratados ofegavam como se fosse asmática.

Na hora das refeições, a gente recebia feijão-fava esmagado numa massa disforme com inhame e um molho feito de óleo de dendê misturado com farinha, água e pimenta.

As mulheres e as crianças podiam se sentar no chão e comer de um balde comunitário, cada uma com a própria colher de pau.

Samantha não tinha tanto apetite.

Ela me dava o que não comia.

Contei mais ossos que foram ficando visíveis.

Os olhos dela nunca se distanciaram muito daquela agradável manhã inglesa.

Eu era a garotinha que a filha dela podia ter se tornado.

Quando acariciava o meu rosto, era o rosto da filha.

Quando olhava nos meus olhos, ela não me via.

Quando ela falava, era com Rosie-May.

Dada a ausência da família, todos nos tornamos substitutos.

Hildegaard empilhava tanta comida na colher que ela oscilava na direção da sua boca trêmula e franzida. A língua rosada e úmida deslizava para fora e guiava a colher até a comida entrar na boca sem derramar. Quando mergulhava a colher para uma quinta ou sexta porção, a adversária dela, uma mulher chamada Bethany, que se igualava a Hildegaard em tamanho e voracidade, empurrava a colher para longe do pote.

Tapas, socos, puxões e chutes se transformaram em um vale-tudo entre as mulheres. A tripulação se amontoava no porão, aplaudindo, incitando e rugindo quando Hildegaard dava uma cabeçada em Bethany com tanta força que a testa dela se abria, e Bethany enrolava as tranças de Hildegaard ao redor dos punhos, tentando arrancá-las.

Desejava que a comida que Hildegaard metia na garganta entalasse ali e a sufocasse.

Todas nós estávamos famintas.

Comecei a vomitar o que comia.

Estava ficando um palito.

Um dia consegui soltar os pés dos grilhões.

Olhei em volta para ver se alguém tinha percebido e coloquei os pés de volta nas argolas.

A tripulação separava aquelas que eles descobriam que não estavam comendo.

A punição era colocar brasas tão perto dos lábios da infratora que eles se cobriam de bolhas.

Nem sempre funcionava.

Para sua experiência gastronômica, os machos da minha espécie eram mantidos algemados. A comida era servida a eles numa concha. Se estivessem muito fracos para levantar a cabeça, tinham que comer deitados e às vezes se engasgavam, algumas vezes até a morte.

Quando nos comportávamos e o tempo ficava estável, comíamos no convés.

Nós ficávamos sujas. Claro que sim. Escorria por entre as ripas caindo sobre as pessoas deitadas embaixo.

Baldes grandes em formato cônico no final das plataformas se encheram rapidamente.

Se houvesse uma tempestade terrível, não seria possível limpar o porão. (Você pode imaginar.) Um dos grandes temporais durou dezoito dias.

Ainda bem que fomos despidas depois da primeira semana.

A água doce se tornou o meu novo deus.

E onde estava Ele quando precisei Dele?

Passamos a rezar e cantar hinos e esperar pelo milagre que nunca aconteceu.

Escaras, cortes, larvas, fome, desidratação, sufocamento, minha imundície — eu sentia nojo de mim mesma.

Nos primeiros dias, tentei prender a respiração em uma tentativa infantil de suicídio.

Meus sonhos eram cheios de brisa invernal.

Meus sonhos eram cheios de copos de limonada caseira.

Meus sonhos eram cheios de risadas das minhas irmãs, que tinham perdido todas as peculiaridades irritantes das próprias personalidades.

Meus sonhos eram cheios do amor da minha mãe e do meu pai.

Meus sonhos eram cheios do aroma de madressilva e do pão assando e do arbusto de lavanda atrás da nossa casinha onde a gente fazia bolas de naftalina e do aroma forte e refrescante da grama depois de uma noite de chuva.

Quando fazia uma viagem aos meus sonhos, não queria voltar.

O dr. Nwonkorey, o cirurgião do navio, era a pessoa mais velha a bordo. Ele tinha um algodão branco sobre o cocoruto negro um tanto manchado, uma espuminha branca como bigode, ervas daninhas brancas como barba e dentes extremamente brancos. Uma camada tão espessa havia se formado nos meus dentes que só uma pá ia conseguir raspar.

O dr. Nwonkorey abria caminho através do ar abafado nauseante do porão com uma tira de musselina embebida em limão amarrada sobre a boca. Ele reclamava que o porão parecia um matadouro com poças de sangue, merda aquosa pingando por toda parte, muco viscoso escorrendo pelo nariz de homens que não conseguiam estender a mão para se limpar — e com o suor, a febre, a disenteria, o vômito, o desespero, e um chão tão traiçoeiro e cheio de detritos humanos que ele tinha que tomar cuidado para não escorregar de um lado para o outro.

Quando se tratava das crianças, ele tinha o coração mole, e a princípio ensaiava nos provocar boas risadas. Quando simplesmente olhávamos de volta com olhos de peixe morto, ele desistia da performance e nos encarava de volta com a mesma expressão.

Quando colocava vinagre na minha boca para prevenir o escorbuto, dava tapinhas na minha testa com um pano úmido e suspirava, o bafo de álcool suspenso no ar quando seguia em frente.

Ele subia e descia o corredor, a barriga nua balançando sobre o pano de algodão branco cingindo a cintura enquanto brandia tesouras e lâminas e fios de algodão e cataplasmas e poções e lançava feitiços e encantamentos, o tempo inteiro murmurando: "Não adianta! É inútil! O que posso fazer? O que diabos posso fazer?".

Uma vez ele chegou para trabalhar tão bêbado que desceu os degraus de bunda. O cabelo crespo estava emaranhado, os olhos injetados, o tecido que cingia a cintura estava sujo. Quando chegou ao chão, falou arrastando as palavras: "Eu já fui o feiticeiro pessoal do rei Wamukoto Landuleni Eze!".

Então vomitou.

Começamos a vê-lo com menos frequência: três dias, cinco, dez...

Os cirurgiões de outros navios escravagistas recebiam o Pagamento por Cabeça — pagamento proporcional à quantidade de pessoas no ato da entrega. Um incentivo em dinheiro para manter a carga viva. Mas não acho que o pagamento relacionado ao desempenho fazia parte do acordo com nosso velho ex-feiticeiro beberrão.

Abaixo do convés nunca era silencioso. Uma cacofonia de lamentos e gemidos, dia e noite, atravessada por gritos, que era contagiosa. Se a pessoa que estivesse gritando não calasse a boca, era chicoteada até se calar.

E, se um passageiro enlouquecesse, havia de fato só uma solução — e era definitiva.

Os corpos eram jogados ao mar e se tornavam o jantar dos tubarões.

Dizem que o leito do oceano Atlântico é pavimentado com os esqueletos dos que não sobreviveram.

Se todos eles se erguessem e nadassem até a praia, podiam formar o próprio país.

"Levem eles pelos alçapões!", sempre foi música para os meus ouvidos.

O ar fresco me deixava tão embriagada que quase desmaiava. Isso de fato acontecia com alguns.

A visão do oceano era… dramática e panorâmica.

Baldes de água salgada eram jogados sobre nós — alguns momentos de bem-aventurança.

Éramos forçados a cantar e dançar em círculo, agitando os braços com vigor, um chicote de nove cordas fustigando qualquer pé que estivesse parado.

Os machos de minha espécie permaneciam algemados e ligados através de uma corrente que por sua vez estava aparafusada ao convés. Dadas as restrições, a coreografia deles era, já que não havia alternativa, um pisotear simples de pés. O convés tremia.

Era quase como se estivessem com raiva.

Lá em cima, na clara, limpa e ensolarada luz do dia, os marinheiros podiam ver o que era do agrado deles.

Era esperado.

Uma das vantagens do tráfico.

Suas mulheres não estavam em alguma terra distante?

A vida no mar não era dura pra eles também?

As cativas não eram complacentes?

Fáceis, digamos assim.

Na maioria das noites, o alçapão de madeira se abria com um rangido. Mulheres desapareciam das prateleiras. A princípio, uma contenda até podia ocorrer, mas, à medida que a jornada progredia, poucas ainda tinham forças para resistir. Quando o alçapão se fechava, era possível ouvir os urros dos homens impotentes para proteger as suas mulheres. A maioria delas voltava depois de algumas horas ou alguns dias: chorando, sangrando, furiosas, mudas. Algumas nunca mais eram vistas.

Hildegaard se contorcia como uma louca sempre que o alçapão se abria à noite.

Ainda atraente, ela logo seria escolhida a dedo. Todos sabíamos disso.

Então, uma noite, vieram atrás dela.

Fiquei olhando enquanto tentavam tirá-la da prateleira, à medida que ela se transformava num peso morto, forçando-os a arrancá-la de lá.

Os ossos dos braços esqueléticos de Samantha se apertaram ao meu redor ao mesmo tempo que a gente observava.

Enquanto a levavam embora, Hildegaard cerrou os punhos e os sacudiu para todos os lados. Torceu o corpo nu, chutou, cuspiu, tentou morder.

Ela era formidável, mas eu estava com muito medo por ela.

Queria dizer adeus, mas quando abri a boca saiu só um coaxar.

Se fecho os olhos, ainda consigo sentir o corpo quente e maternal de Hildegaard; eu dormia como se fosse livre quando ela me sufocava nos braços.

A pessoa colocada no lugar dela tinha ficado sentada durante semanas num corredor tão lotado que nem conseguia se deitar. Os escravizados excedentes eram armazenados lá, ou na parte da frente do navio ou onde quer que houvesse espaço perto do leme.

Digamos que se tratava de uma viagem na terceira classe.

Jane tinha treze anos. Ela chorou de alívio da primeira vez que conseguiu se deitar na prateleira e esticar todo o corpo. (Mal sabia ela.) Prisioneira de guerra, havia sido encarcerada por meses em um forte na costa antes de ser embarcada no navio. Centenas de pessoas escravizadas tinham sido enfiadas numa masmorra abafada e sem janelas. Ela disse que esperava um tratamento especial dada sua condição — gravidez. Tagarelava por horas. Talvez a própria cabine? Uma cama? Uma vestimenta? Bacia? Sabão? Pano para lavar o rosto e o corpo? Pente? Cobertor? Penico? Prato?

Sim, é só esperar.

Jane viajou tão fundo em sua fantasia que perdeu o caminho de volta.

Garanwyn estava deitado numa prateleira oposta à minha. A gente conseguia ouvir a voz um do outro se gritasse por cima do coro desarmônico abaixo do convés.

Quando a voz dele começou a falhar, ele me disse que estava se tornando um homem.

Discutíamos nosso rumo, mas ninguém tinha certeza do lugar pra onde estávamos indo. Era aquele lugar chamado Novo Mundo? Mas por quê? O que estava reservado para nós?

A gente não tinha ideia.

Quando vomitei, Garanwyn me disse que aquilo não ia durar muito. (Não durou.)

Se alguém morresse durante a noite, ele me dizia para agradecer a Deus por eu ainda estar viva. (Eu agradecia.)

Quando eu caía em depressão, ele me dizia que a liberdade estava chegando. (Não estava.)

Falei para ele sobre os meus grilhões nas pernas. Ele falou para o Slade, que dormia ao lado dele.

Disseram que eu tinha que subir ao convés naquela mesma noite para localizar as chaves dos cadeados. Não era um pedido.

Meus tornozelos eram agora tão finos quanto os de um pato. Queria que inchassem.

Pela primeira vez na vida, as pessoas dependiam de mim, não para coletar ovos ou impedir que o leite fervesse e derramasse para fora da panela, ou varrer o quintal, mas para salvar a vida delas.

Deslizei os pés para fora dos grilhões e me arrastei até o alçapão, observada por todos que conseguissem virar a cabeça pra me ver.

Os marinheiros tinham ficado descuidados. Estava destrancado.

Saí para o convés, o coração batendo forte como se estivesse prestes a pular do peito.

As ondas batiam contra o navio.

O céu era o azul estrelado da minha terra natal.

Era tão tranquilo e bonito lá em cima.

A lua cheia passava por trás das nuvens, fornecendo luz suficiente para a tarefa em questão, mas não a ponto de me deixar em evidência.

O único guarda de vigia estava encolhido em cima de um rolo de corda grossa. Roncando. Fedendo a rum. Todos eles fediam.

Rastejei até o adolescente cuja pele tinha um tom tão marrom que parecia mesmo quase negra. Os lábios davam a impressão de se espalhar de orelha a orelha. Várias semanas antes, a gente viu quando por acidente ele soltou uma das velas enquanto subia o mastro da mezena. O Imediato prontamente ordenou uma surra, ele foi amarrado a um poste e recebeu trinta golpes.

Devia ter sido designado para o serviço noturno que ninguém queria.

As chaves de nossas correntes pendiam de uma corda pendurada no pescoço dele. Meus dedos tremiam enquanto trabalhava para desatar o nó. De repente, ele mudou de posição e caiu do rolo de corda, aterrissando de costas com um sobressalto. Ele ficou deitado ali, meio atordoado, olhando pro céu, piscando embriagado. Eu tinha me lançado de bruços atrás da corda, espiando ao redor. Ele se virou de lado e voltou a dormir. Agora as chaves estavam presas embaixo dele. Droga! Pensei na comunidade abaixo das escadas. Não podia decepcioná-los.

Comecei a vasculhar o navio em busca de algo que pudesse romper correntes ou um cadeado. Eu me movia por ali em pânico. Mãos se tornaram olhos enquanto mergulhavam em cestas e caixas e surgiam com fivelas, apetrechos de cordame e, por fim, com uma marreta e uma ferramenta pontiaguda usada pra desamarrar cordas.

Podia dar certo.

Corri como uma alma fugindo do inferno de volta ao porão, levando os instrumentos de libertação que entreguei para o Slade, que trabalhou com a ferramenta de forma rápida e cuidadosa.

Garanwyn mandou que eu voltasse para a minha prateleira, só por precaução.

Eu me deitei, pus os pés de volta nos grilhões.

Cada homem, por sua vez, estava liberto. Quatro, cinco, seis, sete. Trabalhavam de forma tranquila e em silêncio, não mais semimortos, mas revigorados.

Rezei para que tivessem sucesso.

Observei Slade, de pés leves e rápidos, subir os degraus com a postura de uma cobra prestes a atacar. Meu Garanwyn estava logo atrás dele.

Assim que chegaram ao topo da escada, o alçapão se abriu e eles ficaram cara a cara com dois marinheiros que iam descendo para escolher alguém para uma trepada à meia-noite.

Eles nem sequer se preocuparam com os mosquetes — idiotas presunçosos.

A luz da lua brilhava nos rostos de Slade e Garanwyn. Congelados.

O inferno desabou sobre nós. Os marinheiros gritaram por socorro. Nossos homens escalaram o alçapão e os ultrapassaram.

Ouvimos um chamado às armas e a tripulação entrou em ação. Pés pisoteavam lá em cima, mosquetes foram disparados, o alçapão foi fechado com força, alguns dos homens tentaram usar a marreta para golpear a tampa até abrir. Foi inútil. Tentaram se prender de novo às correntes. Aquilo também foi inútil.

Maldições foram lançadas sobre nós pelo gradil. A pele ia ser cortada em filetes nas nossas costas. Seríamos enterrados vivos. Sem comida. Sem água.

Vinte marinheiros armados entraram e levaram todos os homens que estavam sem correntes.

Ficamos em silêncio.

E desse jeito permanecemos.

Quatro dias se passaram até que o alçapão fosse aberto de novo.

Estávamos fracos; estávamos desidratados; estávamos famintos; íamos morrer.

Samantha finalmente morreu.

Ela ficou deitada junto a mim — se decompondo muito depressa no calor — por três noites antes que a removessem.

Não havia espaço para me afastar do corpo dela.

As entranhas dela tinham se esvaziado. As minhas também.

Os vermes que saíam da boca, do nariz e das orelhas dela tentavam entrar nos meus orifícios também.

O cheiro era... impossível de esquecer.

Fiquei um pouquinho maluca.

No quinto dia, nos mandaram limpar o porão, recebemos autorização para fazer exercícios e fomos alimentados. Mulheres e crianças agora também estavam acorrentadas ao convés.

Eles conduziram os "rebeldes" para fora. Um espetáculo estava prestes a começar.

Slade não estava entre eles.

Então vi Garanwyn se arrastando no chão com um braço. As rótulas tinham sido esmagadas. Os olhos estavam enterrados sob hematomas inchados. O lado direito do rosto tinha o dobro do tamanho normal. A orelha esquerda havia sido cortada. A direita estava reduzida a uma polpa ensanguentada. O peito estava afundado como se todas as costelas tivessem sido extraídas. Um braço pendia do encaixe. Não tinha as unhas nas mãos. Não tinha as unhas nos pés. A genitália estava em frangalhos.

Era o mais jovem dos homens. Tentaram fazer com que falasse.

Os olhos de Garanwyn procuraram os meus e quando os encontraram ele sussurrou "Shhhh!".

Achei que podia estar com raiva de mim, mas não, ainda estava pensando no meu bem-estar.

Eles o amarraram.

O chicote de nove cordas zuniu pelo ar, rasgando a pele das costas, nádegas e pernas, despedaçando-a.

Os marinheiros encarregados de chicoteá-lo se revezavam. Quatro turnos.

Simplesmente não paravam.

E aquilo continuou e continuou.

Não houve necessidade de conferir se estava vivo antes de ser jogado ao mar.

Foi tudo minha culpa.

Ia viver com essa culpa pelo resto dos meus dias.

Os outros homens foram libertados com trinta chicotadas cada. Tinham que sarar até que o navio atracasse, para serem machos saudáveis capazes de atingir um bom preço.

Havia quatrocentos escravizados no embarque, e duzentos e vinte e sete sobreviveram.

O que era, aproximadamente, a média internacional.

O Capitão Wabwire resolveu dar o ar da graça naquela manhã. Fazia séculos que não era avistado. Observava os acontecimentos enquanto se balançava para a frente e para trás com os pés. O cafetã amarelo-canário que usava naquele dia estava com crostas de respingos de comida. As tranças do cabelo estavam ressecadas e se desfazendo. Os olhos haviam perdido o brilho. A pele estava opaca. A expressão, entorpecida.

Ele cambaleou em direção a nós, cativos, como se fosse fazer um pronunciamento, como se fosse nos dar uma palestra sobre a futilidade da insurreição.

Mas, quando abriu a boca para falar, caiu no chão.

Dois marinheiros correram para colocá-lo de pé e escoltá-lo de volta à cabine principal.

Ficou óbvio para mim que estava caindo de bêbado.

Depois disso, nosso navio navegou sem qualquer irregularidade em direção ao seu destino — a paradisíaca ilha de Nova Ambossa no Japão Ocidental.

Ah, Milagrinho

Ao chegar ao porto de Nova Ambossa, fui submetida à tradicional corrida do mercado de escravizados. Todos foram empurrados para um cercado, até que, na hora marcada, os portões foram escancarados e uma turba descontrolada de homens irrompeu como um bando de hienas famintas prestes a nos despedaçar.

Eles agarravam os cativos que queriam, nos amarravam com cordas ou simplesmente nos arrastavam para fora do cercado por quaisquer membros ou partes do corpo em que pudessem pôr as mãos.

Caí no meio da aglomeração e fui pisoteada. O homem que me puxou para cima me queria, mas outro também, o que resultou num cabo de guerra enquanto cada um deles tentava deslocar um ombro.

O vencedor amarrou meus pulsos com uma corda com tanta força que sangrou, e então me arrastou para fora do cercado como se eu fosse uma cabra (não foi a primeira vez).

Eu me molhei, mas a essa altura já estava acostumada.

Ele me amarrou a um poste, examinou meu couro cabeludo

e as orelhas, abriu meus lábios e invadiu minha boca com dedos que fediam a tabaco, deixando um sabor amargo nas gengivas. Enchi a boca com saliva, mas o gosto nojento permaneceu por muito tempo depois. Ele fechou a mão em concha sobre os meus seios, deu um tapa na minha bunda como se fosse o pernil de uma vaca e apertou cada coxa para testar a musculatura. Então me fez sentar e abriu minhas pernas pra que pudesse "inspecionar" a vagina, empurrando aqueles dedos carnudos dentro do meu corpo virgem. Não chorei. Estava determinada a não chorar. No final, tive que me levantar e me curvar para que ele também pudesse "inspecionar" meu ânus.

Chorei.

Ninguém deu a mínima.

Satisfeito, ele foi me comprar do Capitão Wabwire, que vestia uma túnica imaculada de linho creme com borlas pretas nas extremidades. Estava sentado com as costas eretas a uma mesa de cavalete sob uma tenda de folhas de bananeira, parecendo muito respeitável e digno depois da provação marítima, embora eu tivesse notado uma imperceptível torção do nariz, ao que ele abria uma pequena caixa de rapé e dava uma cheirada.

Fiquei olhando ele contar as unidades de búzio-moeda da minha venda em pequenas pirâmides e registrar a transação num livro-caixa — sem dúvida em uma letra elegante, floreada e instruída.

Antes de deixarmos o porto, fui forçada a ficar de joelhos e marcada no ombro com as iniciais de Panyin Ige Ghika — minha nova senhora.

Levou semanas para que as diferentes crostas se enrugassem até secar por completo e cair.

Largada na traseira de uma carroça, um saco foi colocado na minha cabeça e, então viajamos durante horas por estradas esburacadas. Meu ombro marcado doía tanto que quase mordi o lábio inferior até me ferir. Meus pulsos e tornozelos ainda estavam amarrados e sangravam. Além disso, estava com uma coceira provocada por urina e fezes (sim, isso também), o que atraía a atenção das moscas quando o meu traseiro nu era exposto ao ar, indiferente.

Mais tarde naquela noite, paramos na Propriedade do Rio Trovejante, onde passaria o resto da minha infância.

Nunca mais vi nenhum dos meus companheiros de viagem do navio escravagista.

Também nunca cheguei a me despedir de ninguém.

Empurrada para uma cabana sem janelas e trancada lá dentro, no dia seguinte fui limpa e os ferimentos foram tratados. Então fui conduzida à Casa Grande, onde fui apresentada aos meus novos senhores, a família Ghika: Massa Tschepi, Madama Panyin Ige e, depois de muitos abortos espontâneos, a *maravilhosa*, a *incrível*, a *mais perfeita* de todo o mundo, sim, sim, você sabe que sim, a *fantástica* — rufar de tambores, trombetas, cantores de louvor — MILAGRINHO! Aplausos arrebatadores, pés batendo, histeria em massa.

Embrulhada em farfalhantes sedas cor de marfim, o pequeno bolinho negro se sentava feito uma princesa entre seus majestosos pais.

Madama, cujas tranças muito hidratadas tinham sido afastadas do rosto e penteadas num coque no alto da cabeça, usava oito aros de cobre no pescoço, que o esticava até o dobro do comprimento original. Ela mal movia o corpo quando falava e deslizava em vez de andar.

Massa Tschepi tinha uma boca cheia de dentes de ouro. Eu não conseguia tirar os olhos deles. Será que eram mesmo verdadeiros? Com certeza não.

Todos estavam sentados em assentos semelhantes a tronos numa sala cheia de móveis e objetos que eram ainda mais estranhos que a aristocrática assembleia de animais empalhados do Percy.

Quem eram essas pessoas? Como os marinheiros, eram tão escuros que não conseguia (ainda) ler o rosto deles com facilidade, nem conseguia entender uma palavra do que diziam. Mais uma vez, todos aqueles cliques e claques. Eles eram gentis ou ríspidos? Tudo era esquisito: os móveis, as roupas (que não tinham mangas nem pernas), a girafa empalhada perto da janela — que tipo de criatura era *aquela*? Algum dia já foi viva? Sério? Até as flores eram estranhas, e por que arrancá-las e colocá-las em vasos? Como é que uns ramos se pareciam com pássaros de cabeça pontiaguda laranja e outros pareciam repolhos roxos fincados numa haste? Repolhos como decoração? E o calor me dava a sensação de ser fervida numa tina de óleo. Levei anos para me acostumar.

E por que meu pai não veio me salvar?

Para ser honesta, acho que nunca o perdoei de fato.

Nunca.

Comecei a choramingar, e meus novos donos ignoraram. Então, mais uma vez, estava começando a perceber que essas pessoas não podiam *me* ver.

A Milagrinho estava ali sentada, valorizada e protegida pelos titãs das plantações.

Seus lábios carnudos de ambossana tinham um beicinho natural tão pronunciado que parecia que franzia a boca de propósito. As narinas se dilatavam o tempo todo. Tinha bochechas infladas e um pescoço tão imperceptível que os ombros pareciam curvados.

Usava uma argola no pescoço. Com o passar dos anos, outras seriam acrescentadas.

Ela lançou um sorrisinho ganancioso para o novo brinquedinho, como se mal pudesse esperar para colocar as patinhas em mim.

Os pais a chamavam de Missy, e sua nova "acompanhante"

foi rebatizada de Omorenomwara, nome que ela levou semanas para conseguir pronunciar de forma correta.

"Omorenomwara", Madama repetiu, anunciando com bastante veemência. "É fácil. Divida em seis sílabas, O-MO-RE-NOM-WA-RA. Tente se esforçar mais, querida."

(*O nome é Doris Scagglethorpe, na verdade. Agora tente você pronunciar isso!*)

Os Ghika me compraram para a filha porque não havia amiguinhos ambossanos num raio de cinquenta quilômetros e, em vez de se esbaldar com qualquer uma daquelas "ratas do campo" cheias de piolhos, nariz melequento e joelhos arranhados da plantação, eles queriam uma que pudesse ser transformada numa mocinha.

Caramba, eu é que não ia reclamar. Depois do navio escravagista, estava grata por todas as misericórdias.

Minha predecessora, uma garota chamada Madisa, contraiu uma doença de pele chamada bouba. Quando caroços parecendo amoras irromperam na pele dela, ela foi colocada em quarentena numa cabana isolada.

A comida era passada por debaixo da porta, até que ela morreu.

A Milagrinho, pulando para cima e para baixo (com algum esforço), me disse que agora *eu* era a melhor amiga dela.

A amiga exclusiva dela, ela gesticulou. Toda dela e de mais ninguém.

Ela puxou meu cabelo longo e liso até que eu dissesse "Ai!", e então deu uma risadinha. Torceu meu nariz reto até eu dar uma tossidela — mais risadinhas. Beliscou minha pele pálida até ficar azulada e riu tanto que quase se engasgou. Quando comecei a falar na minha língua materna, ela por pouco não teve uma convulsão.

Eu ri também.

Meu trabalho era agradar Milagrinho.

O trabalho dela era agradar a si mesma.

* * *

Nós duas tínhamos cerca de onze anos de idade, ou melhor, onze *estações chuvosas*, como logo aprendi a dizer, mas Milagrinho parecia mais jovem porque era baixinha e roliça, como uma garotinha ainda coberta pelas gordurinhas e dobras do corpo de uma criança.

Eu era alta, magra e angulosa.

"Você, feia", ela disse, usando linguagem de criança, como se isso justificasse a grosseria, apontando para o meu rosto no reflexo de uma poça d'água depois das chuvas.

"Eu, bonita", disse ela, admirando a si mesma.

Ela estava certa, é claro.

E não havia ninguém naquela sociedade para me dizer o contrário.

Assim que aprendi a falar o ambossano básico, ela começou a me ensinar a ler e a escrever às escondidas, pois na ilha era ilegal que os escravizados fossem alfabetizados. Logo descobri que era porque queria que eu lesse para ela as fábulas da aranha Anancy na hora de dormir e que também fizesse seu dever de casa. Não que eu ache que a professora dela tenha se deixado enganar em algum momento; ela simplesmente sabia que não devia criticar a única filha dos Ghika.

Uma vez, enquanto recitava o alfabeto ambossano para Milagrinho, vi Madama espiando de soslaio pela porta, com um brinco estilo candelabro de cristal que tremeluzia na orelha direita, sendo esse o único sinal de que estava furiosa. Quando me viu olhando, sumiu de vista, mas nunca disse uma palavra.

"Vem comigo", disse Milagrinho, se afastando pelo corredor com o andar bamboleado e arrastado até chegar a um quarto repleto de rainhas afrikanas em vários trajes, uma coleção que deve ter chegado às centenas.

Uma empregada específica mantinha as bonecas livres de danos e poeira.

Ela me disse o nome das bonecas, todas e cada uma delas.

Nada, em tempo algum, foi dado a mim. No início me perguntava por que ela não me dava as coisas que não usava mais. Minhas irmãs e eu compartilhávamos tudo. Mas Milagrinho acumulava tudo: roupas, bonecas, joias, brinquedos. Ficava histérica se algo desaparecia, fazendo com que um dos outros escravizados fosse chicoteado por um capataz até que confessasse o "roubo".

Mas não eu. *Você-eu-melhores amigas*, ela ficava me dizendo.

Logo percebi que não éramos.

Eu não podia tocar em nenhum dos objetos sem a permissão dela.

Se eu tocasse, ela beliscava meu braço com força.

Na verdade, eu não podia fazer nada sem o consentimento dela. Não podia falar com nenhum dos outros servos da casa, sobretudo os da nossa idade, nem dar um passeio sozinha.

Quando quebrava as regras implícitas naquelas primeiras semanas, ela perdia as estribeiras e ameaçava me mandar para os campos.

Sua cama baixa de madeira de cerejeira era esculpida em um único bloco, com apoio de cabeça elevado e painéis laterais com flores e aranhas entalhadas.

Não havia colchão ou travesseiros; os ambossanos não os usavam.

Ela tinha um lençol índigo estampado com formas de animais.

Eu dormia ao pé da cama dela em uma esteira de dormir, coberta pela canga que tivesse usado naquele dia.

No início da minha nova vida, sonhava com a minha família à noite. Pouco antes de dormir, revivia cada lembrança que tinha deles, imaginando que tudo ainda estava lá, tentando manter todos vivos dentro de mim.

Mesmo quando não ia dormir chorando, eu acordava com o sal das lágrimas incrustado nas bochechas.

Comecei a me forçar a pensar em outras coisas à noite. Minha fantasia mais popular era me imaginar como a minha senhora, a menina que tinha tudo. Tinha uma aparência perfeita, pais perfeitos, a posição social perfeita, uma casa perfeita, posses perfeitas.

Então acordava com um sorriso no rosto.

Nas horas em que estava acordada, eu era tudo o que a minha senhora queria que eu fosse.

Durante as horas em que dormia, eu me tornava ela.

Também tinha pesadelos naqueles primeiros anos — de afogamento.

Mas, quando eu gritava, Milagrinho berrava para eu ficar quieta ou então ia dizer aos pais que eu estava atrapalhando o sono dela.

Quando ela tinha pesadelos, eu tinha que subir na cama dela e abraçá-la.

"Abracinho", ela choramingava. "Abracinho pra mim-Missy."

Madama trouxe artesãos qualificados para satisfazer os caprichos da filha.

Nos ensinaram a estampar tecidos Adinkra juntas, a cortar estrelas e quadrados em batatas partidas ao meio, a mergulhar as formas em corante e a carimbá-las em algodão branco. Usamos um pente-afro para criar linhas onduladas.

Extraímos a argila da base de cupinzeiros e a modelamos para fazer potes.

Fizemos máscaras de couro, metal, folhas, fibras vegetais, capim e sementes de ábrus vermelho, que eram venenosas.

Fizemos cabelos para nossas máscaras de ráfia.

Fizemos tambores de madeira e couro, tocando bem alto quando os adultos não estavam por perto.

Também aprendemos a tecer peças de kente no tear que a mãe dela comprou especialmente para isso e instalou numa cabana construída apenas para esse propósito. Aprendemos um padrão chamado "Minha habilidade acabou" e outro chamado "Minhas ideias chegaram ao fim".

Ela mostrava todos os nossos trabalhos manuais para a mãe, que dizia que ela era uma menininha tão *esperta, esperta, esperta. Sim, você é, você sabe que é, meu docinho.*

O que quer que a gente fizesse se tornava propriedade da Milagrinho.

Fiz tranças no cabelo de Milagrinho, costurando nele algumas medalhinhas de latão, conchas, contas de âmbar, corais e pérolas.

Eu fazia no meu um rabo de cavalo.

Todas as manhãs saíamos para a caminhada habitual perto do Rio Trovejante, que cortava a propriedade.

Nós duas adorávamos nos sentar perto da cachoeira. Gostávamos da empolgação perigosa de ter toda aquela água ali ao lado, caindo como espuma cremosa no rio rochoso tão lá no fundo que você não conseguia ouvi-la despencar.

E toda tarde tirávamos a soneca dela.

Uma vez por ano a Madama nos levava até a capital para visitar uma butique para meninas chamada Anjinhos, onde comprava os tecidos para as roupas de Milagrinho. Eram bordados, pintados ou estampados com flores, frutas, pássaros, peixes.

À medida que ficávamos mais velhas, Missy não aceitava mais nada disso. Ela fez com que a mãe a levasse para uma butique da moda na capital, Alto-Astral. Ela se tornou a epítome da menina descolada, ostentando estampas fluorescentes com imagens multicoloridas das torres de arranha-céus da capital imperial Londolo, garotos skatistas e silhuetas de jovens sacudindo os quadris em raves.

A mãe estremeceu quando viu o que a filha estava comprando.

Ela não precisava ter se preocupado, era tudo conversa fiada.

Quer dizer, a filha dela se rebelaria contra o quê?

Os anos se fundiram feito seiva vazando de uma seringueira.

Vivendo num luxuoso isolamento na claustrofóbica Casa Grande, me tornei lânguida, com as emoções entorpecidas; os limites entre quem eu era e o que tinha sido se tornaram embaçados.

Milagrinho e eu estávamos juntas vinte e quatro horas por dia, sete dias por semana.

Quando havia visitas, eu não tinha permissão para participar da conversa.

Ela era a única pessoa que ouvia as minhas palavras.

Algo mudou no dia em que fiz catorze anos.

Acordei e pensei: *Sabe de uma coisa? Aquela garota chamada Doris? Pra onde diabos será que ela foi?*

Logo depois, Milagrinho teve uma infecção tão grave de malária que dormia a maior parte do dia.

Eu estava entediada, e uma tarde me vi escorada a uma parede no canto do quarto dela, rabiscando numa lousa. Antes que percebesse, comecei a escrever uma diatribe contra minha senhora.

Milagrinho não tá com nada. Apaga essa vadia. Pou, pou, vaza.

Não conseguia parar.

Acha que é a tal, mas é uma boçal. Ela é, tipo, mimada pra caramba, sabe?

A bile continuou fluindo.

Com aquela minha senhora pau no cu e cabeça de vento é tudo eu, euzinha e eu mesma.

Se meus sentimentos eram chocantes, chocavam até a mim mesma.

Até aquele momento, se você tivesse me perguntado o que achava da minha dona, teria manifestado uma dedicação suprema. Nunca houve qualquer dúvida sobre o que eu devia sentir e eu não conseguia enxergar outra coisa.

Ah, mas o rio havia transbordado e tomado as margens.

Droga! Agora não tinha como voltar atrás.

Quando fiquei sem palavras no meio da tarde devido ao calor exaustivo daquela estação chuvosa, deixei a cabeça cair no peito e fechei os olhos, só por um segundo.

Antes que pudesse afastar o sono, apaguei — sem limpar a lousa.

Para minha sorte, Milagrinho acordou com a febre amainada.

Chamando por mim, ela me viu dormindo.

Ao se aproximar de mim, viu minha letra escrita.

Antes que eu pudesse começar a me explicar (não sei como!), ela sugeriu que déssemos um passeio pelo rio.

Ela não estava zangada nem calma — as emoções pareciam suspensas.

Eu a segui pelos gramados enquanto os céus se abriam.

Em questão de minutos, a água despencou. Perambulamos sob a chuva torrencial por pomares de mamão e abacate até onde o rio começava sua jornada rumo à cachoeira.

Era como se ela estivesse em transe, pensei, observando como as costas macias e negras foram ficando cada vez mais eretas ao longo dos anos graças aos aros no pescoço, que estavam começando a fazer o inconcebível — lhe conferir certa elegância.

Uma canga de organza fresquinha prendia os joelhos dela com firmeza, como era a moda.

Ela estava avaliando como responder, concluí, o que era sinistro vindo de alguém que sempre expressava as emoções de forma espontânea e sem temer represálias.

Tínhamos alcançado o trovejar ensurdecedor no ponto em que a cachoeira começava.

Ela andou até a beira do rio, e então se virou para mim e disse, meio às lágrimas, erguendo a voz acima do estrondo: "Você me traiu, Omo, e eu estou, tipo, *completamente* arrasada. Como você pode me apunhalar pelas costas quando sempre fui tão legal com você? Achei que você fosse minha melhor amiga para *sempre*".

Um tom maldoso se infiltrou na voz dela quando acrescentou: "Você será punida".

Ela parou, ergueu o queixo e olhou através de mim, a rainha rejeitada numa tragédia. Vi que aquela garota tinha o poder da vida e da morte sobre mim, e naquele momento ela estava decidindo se ia usar sua autoridade para me perdoar, a "traidora", ou para se vingar.

A sentença dela foi tranquila e resoluta: "Será enviada pro bordel no porto".

A punição significava o chicote de couro cru multiplicado por cem, ou mais?

O bordel era o destino das jovens da Propriedade do Rio Trovejante que "se comportavam mal".

Um bordel significava as doenças horríveis que, eu sempre ouvira dizer, levavam a uma morte prematura.

Por que ela estava fazendo isso?

Porque ela podia.

Ficamos de frente uma para a outra.

A senhora e a escravizada.

Não baixei os olhos como sempre fazia.

A grama molhada e hirsuta vibrava sob meus pés com o ribombar da cachoeira.

Como ela ousa me mandar para o pior tipo de inferno? Por quê?

Me lancei contra ela com a raiva acumulada de todas aquelas pessoas cujos ossos jaziam no fundo do oceano; todas aquelas pessoas arrancadas das famílias e condenadas a trabalhar por toda a vida sem pagamento; todas aquelas pessoas sofrendo horrores inacreditáveis nas mãos dos senhores.

Minha senhora, lerdinha e surpreendida, incapacitada pelos aros do pescoço e pela canga justa, tombou para trás, lentamente, dentro do rio.

A boca abria e fechava, e, se um som saiu, a enxurrada de água o abafou.

A canga de organza se encheu de ar e se desenrolou, revelando a carne nua, e então flutuou atrás dela gingando como a membrana translúcida de uma água-viva.

Ela foi arrastada para a frente pela forte correnteza, os braços se debatendo, mas era tão leve quanto uma de suas bonecas de rainhas afrikanas.

A chuva despencava sobre ela como lanças arremessadas dos céus.

Ela ergueu os braços como se fosse tentar o nado borboleta, mas em vez disso foi virada de bruços, de modo que, com o rosto voltado para baixo, foi arrastada pelo poder imparável de milhões de toneladas de água — e arremessada de cabeça no precipício. Ela despencou, despencou, despencou no abismo.

Onde estou?

Uma tragédia terrível, eles disseram. A *Milagrinho, febril, vagando por aí sozinha quando deveria ter ficado na cama…*

A *acompanhante dela, uma lembrança do que os Ghika haviam perdido, logo foi despachada para trabalhar para a família Katamba em Londolo.*

E então acordei e descobri que não estava mais pirando diante de Ezinwene na prancha de embarque nas docas, mas estava agora deitada na escuridão num barco, e ele estava se movendo.

Que eu tenha chegado a isso, mais uma vez.

Tentei ouvir algum som — não havia nenhum.
Olhei em volta — para a escuridão.
Não havia luz — estava trancada.
Verifiquei minha respiração — irregular, mas estava lá.
Senti o cheiro de madeira polida e do meu hálito fétido.

Precisava aplacar a sede — em vez disso, engoli saliva.

A energia nesse espaço estava morta — estava sozinha.

Movimentei os pés e os pulsos para conferir se estava acorrentada — não estava (graças a Deus).

Levantei e senti um cobertor escorregar de mim.

O chão sob meus pés descalços era liso, envernizado.

Estendi as mãos à frente — caminhei lentamente até que uma parede se anunciou, indo de mansinho de encontro às palmas.

Explorei a área coberta por painéis, contornei o espaço, as mãos se abrindo, se esparramando.

Uma porta apareceu do nada quando minha testa bateu contra uma moldura.

Procurei uma maçaneta — não havia nenhuma.

Detectei um buraco de fechadura e espreitei a escuridão.

Usando o ombro como alavanca, empurrei meu peso contra a porta na vã esperança de que pudesse ceder.

Sem a visão, meus outros sentidos se aguçaram.

Comecei a ouvir ondas.

Ouvi os movimentos do navio.

Ouvi minha respiração enfraquecida.

Tinha feito o círculo completo de volta ao cobertor.

Ele era feito de retalhos: lã, linho, algodão, musselina, brocado, veludo, juta.

Lembrei que minha gente adorava colchas.

As mulheres na minha terra as costuravam quando era bom para as articulações que elas ficassem sentadas, com a espinha encurvada e encolhida.

Enterrei o rosto no cobertor.

É bem provável que o ar fresco da noite o tenha secado — pois o vento tinha rodopiado bem nas profundezas dos tecidos.

Quando ouvi passos, congelei.

Quando pararam do lado de fora da porta, me enrolei no cobertor.

Quando a porta se abriu, senti que era o Bwana.

Estava parado ali, escondido atrás de uma tocha em chamas.

Dava para ouvir a respiração ofegante no escuro, sentir o cheiro da colônia, sentir a raiva desenfreada.

Ele se lançou de Mayfah em correria desabalada numa carruagem puxada por dragões cuspidores de fogo.

Eu tinha sido descoberta — claro que sim.

Bwana, Bwana, Bwana.

Como poderia expulsar o nome do meu senhor da cabeça quando ele o tinha martelado por tanto tempo?

Chefe Kaga Konata Katamba I.

LIVRO II

A CHAMA

REFLEXÕES, PENSAMENTOS, EXPERIÊNCIAS & SENTIMENTOS

(SINCEROS & LIVRES)

SOBRE A

VERDADEIRA NATUREZA DO COMÉRCIO DE ESCRAVIZADOS E COMENTÁRIOS SOBRE O CARÁTER E OS COSTUMES DOS OROPEUS

&

UM RELATO

(MODESTO & VERDADEIRO)

DA MINHA PROGRESSÃO DE ORIGENS POUCO AUSPICIOSAS PARA OS MAIS ALTOS ESCALÕES DA SOCIEDADE CIVILIZADA

Dedicado com a maior veneração

Aos Filhos da Virtude

&

Aos Justos da Humanidade de seu

Mais respeitoso & Humilde Servo

o Autor

Chefe Kaga Konata Katamba I

Caros leitores,
Sou um homem racional e um homem com razões:

Nº 1: Como um dos Capitães da Indústria do meu país, é meu dever manter os padrões de negócios porque o "Grande" em Grande Ambossa etc. não foi colocado lá por indecisos ou sonhadores lunáticos, mas por empreendedores obstinados, trabalhadores e bem-sucedidos, como é o meu caso.

Nº 2: O direito de propriedade é o direito do homem, seja terra, boi, casa, navio, objetos, filho, esposa ou escravizado. Quando esse direito é violado, a liberdade do homem é atacada.

Nº 3: É, portanto, em defesa dos meus direitos que tive de empreender a árdua recaptura da desprezível escravizada Omorenomwara. Não tenho tarefas mais importantes a realizar do que perder tempo valioso na perseguição de uma fugitiva?

Nº 4: Quantos escravizados receberam o posto de secretário pessoal de Grandes Senhores como eu? Quantos escravizados são obrigados a realizar tarefas simples de escritório, como escrever cartas com uma pena de avestruz mergulhada em tinta de lula do Oceano Índico em pergaminho egípcio especialmente importado? Ah, que trabalho extenuante, de fato! Quantos escravizados são assim privilegiados e o que um homem deve fazer quando há um abuso desse privilégio?

Nº 5: Quando uma surra é mais do que somente uma punição? Sempre que for uma lição de autoaperfeiçoamento, na medida em que auxiliará muito o beneficiário, se ele tiver a capacidade de aprender com seus erros. É verdade que há limites para a capacidade cerebral dos caucasoides, mas está provado que algum tipo de fundamento moral pode ser aprendido. Quando ele falha, a varinha flexível e o couro cru têm funções úteis. Assim como os esmagadores de polegares ou os cavaletes de tortura.

Nº 6: Um bom homem de negócios nunca permite que aqueles a seu serviço o espezinhem. Ele é o chefe, portanto tem de ser obedecido. É um equilíbrio delicado. O homem é firme, mas é gentil. O homem cede um milímetro, mas resguarda um quilômetro. O homem é respeitado, mas não é nunca, jamais, um amigo.

Nº 7: Para aqueles de vocês que dizem, "Pobre Omorenomwara, deixe-a ir!", eu digo, continuem lendo.

Para aqueles de vocês que dizem que o Comércio é cruel, eu digo, continuem lendo.

Para aqueles de vocês que dizem que o Comércio é justo e necessário, eu digo, continuem lendo.

Para aqueles de vocês que estão em cima do muro em relação ao Comércio, eu digo, continuem lendo.

Origens humildes — tragédia pessoal

Caros leitores,

Ai de mim ser o portador de más notícias, mas para aqueles personagens ridículos que, com a encenação dramática de braços acenando do Púlpito do Falso Moralismo pontificam que o Comércio é cruel e desumano, e que lamentam o sofrimento dessas criaturas desprezíveis como se nós e elas estivéssemos em pé de igualdade, estejam avisados de que suas afirmações falaciosas são uma completa perda de tempo, porque a opinião pública está contra vocês e continuará assim.

Outros personagens, no entanto, entregam Pronunciamentos Sombrios obtidos através da Sabedoria da Experiência, muita Contemplação Séria, Debate Erudito, Pesquisa Acadêmica Rigorosa e Análise de Estatísticas Vitais, o que os leva a descobrir certas Verdades Objetivas.

Doravante, é meu dever e prazer edificar o leitor quanto a estes últimos.

Em primeiro lugar, para aqueles novos leitores que não estão familiarizados com minha trajetória em direção a Propriedade, Prosperidade e Conhecimento, permitam-me que retrace meus passos pelas savanas do tempo, pelos rios sinuosos da memória, pelas florestas enevoadas do passado, até os céus azuis de minha juventude.

Meu povo, o Clã Katamba, era um povo de caçadores-coletores que por gerações percorreram os confins ao sul da Grande Ambossa.

Quanta humildade!, ouço-os arquejarem. Sim, de fato, a honra da Chefia, caros leitores, foi conferida a mim pela Casa dos Mestres por Longos e Notáveis Serviços à Indústria. Que fique entendido que, bem diferente de outros que usufruem de certas recompensas sem merecê-las, não nasci para herdar o Trono Dourado do Reino, mas as barras de ouro em meus cofres foram armazenadas ao longo de décadas de autossacrifício e graças ao espírito de ascensão social.

E foi assim que, ao longo da minha juventude, fui estimulado pelos sonhos de conquistas da masculinidade que todos os meninos ansiosos por deixar sua marca no mundo possuem.

Por ser o filho mais velho, devia ser o favorito de meu pai, mas não era para ser. Não era forte nem rápido o suficiente para agradar aquele que era o mais corajoso e resistente de todos os caçadores.

Foi a Kwesan, meu irmão mais novo, que ele concedeu essa honra.

Naquele dia fatídico, muitos anos atrás, meu pai enviou Kwesan e eu para capturar presas no território que nosso clã havia acabado de escolher como campo de caça. Foi a nossa primeira vez caçando sem a companhia de adultos e, depois de uma perseguição acalorada e cansativa a um jovem antílope, meu irmão, que sempre se vangloriou de ser muito mais forte e mais rápido do que eu, de repente saiu na frente e desapareceu de vista na floresta assim que o manto da escuridão começou a cair.

Chamei pelo seu nome e pedi que esperasse seu irmão mais velho, enquanto arfava atrás dele como um guepardo de três patas.

Seu riso ecoava leve e feliz e tilintante sob as árvores.

Corri para alcançá-lo, mas me perdi em meio à vegetação; em seguida, passei horas tentando encontrar o caminho de casa.

Quando por fim consegui, o antílope estava sendo assado ao redor de uma fogueira e um radiante e vitorioso Kwesan estava sentado em um lugar de destaque ao lado de meu pai, que o cobria de elogios.

Não conseguia entender por qual razão havia falhado na incumbência, momento em que meu pai se levantou e declarou que eu era a maior de todas as decepções para ele; de fato, ele perguntou em voz alta: "O meu filho Kaga é mais mulher que homem?".

Isso suscitou muitas risadas entre meu clã reunido.

Na sequência da mais miserável e insone das noites, decidi bem cedo na manhã seguinte que já tinha suportado o bastante e fui embora. Comecei a andar sem destino, até que cheguei à costa e me tornei de imediato seu servo.

Como seria, eu me perguntava, sentir essas ondulações efervescentes me levando para os recantos mais longínquos do nosso planeta?

Decidi que ia descobrir, e logo depois consegui emprego a bordo de uma escuna, a *Adana*, que estava ancorada a certa distância ao longo da costa.

Mas eu não sabia ainda, caros leitores, o que o destino havia reservado para mim, quando o Jovem Kaga, como era chamado à época, passou a conseguir manter o equilíbrio e a serenidade a bordo do *Adana* em movimento em alto-mar.

Foi um azar que meu eu jovem, bem-disposto, porém magro, tenha se tornado alvo natural de meus companheiros mais velhos, rabugentos e desbocados, que me consideravam pouco mais que um saco de pancadas para descarregar a raiva.

Com frequência, quando aqueles canalhas haviam capitulado e dormiam para se livrar dos efeitos do rum, de sua libertinagem e de sua fúria, eu ficava sozinho no tombadilho enquanto o navio seguia em frente, as velas achatadas contra o vento, deslizando pelo mar como uma gaivota, livre das mazelas do mundo.

Um vento forte de cerca de quinze quilômetros por hora podia desanuviar minha mente e acalmar minha turbulência interior. A esperança então se avolumava dentro do meu peito, e eu resolvia escalar a escada de corda da vida até chegar ao topo. Depois de içar cada degrau atrás de mim, os queimaria e faria um banquete de três dias para celebrar minha vitória.

Como ocorre com nossas perambulações, procrastinações e peregrinações na terra — o Tempo Passou. O Jovem Kaga tornou-se calejado pela vida no mar, e o Kaga que você vê diante de si hoje começou a emergir, aquele que é descrito *pelos outros* (eu mesmo não faço reivindicações imodestas) como: forte e ainda assim sensível, poderoso e ainda assim pacífico, uma máquina de fazer dinheiro para o benefício da nação e um exaltador dos valores morais elevados para o espírito do Império da Grande Ambossa.

Assim armado, agarrei a oportunidade de realizar meus sonhos quando a ocasião se apresentou.

Tínhamos acabado de tocar o cais em uma manhã úmida em plena estação chuvosa, e estávamos desembarcando em Do Va de um navio veloz ligado ao comércio de chá, que havia zarpado do Mar da China Meridional, uma viagem segura, porém longa, durante a qual, felizmente, os piratas perniciosos daquela região se mantiveram à distância, pois nosso formidável navio poderia ultrapassar e aniquilar qualquer uma das embarcações deles. Enquanto minhas pernas trêmulas pelo esforço contínuo em alto-mar se reajustavam à terra firme, fui interpelado, em meio ao burburinho de prostitutas e carregadores e mensageiros e ladrões que frequentavam as docas, por um cavalheiro idoso e enérgico que usava um monóculo e sedas verdes com fios de ouro que farfalhavam ostensivamente sobre ele, assim como pelo pajem a seu lado, atento, que o abanava com um leque de penas de colhereiro.

O Chefe Ambikaka tinha ouvido falar de minha reputação como um Primeiro Imediato honesto, confiável e respeitado, e me convidou para jantar e discutir um assunto de interesse mútuo.

Meus olhos se fixaram na enorme cabeça de carneiro de ouro pendurada em uma corrente em seu pescoço. Era óbvio que ele não era um mero mortal, mas um deus no panteão dos Grandes Negócios. Naquela tarde, fui o convidado de honra de um suntuoso banquete em um pátio caiado, onde buganvílias roxas e lilases transbordavam de todas as varandas.

O Chefe Ambikaka reservou-me um espaço entre os companheiros do alto escalão como ele, todos sentados de pernas cruzadas em esteiras. Os torsos nus exibiam um emaranhado de pelos grisalhos, e as barrigas se esparramavam sobre as beiradas de grama recém-cortada. Pepitas de ouro engastadas em anéis reluziam à luz do sol. Suspeitei que boas novas estavam na iminência de aflorar.

Lamentavelmente, primeiro tive que suportar canções em minha homenagem declamadas por um decrépito tocador de corá que não cantou mais de duas notas e não dedilhou mais de duas outras enquanto glorificava minhas qualidades heroicas e míticas de forma um tanto enfadonha. À medida que o sol da tarde começava a se transformar na luz fraca do entardecer, fiquei muito aliviado quando o barulho por fim cessou, e os serviçais entraram em ação — uma agitação de extravagantes turbantes amarelos e tecidos kente no quadril.

Serviram-nos patos crepitando nos próprios sucos dispostos em travessas, inhames assados até dourar, espinafre frito temperado com pimenta-malagueta e alho e bananas-da-terra assadas inteiras, de modo que a carne amarela escorria das cascas estouradas e escurecidas.

Enquanto consumíamos esse banquete de dar água na boca, o Chefe Ambikaka virou-se para mim, com partículas de ouro cintilando nos olhos. Eu receberia o comando da última adição à sua frota de navios mercantes, um navio escravagista de duzentas toneladas chamado *Esperança & Glória* que navegaria para o Continente Cinzento duas vezes por ano a fim de aumentar a sua já considerável fortuna por meio dos dividendos quase ilimitados do comércio de escravizados.

Eu seria um capitão de confiança, pois minhas referências, que ele já havia requerido, eram impecáveis.

O *Esperança & Glória* levaria quarenta caixas de mosquetes, trinta e duas mil pederneiras, colares de coral, tecidos afrikanos, bijuterias com contas, penas, papiros, objetos domésticos como chaleiras e instrumentos musicais como o tambor falante, que seriam trocados por carga viva. Meu anfitrião brincou que as armas encorajariam os oropeus a iniciar mais guerras, o que resultaria em mais prisioneiros oferecidos como servos.

Uma vez no nosso destino — a ilha de Nova Ambossa no Japão Ocidental —, trocaríamos os escravizados por açúcar, rum e tabaco.

E uma vez de volta à Grande Ambossa, esses bens de luxo seriam vendidos por uma pequena fortuna.

Além disso, como um incentivo especial para permanecer leal ao meu financiador, para cada carregamento de escravizados que chegasse em segurança à Nova Ambossa, eu receberia dez por cento do lucro total obtido.

Levei um segundo pensando a respeito do convite e outro para dar meu parecer favorável.

Capitão Kaga Konata Katamba I.

A felicidade invadindo meu coração era tanta que não consegui contê-la.

Naquela noite, caí de joelhos e balancei os quadris com as prostitutas lustrosas untadas com óleo do Chefe Ambikaka, que tinham seios fartos e bundas suculentas, enquanto a música com ritmos afrikanos sincopados vibrava em direção aos céus acima do complexo residencial.

Você pode imaginar como me senti naquela noite, deitado no tapete em uma suíte no complexo residencial do chefe, meu apetite saciado por duas meretrizes apetitosas que se reclinaram nos meus braços, os tambores e o rum ainda circulando nos vasos sanguíneos, mantido acordado madrugada adentro com fantasias extravagantes sobre o negócio que logo começaria a construir.

Louvei aos deuses por minha excelente sorte enquanto me aninhava entre seios esmagados e braços macios e coxas que aprisionavam ao mesmo tempo que acolhiam as minhas.

Um capitão de fato!

Alguns são mais humanos do que outros

Como todos os homens que são levados a navegar pelos oceanos, eu tinha ouvido histórias do Continente Cinzento ao longo de minha vida marítima.

Oropa — o nome saía com facilidade da boca de todo marinheiro, aventureiro e mercador que sonhava em acumular riquezas por meio do comércio de escravizados. No entanto, apenas os mais corajosos e resistentes ousaram se aventurar naquelas costas tempestuosas, porque se os chiados, as tosses e os espirros da gripe mortal não os capturassem, os selvagens sem dúvida o fariam.

Sim, caros leitores, os nativos dessas terras estão apenas agora emergindo das profundezas abomináveis da selvageria que nós, nações civilizadas, deixamos para trás em tempos pré-históricos.

Com a minha viagem para a Oropa em vista, embarquei num período de estudos.

Os mais instruídos entre vocês já estarão cientes de que existem três estágios ou, se preferirem, classificações da humanidade de acordo com a ciência exata da Antropometria Craniofacial, uma ciência testada e comprovada que mede o tamanho do crânio dentro do rigoroso e estimado campo da Antropologia Física.

São essas as classificações:

Nº 1 — O Negroide, que é nativo do continente afrikano.
Nº 2 — O Mongoloide, que é nativo dos territórios asiáticos.
Nº 3 — O Caucasoide, que é nativo do buraco do inferno conhecido como Oropa.

Todos reconhecemos que a cabeça negroide tem uma testa larga e proeminente, cuja parte de trás é espaçosa e arredondada, e que tem o que é chamado de mandíbula prognata (ou proeminente). Ao longo de milênios, o crânio espaçoso do negroide foi capaz de acomodar o crescimento de um cérebro muito grande dentro de sua estrutura. Isso permitiu a evolução de uma inteligência altamente sofisticada.

Além disso, a própria mandíbula prognata denota determinação de caráter e um grande senso de direção. O crânio negroide produziu, portanto, os seguintes atributos: ambição, automotivação, criatividade, autodisciplina, coragem, integridade moral, iluminação espiritual e responsabilidade comunitária.

Também vale a pena notar que, devido à sua posição na escala evolutiva, o negro também é muito sensível e capaz de grande profundidade de sentimento.

Nem é preciso dizer que a Antropometria Craniofacial prova que o negro é biologicamente superior aos outros dois tipos. De fato, enquanto o negro pertence ao gênero conhecido como "Humanidade", o mongoloide e o caucasoide pertencem a uma definição mais ampla de "Antropoide", que vai desde a espécie totalmente evoluída "Humanidade" até as menos evoluídas classificadas como "Neoprimata".

O crânio caucasoide, por outro lado, é, infelizmente, relegado ao degrau mais baixo da escala da "Humanidade". É longo, estreito e um tanto quadrado na parte de trás, com mandíbula ortognata (menos proeminente). Esse tipo de crânio contém um cérebro muito menor, porque não conseguiu se expandir além dos limites da pequena estrutura craniana. Além disso, a estreiteza do crânio denota um cérebro um pouco espremido, como diríamos nós, leigos.

A própria mandíbula ortognata denota fraqueza de caráter, imaginação limitada e intelecto restrito. O consenso é que esses defeitos crânio-estruturais também produzem os traços de infantilismo, ausência de propósito, preguiça, covardia, falta de coordenação, degradação moral e uma linguagem, ou linguagens, sem sentido; tão ininteligível, de fato, que ainda não foi verificado por especialistas linguísticos se a Oropa possui uma língua, classificada como "tatibitate", várias línguas ou apenas uma língua com diversos dialetos.

Além disso, os caucasoides são incapazes de calcular aritmética além do que chamam de "tabuada do dez".

Como o cérebro caucasoideano é atrofiado, é evidente que isso também os levou a desenvolver emoções um tanto embotadas. Junto com os animais de carga que trabalham nos campos, o caucasoide é incapaz de experienciar sentimentos intensos já que, devido ao seu estado neoprimata, está a apenas alguns passos do reino animal, com suas preocupações de Vadiar, Agitar, Capitular, Sonambular, Ejacular, Procriar, Mastigar, Procrastinar e Hibernar.

Nem quando o caucasoide recebe "castigo" físico ele sofre da mesma forma que vocês e eu. Bater no couro de um caucasoide é mais parecido com bater no couro de um camelo para fazê-lo andar mais rápido. Não se deixe enganar pensando que o sangue derramado e a pele rasgada do caucasoide constituem um crime contra a humanidade, não importa o quanto derramem lágrimas de crocodilo para convencer os crédulos entre vocês do contrário.

Imagino que até vocês, liberais obstinados, estão neste momento duvidando de suas velhas verdades.

No entanto, caso permaneça algum vestígio de dúvida, tenham a certeza de que essas categorias e conclusões são derivadas de *medições precisas e sistemáticas* dos ossos do crânio humano por importantes médicos que conduziram pesquisas empíricas durante muitos meses em cem crânios antes de chegar às conclusões.

Para resumir em termos simples, a raça caucasoide *não é da nossa espécie*.

Por outro lado, o joão-bobo mongoloide deseja firmemente se alinhar ao tipo negroide. Mas a verdade é que ele possui apenas trinta e cinco por cento de nossas admiráveis qualidades.

Ou, para apresentar os fatos de outra maneira:

Imagine um cérebro operando em plena capacidade com cem bilhões de neurônios (negroide).

Então um cérebro com trinta e cinco bilhões de neurônios (mongoloide).

E por fim um cérebro com vinte bilhões de neurônios (caucasoide).

Dando um passo além: também parece, então, que a remoção de certos espécimes do gênero caucasoide da Oropa para a Áfrika e seus domínios é, de fato, um Ato de Misericórdia.

Considerem por um momento, ó, homens de cinismo e desinformação, que o Comércio é uma chance para essas pobres almas escaparem da barbárie predominante no Continente Cinzento, onde horrores indescritíveis acontecem como um modo de vida normal.

Alguns deles eu mesmo testemunhei em primeira mão, e você ouvirá falar deles à medida que a minha narrativa se desenrola.

Como você descobrirá em breve, os escravizados oropeus foram salvos das mais horrendas mortes, punições, indulgências moralmente repreensíveis e sujeição, ao mesmo tempo que tiveram a oportunidade de adotar os modos e costumes dos homens civilizados.

Além do mais, as tribos oropeias escravizam umas às outras. Isso é muito natural para eles.

Assim que compreendi os fatos, devo confessar que foi com grande entusiasmo que embarquei em minha jornada para a Oropa, e com grande alívio também. Minha fibra moral não só permaneceria intacta, como também sairia fortalecida.

Com efeito, percebi agora que a minha viagem era, além do mais, uma Missão de Libertação — a Salvação de Almas.

Contudo, com os terríveis relatos do Continente Cinzento ressoando em meus ouvidos, havia também muita apreensão em meu coração pela barbárie que encontraria naquelas costas.

O Capitão Katamba I poupará os leitores dos detalhes irrelevantes de minha primeira viagem à Oropa; basta dizer que os mares estavam, como sempre, repletos de vicissitudes.

O pior aconteceu em nosso septuagésimo quinto dia, quando durante a madrugada um vento quente do noroeste rapidamente se transformou em uma tempestade tão poderosa que, se continuássemos na mesma velocidade, correríamos o risco de afundar o *Esperança & Glória*.

Ai de mim! Acordei para descobrir que era tarde demais para fazer a virada por avante. Não conseguimos alcançar a vela do mastro para cortá-la, nem os pontos de fixação das cordas para fazer o mesmo. Em um instante, o convés dianteiro foi atingido pelas infames ondas do Atlântico, que passaram por cima de nós, e a tripulação não pôde fazer mais do que se agrupar enquanto o timoneiro lutava para nos manter na posição vertical. Era apenas uma questão de tempo até que a quilha virasse e mostrasse a parte inferior de madeira para os céus inclementes, com minha tripulação e eu, homens bons e verdadeiros, bracejando abaixo dela.

Rezei a Iemanjá com mais fervor do que nunca. Era um homem jovem. Tinha uma fortuna para fazer e uma família para criar, a qual, algum dia, daria continuidade ao nome do Clã Katamba.

Como um milagre, Iemanjá ouviu meus clamores e a tempestade cessou. As chuvas diminuíram com a mesma rapidez com que se precipitaram. A ondulação das ondas desapareceu, de modo que em pouco tempo o mar se assemelhava a um lago tranquilo novamente, e os céus clarearam e derramaram com intensidade luz e calor.

Entendi então que Iemanjá estava sorrindo diante de minha missão.

A partir daí, singramos as águas em paz até nos aproximarmos da costa da Oropa.

O Continente Cinzento — ele parecia bastante inofensivo à primeira vista: uma praia deserta, um tanto inexpressiva vista de longe, serpenteando até onde o olho nu podia ver, debaixo de um céu insípido através do qual o sol não conseguia penetrar. As árvores que invadiam a área pareciam normais vistas à distância de nosso navio — bosques banhados pelo sol, talvez, ou até mesmo uma majestosa e antiga floresta? Mas, enquanto cortávamos as ondulações em nossos veleiros, compreendi que era a temida selva.

De repente, um vento tão forte começou a se formar atrás de nós que não precisávamos remar, pois as ondas nos empurravam impotentes em direção à costa com a força das rajadas. Antes que pudéssemos recuperar o fôlego, fomos lançados a uma praia feita de seixos e lascas afiadas de rochas que brilhavam como lâminas de facas.

A parte de baixo dos veleiros derrapou e raspou no pedregulho, e foi com grande inquietação que arrastei meu veleiro mais para cima na praia e o prendi lá.

O vento tinha surgido do nada, ao que parece, como se para nos provocar com espíritos malignos. Em um silêncio mortal, nuvens ameaçadoras haviam se multiplicado nos céus, a costa se tornou nublada e agourenta, e, enquanto eu explorava a praia desolada, minha mente foi invadida pelo pensamento de que havíamos chegado à terra firme mais sinistra.

A terra chamada Oropa.

A região chamada de Costa do Repolho.

Naturalmente, senti que corria perigo.

Decidi não permanecer mais do que o necessário. Nosso contato comercial, o renomado e popular intermediário ambossano Byakatonda, que viveu naquele continente por mais tempo do que a maioria dos homens sãos poderia suportar, e ao que tudo indicava tornou-se nativo (gerando tal proliferação de crianças miscigenadas com suas novas feições que poderiam formar a própria comunidade), deveria estar esperando por nós com centenas de cativos presos em barracões para que pudéssemos selecioná-los — e, contudo, ele não estava à vista.

Virei-me para o mar, em direção à alegre barriga de madeira do *Esperança & Glória* balançando com inocência a uma grande distância na água, e avaliei a possibilidade de não ser tarde demais para abandonar essa missão por completo.

No entanto, como vocês já devem estar cientes, o Capitão Katamba não era um desertor.

Eu mal tinha ordenado a meus homens que se espalhassem ao longo da praia perigosamente escorregadia para explorar aquela paisagem lúgubre quando notei selvagens começando a emergir de dentro da selva.

Primeiro uma cabeça com movimentos nervosos surgiu detrás de uma árvore, depois outra e outra até que dezenas desses condenados começaram a deslizar para fora com toda a furtividade de ladrões que vão roubar sua propriedade com uma mão e cortar seu pescoço com a outra.

Essas criaturas brandiam uma variedade patética, ainda que perturbadora, de armas: caçarolas, colheres de pau, martelos, forcados, pás, canivetes, pedras, enxadas, porretes, lanças, chaves de fenda, espadas, varas de pescar, chaves inglesas, serrotes e quaisquer outros instrumentos em que pudessem colocar as mãos imundas.

Enquanto rastejavam de maneira covarde em nossa direção, ouvi-os sussurrando em ritmo acelerado naquela "linguagem" deles, que não fazia nenhum sentido. Isso também era ridículo. Uma linguagem sem os c!icks, c!ucks, c!acks e !tsks da fala normal era monótona além do imaginável, e mais próxima do gemido baixo e monótono do gado do que dos sons exuberantes da comunicação humana.

Eles vieram trazendo presentes. Era um gesto de hospitalidade? Estavam nos cumprimentando com sorrisos para receber os recém-chegados em seu solo? Não, nada disso, nem de longe.

Fiz a pergunta: que crime nós, marinheiros, cometemos para suscitar tal hostilidade? O que havíamos feito a não ser ancorar na praia e passear enquanto esperávamos nosso parceiro de negócios?

À medida que se aproximavam, registrei o desprezo no rosto

de cada um deles. Se bem que, para ser justo, distinguir um do outro é um pouco de exagero, pois a palidez fantasmagórica deles fazia com que todos parecessem, com toda a franqueza, iguais.

Suspeitei que fossem os machos do *gênero*, mas não tinha certeza.

Mal respirávamos, meus homens e eu, tremendo porque estávamos diante de dois males: o frio que espetava minha pele nua (exceto pela parte da tanga) como agulhas e a aproximação ameaçadora dos selvagens.

Hesitei de propósito enquanto observava o progresso ardiloso deles.

O que exatamente um jovem sem experiência militar deveria fazer?

Naqueles instantes de indecisão, me perguntava se deveria tentar dialogar com o inimigo, persuadi-los a depor as armas. Eles iriam entender ou, pelo contrário, iriam atacar sem piedade, tal como seus compatriotas de quatro patas no reino animal — os dentes rangendo, as garras despontando, as armas balançando —, prontos para a matança?

Paralisado, observei.

Sem dúvida os selvagens estavam excessivamente vestidos, como me disseram que estariam. Usavam camadas sujas de panos e uma massa densa de lãs em tons marrons e verdes tão descorados que podiam se misturar à imundície da terra sem necessidade de camuflagem.

As roupas eram cortadas de um jeito bastante cômico, seguindo as formas do corpo humano. Era como se esses seres simplórios não soubessem como se vestir caso não contassem com espaços delimitados para os braços, o pescoço e as pernas.

Usavam objetos estranhos sobre a cabeça, e mais tarde soube que aqueles artefatos eram chamados de chapéus.

Os pés também estavam revestidos com objetos chamados

botas, que eram feitos de couro de animais. Elas formavam uma camada justa sobre a perna até a altura do joelho, por alguma razão incompreensível.

Alguns, porém, usavam nos pés objetos chamados sapatos, feitos de couro de animais ou — ainda mais estranho — madeira. Que mente insana concebeu essa ideia?

Você acreditaria que esses seres também eram peludos de um jeito indecente?

Onde quer que a carne aparecesse, estava coberta por pelos horríveis como os de um macaco ou gorila, sobretudo na cabeça e brotando do queixo, como fios de lã sujos.

O inimigo começou a ganhar velocidade, encorajado por nossa aparente falta de ação, o que confundiram estupidamente com vulnerabilidade.

Voltei a mim, decidido a não morrer ali de jeito nenhum — não naquela hora, não daquele jeito.

"Parem! Não avancem, meus amigos!", gritei, erguendo a palma da mão aberta para eles com toda autoridade que pude reunir.

"Parem! Imediatamente!", repeti.

Agora estavam tão perto que quase podíamos sentir seu cheiro, e eu conseguia ver os olhos exóticos que eram de cores que nunca deveriam ser vistas em um rosto humano. Era bastante assustador olhar para eles e ver um céu cinzento encarando de volta. Ou perceber a mirada de outra pessoa e mergulhar em um oceano azul-esverdeado sem fundo.

Dei outro aviso, ordenando-lhes que largassem as armas.

Mas então uma caçarola pareceu tremer no ar.

Uma colher de pau foi erguida como uma adaga prestes a mergulhar.

Uma vara de pescar se tornou um dardo nas mãos erradas.

Uma pedra foi lançada ao mar de um jeito muito agressivo.

Por fim deixei que minha raiva viesse à tona e chamei meus homens às armas.

Atenção para não errar!

Mosquetes foram erguidos sobre os ombros e disparados.

Admito que posso ter sido um pouco precipitado, mas tive de agir com firmeza, não tive?

Cerca de dez foram derrubados na primeira saraivada, o dobro disso na segunda. Os outros fugiram de volta para a selva, fazendo um alarido, e os que ficaram se contorcendo na praia foram liquidados.

Quando todos se foram, um silêncio inquietante voltou a descer sobre aquela costa deplorável.

A atmosfera silenciosa era gélida como o coração de um envenenador.

O mar devorava a costa com o silvo de uma víbora.

As árvores eram assassinas nos espionando.

Diante de nós, estava a sangrenta carnificina da guerra.

Enquanto examinava de perto aquela visão angustiante, um terrível mal-estar surgiu no meu estômago. Lutei para dominá-lo, mas infelizmente não consegui.

O Capitão Katamba, Líder dos Homens, lançou-se em direção ao mar, e bem, sim, vomitou.

Ah, eu podia ter me jogado na água e me afogado. Sim, podia!

No entanto, com a mesma rapidez, fui resgatado do abismo da autodestruição por Ogum, o Deus Guerreiro, que sussurrou algumas palavras em meu ouvido.

Em primeiro lugar, saí vitorioso, o que devia ser comemorado; e, além disso, eu não era um assassino, no fim das contas. Eu, que estava imbuído da mais benevolente das intenções, pessoalmente jamais matei um homem (podemos incluir "ser com alma" aqui) em minha vida, e meu histórico permanece intacto.

Não havia disparado um único tiro — meus homens, ou melhor, a tripulação, sim.

Enquanto chapinhava com dificuldade pelo mar de volta à praia, depois de vomitar tudo o que tinha dentro do estômago, vi um sujeito afrikano andando pelos seixos, seguido por uma verdadeira legião de selvagens, todos agora armados com mosquetes.

Era Byakatonda, é lógico, acompanhado pelo que parecia ser sua guarda pessoal.

Alto, magro e em sintonia com os rumores, ele havia se tornado um nativo: chapéu na cabeça, sapatos de madeira. Roupas de lã com espaços delimitados para os braços jogadas sobre a metade superior do corpo e uma juta com espaço para as pernas na parte inferior.

Tudo com aquela corzinha de merda.

Seria imprudente vociferar com ele pelo atraso, considerando que tínhamos negócios a tratar e que estavam em maior número. Contudo, queria informá-lo de que *ele* era o culpado por aquele *fiasco*. Foi *ele* quem nos deixou desprotegidos e à mercê dos selvagens naquele lugar ermo.

Ele se antecipou.

“Capitão Katamba!”, gritou com raiva. “O que diabos está acontecendo aqui?”

Coração cinzento

Caros leitores,

Byakatonda tinha permanecido cerca de dezenove primaveras na Costa do Repolho, e aquilo acabava transparecendo. Havia perdido aquela movimentação de membros livres dos afrikanos e caminhava como se uma haste tivesse sido enfiada no traseiro.

Enquanto eu voltava pela parte rasa na direção dele, seu nariz escorria. Em vez de lançar a secreção ao vento com o polegar de maneira higiênica, ele puxou um pano sujo e viscoso e assoou o nariz nele, multiplicando os germes e prolongando a doença.

Então ele me atingiu com uma explosão verbal em uma voz áspera e anasalada acerca de "um massacre no litoral da Oropa".

Ao que parece, o inimigo que nos surpreendeu era na verdade aliado próximo do próprio Byakatonda. Bons companheiros, digamos assim. Estavam apenas sendo curiosos e, por necessidade, cautelosos.

Que tolo impetuoso eu era, vociferou ele, a saliva respingando em meu rosto. Meu comportamento imprudente poderia arruinar o relacionamento conquistado a duras penas com os habitantes locais. Eu não tinha pensado nisso?

Então exercitei algo que, presumia, ele mal conhecia — autodisciplina — e expliquei que havíamos sido ameaçados pelo que aparentavam ser selvagens belicosos prestes a cometer alguma atrocidade, e que ele deveria se lembrar de que eu estava naquela praia a fim de colocar um cesto cheinho de búzios em seus cofres.

Com isso, ele começou a se acalmar, até que, de forma inesperada, agarrou uma das minhas mãos e a apertou!

Retirei a mão no mesmo instante e ergui a outra para me defender.

"Meu caro Capitão, o aperto de mãos é costume aqui", gargalhou ele, revelando dentes tão escuros e desordenados quanto o traje que usava. "É uma saudação de boa vontade. A pessoa se acostuma e depois a adota."

Aquele, eu suspeitava, era o problema dele.

"Por favor, vamos deixar esse caso lamentável para trás porque, como você observou com toda a razão, nós dois temos negócios a fazer.

"Posso agora dar as calorosas boas-vindas a você e seus homens", declarou ele, abrindo os braços em um gesto cerimonioso, antes de acrescentar em um sussurro conspiratório, "em meio a tamanha barbárie que você não imaginaria. A vida não vale muito por essas bandas, mas pegue leve no gatilho, hein, capitão?"

Eu não tinha atirado em ninguém, mas deixei que pensasse que sou um criador de caso de cabeça quente. Deixei que ele ficasse um tantinho prudente.

Ia passar as próximas vinte e quatro horas com Byakatonda, que era, lamentavelmente, muito prolixo.

"Perdoe-me por mencionar isso, capitão", ele gritou por cima do ombro, quando de repente saiu caminhando pela praia, deixando a mim, seu convidado, trotando atrás dele como um burro. "Mas você vai congelar as bolas andando por aí apenas com essa sua tanguinha. Agora vamos, vamos, vamos para a floresta!"

Segui-o selva adentro, que era tão sombria quanto havia previsto — sem sol, sem alma, sem cor. O lugar era fervilhante de insetos estranhos, cheio de folhagens em decomposição e com sua atmosfera soturna de degradação. Trepadeiras exóticas ameaçavam bloquear nosso caminho, os galhos contorcidos de árvores grotescas ameaçavam se aproximar e me estrangular, o solo era forrado de folhas caídas, o clima úmido me gelava os ossos. Sons estridentes disparavam no silêncio. Algo indeterminado levantou voo por entre as árvores. Adentrando a mata vinham sons que não eram nem de humanos nem de animais.

Demônios roçaram os lábios gelados na minha boca.

Parecia que eu estava sendo *observado*.

Era como voltar, caros leitores, aos primeiros dias do mundo, quando as árvores e a vegetação da natureza selvagem espalhavam gavinhas e garras sem a mão controladora do homem civilizado.

Meu anfitrião começou a se mostrar bastante cordial à medida que nos aprofundávamos no coração das trevas da Oropa, tagarelando sobre uma infância pobre em uma fazenda de milho no interior da Grande Ambossa. (Como se *eu* devesse *admirá-lo*.)

Ele não demonstrou interesse pelo país que havia deixado para trás.

A selva o havia reivindicado.

A selva era sua casa agora.

Por fim, nos aproximamos de um muro alto diante do qual corria um rio. Um tanto inquieto, nosso grupo se apressou quando Byakatonda me disse que o muro oferecia um círculo de proteção para a comunidade.

"Contra o quê?", perguntei em minha inocência juvenil.

"Os nativos são um bando sedento de sangue, capitão. Sem esses muros reforçados, eles seriam massacrados durante o sono por povos inimigos saqueadores que habitam o norte. Os enviados para o exterior é que são os sortudos. Até você sabia disso, é claro."

Mas que sabichão ele era.

"Meu *caro* amigo, como um respeitado capitão do mar, sei muitas coisas, como por exemplo que nós, enquanto nações civilizadas, não estamos livres do impulso de conquistar e derrotar a nós mesmos. É um pequeno desentendimento aqui e outro ali, às vezes uma guerra total. Isso é senso comum para todos os homens *instruídos*."

Byakatonda travou e agarrou meu braço, puxando-me em sua direção.

"Me escute, *senhor*", sibilou. "Estou falando de matança em uma escala que você não imaginaria — cem milhões no mínimo. Não podemos esquecer as milhares de pequenas guerras desde os tempos mais remotos. Às vezes, eles entram em combate e declaram que é em nome de seu ídolo pagão, Xtia — o mesmo que ordena: *Não matarás*.

"Agora — veja isso!"

Tínhamos chegado a um local onde uma ponte cruzava o rio e ele apontou para duas fileiras de estacas alinhadas de ambos os lados, nas quais estavam fincadas o que pareciam ser cabeças.

Sem dúvida não era isso, pensei, antes de chegar à conclusão de que era de fato uma exibição de cabeças desmembradas.

Desabei de imediato e regurgitei o pouco que restava em meu estômago.

"Esteja avisado", disparou Byakatonda de forma rude nos

meus ouvidos, enquanto a vida se esvaía de mim em ânsias de vômito.

(Ó, deuses! Me deem a porra de um tempo!)

"Eles são enforcados, estripados, decapitados e esquartejados, ou seja, o corpo é cortado em quatro partes. É uma prática comum há mais de três séculos para aqueles que cometem crimes contra o seu grande Chefe, o Rei. É uma advertência poderosa, você não acha?"

Não sabia o que responder. No muro, gigantescos portões de ferro se abriram para liberar uma procissão de nativos que pareciam estar em transe, usando roupas pretas.

Lutei para ficar de pé enquanto nos afastávamos para deixá-los passar.

O líder nativo usava uma túnica roxa chamativa e carregava duas hastes de madeira à sua frente, a horizontal mais curta cruzando a vertical, mais longa.

Seis dos machos mais altos equilibravam uma longa caixa de madeira nos ombros.

Quase morri de susto quando começaram um cântico coletivo que soava como um balbuciar de sons grosseiros mais ou menos assim: *painossoqueestasnocé*, e assim por diante e por aí afora etc.

Enquanto os observávamos desaparecer no matagal, Byakatonda me explicou que uma pessoa morta estava na caixa, e que, segundo o costume, logo seria enterrada no chão. Era peculiar, porque eles não se estrebuchavam e soluçavam com desespero em tais ocasiões, nem usavam carpideiras oficiais, mas suportavam o que era chamado de "compostura".

Quando atravessamos o portão da comunidade, o gosto amargo do vômito me deixou tão nauseado que senti as pernas quase cederem.

"O que preciso saber de antemão sobre o que se passa aqui dentro?", perguntei ao meu anfitrião, tentando controlar o tremor na voz, apoiando um braço em seu ombro para me amparar.

"Não me atrevo a contar", ele sorriu. "Exceto para dizer: bem-vindo ao meu mundo."

Ao passarmos por uma guarda composta de guerreiros nativos, vi que estavam cobertos da cabeça aos pés com ferros bem desengonçados. Como é que conseguiam lutar com agilidade em uma batalha vestidos desse jeito?

Uma vez dentro daqueles muros, Byakatonda me informou que havia conquistado as benesses dos nativos ao manter um número constante de compradores para os escravizados que capturavam para ele, embora ele próprio gostasse de sair para caçar de vez em quando.

Vários caminhos sinuosos se ramificavam dos portões, com habitações quadradas de madeira alinhadas de cada lado. Sim, quadradas!

Os nativos zanzavam sem pressa pelas sarjetas feito lesmas se arrastando na própria gosma.

Todos eram macilentos e usavam trapos cobertos de uma imundície repulsiva.

Alguns estavam deitados rígidos no chão, moscas zumbindo em torno de bocas escancaradas nos últimos estertores.

Às vezes um dos cadáveres se mexia, o que era bastante perturbador.

Mãos suplicantes imploravam enquanto passávamos.

Bebês enrolados eram amparados por mães mirradas que se sentavam de cócoras como chimpanzés.

A primeira trouxinha dentro da qual olhei continha algo tão cinzento e imóvel que parecia mais uma pedra que uma criança.

Perguntei ao meu anfitrião se a doença mental também era uma ocorrência comum por aqui.

Ele respondeu que eles eram chamados de pobres.

Fiquei muito aliviado quando chegamos a uma praça lotada.

Mais uma vez, no entanto, fiquei sem palavras quando testemunhei um espetáculo alucinado, com muitas cores.

As fêmeas desfilavam usando roupas cujas armações no torso lhes esmagavam as costelas com tanta força que a respiração devia estar obstruída. O tecido dessas roupas apertava em volta do pescoço de quem as usava, parecendo asfixiá-las. Estruturas tortuosas pendiam das metades inferiores, que lhes expandiam os quadris a proporções ridículas, e os objetos chamados sapatos eram tão estreitos e pontiagudos que lhes deformavam os pés.

Como exatamente elas conseguiam se manter vivas está além da minha compreensão.

Os machos se pavoneavam em vestimentas que não eram nada parecidas com nossas estilosas peles de leão ou tigre, mas que eram projetadas para fazer seus ombros parecerem ter o dobro da largura normal. Em sua metade inferior havia peças para as pernas que desciam até o joelho, em alguns casos amarradas com fitas! Os objetos sobre as cabeças eram tão largos que os rostos ficavam na sombra.

Eles se vestem assim *e* andam por toda parte à luz do dia?

"Chama-se 'a moda'", meu anfitrião gargalhou, dando tapinhas nas minhas costas como se tivéssemos nos tornado grandes companheiros, além de meros compatriotas. "Em nome da moda, estão preparados para sofrer e até se desfigurar para sempre. Venha! Vamos para o cadafalso onde a multidão está se amontoando lá adiante."

Na outra extremidade da praça, centenas de nativos disputavam uma posição aos berros. Byakatonda abriu caminho serpenteando com destreza.

"Sincronia perfeita. Esse lote é de ladrões. Você pode não aprovar a punição, mas todos vamos dormir muito melhor sem aquele bando de vagabundos perambulando pelas ruas à noite."

Logo à nossa frente se encontrava uma carroça puxada por cavalos que carregavam cinco nativos de olhos vendados, que tinham o pescoço preso a uma corda pendurada em uma única viga.

Um gongo soou e a carroça saiu em disparada, deixando as vítimas penduradas pelo pescoço se contorcendo e gorgolejando por uma eternidade, até que por fim ficaram molengas.

Nesse momento, a multidão se aquietou em um silêncio satisfeito e começou a se dispersar.

Mal tinha digerido o que havia acontecido quando gritos de alegria se ergueram de outra multidão na extremidade oposta da praça.

"Eu o poupei dessa. Eles colocam a cabeça de um sujeito em um bloco de madeira e a decepam."

No instante seguinte, Byakatonda me disse que em breve me levaria para sua casa e teríamos uma refeição saudável, e que depois poderíamos dar início à nossa negociação.

Para ser muito franco, caros leitores, eu havia perdido o apetite por completo.

No entanto, ninguém poderia ter me preparado para o que veria a seguir.

Senti um cheiro terrível de queimado. *Talvez estejam assando um de seus animais estranhos*, imaginei.

Byakatonda me conduziu até o terceiro canto da praça e, quando nos aproximamos, vi que uma de suas fêmeas, de meia-idade e com um emaranhado de cabelos pretos, havia sido amarrada a um poste em meio a uma fogueira.

Estava sendo queimada viva.

Sim, viva.

Vuuush! O cabelo dela pegou fogo e, embora gritasse, nenhum som saía.

Meu corpo entrou em convulsões pela terceira vez, porém meu estômago estava vazio.

O que posso dizer, caros leitores, a não ser o horror, o *horror*...

Ao que parece, era uma mulher a que chamam bruxa, ou seja, uma mulher acusada de se associar com a principal figura demoníaca deles, chamada Diabo.

O destino de uma bruxa é ser amarrada, atada a pedras e jogada no rio. Se afundar, ela é inocente, embora já esteja obviamente morta. Se flutuar, é considerada culpada de bruxaria e vão queimá-la viva.

Alguma coisa naquele buraco infernal fazia sentido?

A Matança na Praça era a diversão da comunidade nas tardes de sábado. No dia seguinte, iam ao templo para adorar o deus que lhes disse para não cometer nenhum daqueles atos inqualificáveis.

"Você tem que se lembrar que eles não são como nós, Capitão, não são como nós de jeito nenhum", Byakatonda disse, me observando atentamente para avaliar minha reação.

"Não preciso ser lembrado disso", respondi, erguendo os olhos para um céu desprovido de cor, desprovido de vida, desprovido de humanidade, desprovido de sanidade.

Gostaria de ter ido embora daquele lugar abominável.

Tinha visto e ouvido o bastante.

Byakatonda não morava muito perto do mercado e, embora a paisagem fosse desoladora, fiquei aliviado ao sentir uma leve brisa. Enquanto andávamos até lá, ele continuou a me contar sobre os outros costumes e tradições daquela sociedade repulsiva.

No sábado anterior, Byakatonda tinha visto um nativo amarrado a uma cesta cheia de vespas enquanto era picado até a morte; alguns meses antes, um foi colocado em um barril crivado de pregos e empurrado colina abaixo. O instrumento de tortura chamado cavalete também era popular por arrancar confissões — esticando uma pessoa até que os ossos dela se soltassem das articulações.

Incapaz de ouvir mais, decidi pôr um fim àquela ladainha de maldades e perguntei que diabo era essa coisa chamada sábado. Ele explicou que era o sistema dos nativos de acomodar o tempo no que chamavam de dias. Sete desses dias constituíam algo chamado semana, e quatro dessas semanas constituíam um mês, embora a quantidade de dias em um mês variasse entre vinte e oito e trinta e um. E trezentos e sessenta e cinco desses dias constituíam um ano. Exceto nos anos em que isso não acontecia.

Tentei encontrar uma justificativa para isso.

Ainda estou tentando.

Perguntei a razão de ele ter escolhido passar a vida entre esses selvagens, ao que ele respondeu: "Aqui sou alguém — o grande chefe negro entre os pequenos nativos branquelos. Na Grande Ambossa eu era um ninguém. Então, o que você acha?".

Admirei sua honestidade, ou mesmo seu sarcasmo.

Passamos por campos estéreis envoltos em uma sinistra névoa diáfana. Ídolos pagãos de aparência maligna estavam enfiados no meio dos campos. Eram varas de madeira vestidas como os nativos e com cabelos feitos de palha.

Quando minha cabeça começou a se desanuviar, a conversa de Byakatonda tomou um rumo mais engraçado. Ele me disse que os nativos eram bastante supersticiosos. Eis o que fazem para atrair boa sorte.

Eles devem tocar um pedaço de madeira, cruzar dois dedos um sobre o outro, pendurar uma ferradura na porta da frente, passar por um gato preto na rua e repetir "coelho branco" três vezes assim que acordam no primeiro dia de cada mês.

"Por que não um porco cor-de-rosa?", brinquei, começando a me sentir como eu mesmo outra vez.

Em contrapartida, era considerada má sorte passar por baixo de uma escada, quebrar um espelho, vestir a cor verde, derramar sal ou passar por outra pessoa quando se subia as escadas, e o décimo terceiro dia daquela invenção deles, quando chamado de sexta-feira, era tão agourento que alguns nunca saíam da cama nesse dia, por medo de que algo pudesse acontecer com eles.

Quando chegamos à residência dele, meu ânimo já havia melhorado.

Era tudo hilário.

Meu anfitrião revelou que, quando finalmente voltar para a Grande Ambossa a fim de viver uma vida de luxo, cogita formar a Sociedade Internacional para a Supressão de Crenças e Costumes Selvagens.

É possível, finalmente, simpatizar com ele.

A salvação das almas

Caros leitores,

Chegamos agora àquela parte da minha história que se refere à compra de escravizados.

A residência de Byakatonda era, graças a Deus, construída no estilo ambossano de arquitetura. Não era uma prisão como uma caixa quadrada, mas suas paredes se curvavam formando um círculo. Não era feita de madeira inflamável, mas de barro sólido, de alta qualidade e de baixa manutenção.

Em vez de me sentar de pernas cruzadas no chão e comer com os dedos, tal como pessoas normais faziam, fui, de maneira desagradável, orientado a me sentar em uma mesa e forçado a enfrentar aqueles instrumentos metálicos mais adequados à agricultura ou à guerra do que à alimentação.

Foi servido um "ensopado de inverno" que continha o seguinte: carne tão dura e difícil de mastigar que as fibras ficavam presas nos dentes, uma coisa-vegetal-repolho composta de membranas finas, verdes e aquosas tão sem gosto quanto folhas molhadas, e boiando na superfície do ensopado havia bolinhos feitos de farinha e água que mais pareciam cadáveres inchados de ratos.

Quando pedi uma malagueta para apimentar tudo, meu elegante anfitrião retrucou que seu paladar não aguentava mais o gosto e que, se eu quisesse comer pimenta, deveria ter trazido algumas do navio.

Chique!

No fim das contas, ele era um idiota repugnante e rabugento.

Me ofereceram uma bebida chamada chá, que parecia água suja e tinha gosto de palha fervida.

No entanto, asseguro aos leitores que de alguma forma consegui ingerir aquilo.

Fiquei sabendo que meu anfitrião vivia com uma esposa oficial e que engravidou tantas não oficiais quantas conseguiu. A esposa oficial, que atendia pelo nome de Janet (JAAA-NET), era, sem surpresa nenhuma, nativa. Com sensatez, era mantida fora de vista.

Ele se gabava de ter dado origem a muitas crianças miscigenadas, que ocasionalmente avistava enquanto corriam pelas ruelas e campos da comunidade como pequenos orangotangos.

Findo o "jantar", nos aventuramos em um enorme pátio na parte de trás da casa, onde os escravizados (acorrentados, indolentes e, por sorte, dóceis) estavam dentro de um curral. Ao que tudo indica, deixou de ser seguro mantê-los em gaiolas na praia graças aos povos beligerantes do norte, que causavam muitos aborrecimentos.

Byakatonda se queixou de que a todo-poderosa Associação de Mercadores de Escravizados Ambossanos planejava construir um forte naquela mesma costa em um futuro próximo, o que provavelmente arruinaria o pequeno negócio de mercadores independentes como ele.

Ele me apresentou a seu "rapaz" de confiança, Tom, um oropeu baixo e entroncado, enrugado e de cabelos brancos com cerca de sessenta primaveras.

De imediato, juntei as mãos com força atrás das costas para que ele não pudesse pegar uma e sacudi-la.

"Bons dias, senhor-Capitin. Nóis consiguirum bandu bunito de palmitin' procê. Forti, saldáveis, machus i tamém campunesa. Nóis ispera longe o tempo cê chegá. Nóis prontu procê. Nóis senta u sarrafo nelis si fuji du controli pur isso cê vaie i iscolhi, senhor. Aspenas vaie pras dentru i iscolhi elis."

Sim, de fato iria.

Entrei no curral e embarquei na tarefa. Dei cutucões para testar os reflexos rápidos, apertei músculos para testar a força, examinei articulações para verificar a flexibilidade, inspecionei partes íntimas em busca de máculas venéreas, dentes para checar a saúde e avaliei as jovens fêmeas com bastante cuidado em busca de potencial curvilíneo que pudesse triplicar seu preço.

Os escolhidos foram conduzidos por Tomashara, ou, como lhe queiram chamar, até o chiqueiro vazio do outro lado do pátio.

O procedimento estava correndo de modo razoavelmente tranquilo, quando um dos nativos, curvado para que eu examinasse seu ânus, teve um rompante de indignação do nada. Ele se virou e sacudiu o punho na minha cara.

Já havia notado que ele era esguio, porém sólido, não na primeira flor da juventude, mas também não velho demais que não pudesse aguentar a jornada de trabalho nos campos do Japão Ocidental. O cabelo ruivo espalhafatoso passava da altura dos ombros.

Na mesma hora, dois dos guardas prenderam os braços dele para trás, enquanto ele espumava e esbravejava em um tatibitate que Byakatonda traduziu para mim, para que eu soubesse com o que estava lidando.

Preferiria que não o tivesse feito.

"Você precisa me ajudar, senhor! Você é a minha única esperança. Meu nome é Jack Scagglethorpe, um cidadão do norte, trabalhador, temente a Deus e cumpridor da lei. Essa senhora aqui é minha querida esposa Eliza, e essas são minhas filhas Alice e Sharon. Aqueles demônios raptores entraram em nossa choupana enquanto estávamos jantando, e antes que pudesse me levantar e proteger minha família, fui arremessado para o chão com um golpe na cabeça que me nocauteou. Eles já haviam levado minha Doris na primavera passada, e no caminho para cá arrastaram minha filha mais velha, Madge, para a floresta. Ouvimos os gritos dela. Ah, Senhor, nós ouvimos os gritos dela.

"Somos gente boa, gente simples, gente pobre. Eu imploro, tire-nos daqui. Só queremos ir para casa e viver em paz. Ah, Senhor, nos liberte! Nos liberte!"

Nesse ponto, Byakatonda mandou o punho direto na bochecha do sujeito — o que o calou.

Disse ao meu anfitrião que era evidente que aquela criatura não era capaz de compreender que estava sendo removida da Miséria Abjeta. Talvez meu anfitrião devesse educar a mercadoria antes da venda.

Ele me disse que, embora muitíssimo agradecido, não era trabalho dele convencer a mercadoria dos benefícios da civilização ambossana.

Então ordenou que o nativo fosse amordaçado, arrastado para fora do curral e colocado em uma engenhoca de madeira genial, na qual encaixaram a cabeça e os braços dele.

Lá ele permaneceria até que tivesse aprendido a lição.

Uma pena deixá-lo para trás, pensei, porque, apesar do temperamento violento, um homem com tanto vigor renderia um bom dinheiro em Nova Ambossa.

Ele mal tinha se calado quando as mulheres de cabelos amarelos que o cercavam começaram a fazer um estardalhaço também — como um bando de galinhas, cacarejando e agitando as asas.

Tomashara, ou como queiram lhe chamar, levantou o cajado e acertou as costas da mais jovem, uma menina com uma profusão de cachos emaranhados e de um amarelo cor de sujeira que estava passando por um terrível acesso de raiva.

Aquilo resolveu o problema. Silêncio.

Decidi levar as três cabeças amarelas. As duas mais jovens tinham potencial.

Admito que, depois de selecionar duzentos escravizados, estava começando a ficar cansado, momento em que me deparei com um homem que assumiu um comportamento um tanto pomposo — encarou-me direto nos olhos, como se fôssemos iguais!

Eu tinha acabado de erguer uma pelanca solta debaixo do braço dele e estava pronto para seguir em frente quando ele também começou a falar, e, antes que eu pudesse impedi-lo, Byakatonda começou a traduzir mais uma vez:

"Escute aqui, caro amigo, houve um terrível mal-entendido. Meu nome é Lorde Perceval, dos Montague. Talvez você já tenha ouvido falar de nós. Uma das famílias aristocráticas mais antigas da Inglaterra. Ouça, senhor, houve o mais abominável dos equívocos. Estava negociando a venda de um lote de prisioneiros para um desses mercadores iniciantes impetuosos quando ele me acusou de tentar trapaceá-lo com mercadorias de baixa qualidade, e por isso exigiu um desconto de cinquenta por cento. Começou uma discussão, eu o golpeio, chamando-o de moleque, ao que ele instrui os brutamontes contratados por ele a me acorrentarem também! Além disso, descobri que esses intermediários desonestos também estão pilhando minha propriedade, raptando os servos que trabalham em minha terra, se me permite dizê-lo.

"Agora olhe aqui, eu não sou um serviçal em meias de lã ou um escroque como esse bando. Não sou um escravizado, sou dono deles.

"VO-CÊ-ES-TÁ-COM-PRE-EN-DEN-DO?

"Exijo minha libertação imediata, bom amigo, e farei com que o Rei da Inglaterra o veja com bons olhos. Acredite em mim, sou um dos homens mais influentes do reino. Você está formalmente convidado a passar um fim de semana como hóspede em minha herdade, se assim o desejar, onde podemos discutir interesses comerciais que beneficiarão a ambos.

"Você também caça ou pesca?"

"Que idiota pomposo", comentei com Byakatonda, que retrucou: "Ah, já ouvi tudo isso antes: Mas sou um príncipe! Mas sou um aristocrata! Mas sou um proprietário de terras! Como se a gente se importasse. É só mais um palmitão para nós. O que acha, vai ser de alguma serventia para você?".

"Alguém que sem sombra de dúvida nunca levantou uma pá na vida não tem serventia."

"Então vamos em frente."

E assim o fizemos.

Antes do cair da noite, eu tinha escolhido o meu carregamento, pechinchado o preço e me retirado cedo para uma merecida noite de sono.

Só que a sorte subconsciente me enganou, porque minha consciência estava em estado de torpor.

Vocês logo entenderão, caros leitores, o dilema que enfrentei como alguém que era novo no Comércio. O Chefe Ambikaka e eu concordamos com a compra de quatrocentos escravizados. Isso garantiria que se instalassem com conforto nas prateleiras do porão.

Beliches, eu os chamava.

Pelos meus cálculos, se tudo corresse bem, quando por fim chegássemos à Grande Ambossa depois de depositar a carga em Nova Ambossa, o lucro financeiro dessa carga seria algo em torno de cinquenta e duas mil libras, dez por cento das quais seriam minhas — mais de cinco mil libras.

Calculei que, se acrescentasse mais cento e cinquenta cativos, perfazendo o total de quinhentos e cinquenta, o lucro bruto subiria para algo em torno de setenta mil libras — dez por cento das quais, mais de sete mil libras, seriam minhas.

Contudo, se ocultasse essa carga adicional de meu empregador, e realizasse uma venda secreta por conta própria, poderia obter quase vinte mil libras extras, mais as quase cinco mil libras computadas, elevando meu lucro total a uma quantia considerável de quase vinte e cinco mil libras.

Isso, de fato, me deixaria muito rico!

No entanto, depois de muito me virar e revirar até as primeiras horas do dia, cheguei à conclusão de que devo seguir o critério moral porque, verdade seja dita, não sou um homem traiçoeiro.

Carregaria cento e cinquenta escravizados extras e contaria ao Chefe Ambikaka, que ficaria tão feliz com o lucro resultante quanto o seu fidedigno capitão.

Raciocinei que alguns deles poderiam não sobreviver à viagem, mas calculei que, mesmo que cinquenta morressem no mar, ainda assim ia valer a pena.

Com um ganho pessoal de mais de sete mil libras, poderia comprar uma embarcação de segunda mão e começar a comercializar imediatamente, me tornando meu único patrão.

Assim que amanheceu, acordei meu anfitrião, que, como é evidente, ficou encantado por fazer mais dinheiro às minhas custas, e nos lançamos outra vez na seleção de escravizados.

Até escolhi aquele ruivo descarado que passou a noite naquela engenhoca de madeira. Não se aflijam, caros leitores, ele ainda estava vivo e pacificamente arrependido.

Escolhi aquele pomposo também, embora, verdade seja dita, ele tenha sido incluído de graça. Só queriam se livrar dele.

Era hora de me despedir de Byakatonda. Um sujeito estranho e desagradável com quem se podia, apesar de tudo, fazer negócios.

Navegando nos mares do sucesso

Caros leitores,

Há poucos motivos para incomodá-los com as minúcias da longa e cansativa jornada até Nova Ambossa. Basta dizer que administrar um navio escravagista significa ser responsável pelo bem-estar da carga — tal como um pai para com seus filhos.

No entanto, fizeram tanto barulho no dormitório abaixo do convés que tive pouca paz de espírito durante toda a viagem!

Muitos se entregaram à Apatia; alguns até morreram por conta dela. Era a maneira da natureza de separar o joio do trigo, suponho. Alguns conseguiram se jogar ao mar em algum tipo de pacto ritualístico de suicídio, embora minha tripulação tenha feito tudo ao seu alcance para detê-los.

Como haviam me alertado, o cheiro de um navio escravagista podia se espalhar por oito quilômetros com o vento soprando atrás dele.

Devo confessar agora, todavia, que, sozinho no mar por meses a fio, que homem de sangue quente não desejaria a companhia de uma mulher?

Sim, a própria ideia era repugnante no início, mas fui forçado a ceder à pressão de meu Imediato, que disse que era "muito antinatural, senhor" (insinuando *o quê*, exatamente?), um capitão recusar a oportunidade de escolher primeiro.

Na tentativa de salvar minha reputação de homem, fui obrigado a observar as mulheres enquanto dançavam no convés e decidi, de forma inusitada, que uma das cabeças amarelas seria a menos ofensiva. Era talvez um pouco magra e imatura, mas fui atraído por uma certa graça e alheamento, como se o corpo estivesse lá, mas a mente estivesse em outro lugar.

Atendia pelo nome de Sharon (SHAAA-RON), então a avisei sem delongas que deveria responder apenas pelo nome de Iffianachukwana.

Domestiquei-a bem depressa, e fui forçado a colocá-la no esmagador de polegares somente uma vez — depois da primeira noite, na verdade, quando ela correu pela minha cabine arranhando o próprio peito e os braços, como uma lunática, e jogou minha linda tigela de porcelana pintada à mão no chão, partindo-a em pedacinhos.

(A histeria, ao que parece, era um mal de família.)

Ela se acalmou depois dessa pequena explosão, compreendendo, sem dúvida, que haveria uma imensa fila de mulheres para ocupar o lugar dela na espaçosa cabine do capitão com uma vista espetacular para o mar.

Iffianachukwana aprendeu em pouco tempo um pouco da língua ambossana e nesse ínterim passava os dias cumprindo com suas obrigações: tomava conta das minhas roupas de cama, limpava a cabine, polia minha coleção de joias e esfregava meus pés, como e quando necessário. Também me servia o jantar, como convém a um homem da minha hierarquia, e de quatro, para que eu pudesse comer da bandeja depositada sobre suas costas.

Quando o *Esperança & Glória* por fim adentrou o porto em Nova Ambossa para ser saudado pelos canhões na costa, permaneci no convés todo orgulhoso, vestindo meus melhores trajes. Ostentava um adereço de cabeça de bronze com dois chifres de antílope, um colar de bronze decorado com búzios, braceletes de marfim, pulseiras de cobre e latão, uma saia de contas e pesadas tornozeleiras de latão. (Ansiava pelo dia em que tudo seria feito de ouro e sob medida.)

Descarregamos do porão:

182 quilos de cera de abelha
2500 peles de cabras
20 toneladas de trigo
10 toneladas de lã de carneiro
e por último, mas não menos importante,
323 escravizados

É fácil compreender, meus caros, caríssimos leitores, que aqueles que sucumbiram ao Destino não teriam sido fortes o suficiente para a vida na plantação. Enquanto isso, aqueles que resistiram todo o percurso eram a prova de minha capacidade de selecionar um estoque com boa constituição corporal.

Para a minha sorte, a carga superou as expectativas, pois era o apogeu dessa migração internacional de mão de obra, e a posição era vantajosa para quem ia vender. Não obstante a diminuição dos números para a comercialização, ainda saí com uma comissão de quase oito mil libras, e logo depois comprei meu primeiro navio de alto-mar.

Após minha segunda viagem à Oropa, comecei a comprar um estoque próprio de escravizados, e logo passei a possuir um modesto lote de terra na região montanhosa central de Nova Ambossa.

Após a minha décima viagem bem-sucedida para o meu empregador, Chefe Ambikaka, o capitão Katamba estava pronto para prosseguir por conta própria, e o fez de forma triunfal.

No entanto, as dificuldades da vida no mar acabaram me desgastando, e desejava esticar as pernas, erguê-las em um banquinho, me servir de um copo de piña colada (ou dois) e saborear a doçura do sucesso.

Foi assim que, no devido tempo, me juntei à legião dos proprietários ausentes de plantações que retornaram à Grande Ambossa para desfrutar das delícias da sociedade civilizada em Mayfah.

Meu filho mais velho, Nonso, apesar de muito jovem, acabou sendo despachado para administrar a propriedade, tarefa que desempenhou de maneira admirável, sendo por natureza um disciplinador.

(Lamentavelmente, as grandes esperanças que tinha em relação a meu segundo filho, Bamwoze, foram frustradas quando ele tentou fugir com a prostituta negra dele. Falar disso ainda me dói.)

De vez em quando, ainda volto para auditar as plantações.

Logo após o desembarque, Iffianachukwana ficou com os quadris largos, os seios incharam de leite e ela começou a parir.

Por favor, não fique chocado. Sim, são mestiços, mas são *meus* mestiços. O primeiro filho que ela me deu, Kolladao, é agora um capataz bem-sucedido.

Talvez você se surpreenda ao saber que, muito depois da minha primeira viagem, Iffianachukwana continua sendo minha única prostituta lá no engenho.

Acabei de certa forma me habituando a ela.

E aquele modesto lote de terra se transformou em um dos maiores engenhos do Japão Ocidental — Lar, Doce Lar.

E de fato é isso mesmo.

O clima é perfeito, minha produção de açúcar aumenta a cada ano e meus escravizados, desde que se comportem bem, estão sempre felizes e sorridentes.

A traição da gentileza

Caros leitores,

Devo por fim chamar a atenção para a delicada questão daquela miserável Omorenomwara.

Examinemos os fatos, caros leitores, porque, como já provei inúmeras vezes, os fatos são tudo o que importa.

Omorenomwara residia na ilha de Pequena Londolo no Japão Ocidental, onde por alguns anos havia sido propriedade da bem relacionada família Ghika, que conhecia por meio de grandes amigos em comum, os Kensah. Fora acompanhante de sua única filha, Milagrinho, e havia aprendido a ler e escrever, algo sem precedentes para uma escravizada.

A encantadora e, dizem, deslumbrante Milagrinho morreu lamentavelmente de forma trágica quando, ainda se recuperando de uma infecção por malária, escorregou e caiu no rio da propriedade, se afogando na cachoeira. Os pais nunca se recuperaram e, para seus donos, a jovem escravizada servia como um lembrete constante do que haviam perdido. Tentaram se livrar dela sem demora. Os Kensah souberam que eu estava procurando uma criada de qualidade para Pleasure, minha segunda esposa recém-adquirida, e dali em diante a venda e o salvo-conduto com destino à Grande Ambossa foram arranjados com rapidez.

Quando a jovem Omorenomwara foi conduzida até meu escritório naquela primeira manhã, detectei um ar de rara inteligência. Embora seja verdade que o gênero caucasoide costume ser burro como uma porta, existem, admito, exceções.

Além do mais, havia algo de familiar nessa garota de cabelos amarelos, como se eu a reconhecesse de alguma forma.

Era um tantinho desconcertante.

Como havia passado anos trabalhando para uma boa família, o ambossano dela era bastante proficiente.

"Disseram-me que minha caligrafia é exemplar, Senhor."

Eu ri comigo mesmo. Exemplar. Deveras.

Todavia não havia motivos para reclamar, já que bem depressa ela se tornou indispensável, embora não invencível, como ela deve ter imaginado. Mostrou-se leal, discreta e competente, e vi poucos motivos para não confiar nela e tratá-la bem.

Sim, estava cego, como descobri a duras penas.

Quando voltei para casa tarde naquela noite agradável do Festivodu, alegre com o álcool, rouco de tanto cantar as canções festivas, cansado de dançar e com o estômago estourando as costuras depois de um banquete de sopa de marlim, purê de mandioca e girafa assada apimentada, disseram-me que ela havia desaparecido sem deixar rastros. Fiquei tão estupefato que desabei em um divã e tive que ser reanimado com sais aromáticos.

Quando ficou evidente que ela havia fugido, a fofoca se espalhou por Mayfah como ratos correndo no esgoto.

Quando saí para meu passeio matinal no dia seguinte em Hy Da Plains, montando meu camelo favorito nos arredores do Serpen*t*in Wadi, fui recebido com sorrisos presunçosos de meus vizinhos e senti o impulso de cortar fora seus lábios e triturá-los na areia.

Decidi que, quando encontrasse a vadia, como sem dúvida iria, seria forçado a impor uma penalidade severa para recuperar minha autoestima e minha posição na comunidade.

Não esqueçamos que a punição para um fugitivo costuma ser a perda de um membro ou a língua, ou mesmo a morte.

É a forma mais tradicional de se agir.

De imediato, enviei notícias de sua fuga, e logo fui notificado de que ela havia sido vista em Doklanda, na companhia de uma conhecida debutante de uma daquelas famílias esquerdistas e equivocadas de Qua Ka.

Decidi liderar a caçada pessoalmente.

ANÚNCIOS

BANCO DO REINO UNIDO
Nosso crédito é o seu lucro

LLOYDS DE LONDOLO
Esteja assegurado de que seus navios estão segurados

ASSEMBLEIA DA CÂMARA DOS GOVERNADORES
Ambossa domina as ondas

VENERÁVEL COMPANHIA DE MERCADORES DE ESCRAVOS
CONSTRUINDO A NAÇÃO

Conselho Geral dos Homens Santos
A Posição Missionária: *Há apenas 600 deuses verdadeiros*

Venerável Companhia de Fabricantes de de Rum
Saboreando a **doçura**

A Companhia Real Afrikana
A Família Real os Privilegia

Arsenal Wool Wi Che
Disparando por você & silenciando nossos críticos

Taxas publicitárias negociáveis

LIVRO III

Ah, querida carruagem

Um enxame de mariposas colidindo umas com as outras num espaço minúsculo em forma de coração.

Tentei ver quem estava parado na porta da cabine do navio, obscurecida pela luz da lamparina.

Tinha certeza de que era o Bwana.

Se me encontrasse, ele ia me torturar, e era bem provável que eu morresse.

Houve um tempo em que tive a esperança de um futuro melhor. Então isso foi tirado de mim, e o Bwana se beneficiou dos meus serviços gratuitos durante toda a minha vida adulta.

Ele me *devia*.

Senti o espírito lutador se agitar dentro de mim e saltei pronta pra me defender.

Eu sabia do que era capaz.

Tinha feito aquilo antes.

Podia fazer de novo.

Mas, quando uma ambossana enrugada saiu de trás da lamparina, eu congelei.

Graças a Deus não era ele.

Ela abaixou a lamparina, iluminando um rosto cujos vincos profundos se espalhavam do centro para fora. Uma canga preta de tecido canelado de algodão farfalhava quando ela andava.

"Não se assuste", ela disse, balançando a cabeça, fazendo com que a papada pronunciada se agitasse. "Vamos levar você para casa em segurança. Meu nome é Harrida e estou do *seu* lado."

Reconheci o sotaque do sul da Amarika. As vogais eram tão arrastadas que tiravam uma soneca antes do fim de cada palavra.

"Você está morta para o mundo, garota. Você sofreu um choque terrível ao desmaiar lá nas docas. A pobre Ezinwene teve que arrastá-la pela rampa de embarque, com o pessoal todo sem entender o que estava acontecendo."

Ela fez sinal para que eu me sentasse.

"Agora meta um pouco dessa sopa goela abaixo. Tem carne de caça e batata-doce. Aposto que está bom."

"Fiquei com medo que ela fosse me trair", deixei escapar.

"Ah, não, é uma boa garota — jovem, mas confiável. Já nos ajudou uma vez e vamos continuar a usá-la, porque quem ia atribuir à debutante coquete Ezinwene esse subterfúgio inteligente? Louvados sejam os deuses!"

Ela me entregou a sopa.

Eu me sentei e comi, saboreando e pensando que com certeza já estávamos em mar aberto e longe do perigo das docas.

O ritmo do barco balançando abaixo de nós me tranquilizou, assim como a senhora gentil.

Acontece que Harrida era filha única de um rico fazendeiro que plantava algodão no Distrito Administrativo Estrela Solitária de Te Xasa na Amarika.

"A escravidão nunca me desceu", ela disse. "Só eu e meu pai morávamos em um antigo casarão com mais cômodos do que eu era capaz de contar, e quarenta escravizados domésticos trabalhavam dia e noite para que a gente não precisasse levantar um dedinho sequer. Outras centenas de pessoas trabalhavam literalmente até a morte nos campos só para que meu pai pudesse ganhar mais dinheiro do que jamais conseguiria gastar. Havia também tantas garotas mestiças parecidas comigo que perdi a conta. Mesmo assim, nenhuma era autorizada a vir falar ou brincar comigo, e a maioria por algum motivo ou outro acabava levando umas palmadas. Meu pai disse que mataria qualquer um que se atrevesse a encostar um dedo em mim. Na-não. Aquilo simplesmente não me caía bem."

Assim que teve idade suficiente, ela partiu, financiando a própria independência com a venda das joias herdadas da falecida mãe. Começou a trabalhar para o Serviço Gratuito de Barcas, que enviava missionários para converter os nativos oropeus ao vodu.

Fugitivos eram escondidos em cabines secretas. Nenhum fora capturado até o momento.

"Logo você estará livre, minha querida", ela disse. "Livre", repetiu, deixando a palavra alçar voo feito uma gaivota solitária e ágil atravessando um oceano cintilante num dia glorioso.

Aleluia!

Pela manhã, estaríamos na foz do rio Temz, depois entraríamos no canal ambossano e finalmente desceríamos em direção ao Atlântico, seguindo a caminho da Oropa.

Tinha acabado de comer e bebi da cabaça de água que ela oferecia.

Ela me disse que eu podia ir para o convés, porque estava quase escuro, mas que não podia ser vista.

"Sua vida está nas nossas mãos, assim como nossa vida está nas suas. Lembre-se disso."

Quando eu estava saindo, ela se agachou, estendeu o xale no chão da cabine e esvaziou o conteúdo de uma bolsa de pele de cabra sobre ele.

Dali caíram dentes de gato, garras, tufos de pelos de animal, mandíbulas de algum roedor, um pequeno ramalhete de ervas, uma caixa de rapé, uma vela.

Esperava que aquilo fosse para meu próprio benefício.

Sozinha no convés vazio, me sentei escondida em um rolo de corda e espiei por cima do corrimão. Fiquei surpresa ao ver que ainda estávamos passando pelos pontos mais afastados de Londolo — zonas oito, nove e dez. Reconheci a próspera cidade de Green Wi Che, conhecida pelos estaleiros de construção naval, vários dos quais deixáramos para trás. Logo contornamos as extensas fábricas ribeirinhas da cidade militar de Wool Wi Che, famosa por fabricar as melhores lanças, escudos, bestas, dardos envenenados, mosquetes e canhões do mundo.

Hipopótamos grotescos descansavam entrelaçados uns nos outros nos lodaçais, as peles elásticas e viscosas como as de lesmas gigantes, os olhos e as orelhas de um rosado pútrido. Dois machos alfa de boca aberta se preparavam para brigar, as mandíbulas escancaradas, os dentes trincados.

Uma manada de búfalos-d'água horrendos se movia com relutância pelos manguezais feito agricultores corcundas e insatisfeitos.

Um crocodilo do Tâmisa fingia dormir na margem do rio, a boca aberta com displicência, esperando pra atacar com força a próxima presa.

Vislumbrado por entre as árvores, um jovem e forte caçador com coxas negras e panturrilhas finas perseguia um javali.

Um bando de garças voou, uma extraordinária agitação de asas contra o céu raiado de vermelho.

Logo chegamos a planícies relvadas onde pastava uma manada de girafas, filhotes de pernas bambas se refugiando entre as pernas das mães.

Mais abaixo no rio, uma manada desengonçada de elefantes se aproximava da água, fazendo com que todos os outros animais corressem para se proteger.

Ao longe, conseguia distinguir as cadeias de montanhas do Maciço de Essex.

Agora que eu estava partindo, tudo parecia teatral.

Em uma curva do rio, uma placa anunciava:

BEM-VINDOS A DARTFOR, CIDADE-IRMÃ DE CASABLANCA.

Rondavels cônicos, moradias caiadas de branco e cabanas de barro com telhados ondulados se misturavam umas às outras nas colinas. Torres de taipa erguiam-se bem acima, roupas coloridas penduradas nas janelas.

À medida que o navio passava mansamente, as vozes ambossanas iam diminuindo e se dissipavam enquanto as pessoas caminhavam ao longo do passeio ou se sentavam nos cafés, os filhos jogando futebol de praia com cocos verdes sob os anúncios do refrigerante Acoca Aloca, os traços vermelhos e brancos do logotipo estampados em painéis publicitários à beira do rio.

Sob os arcos de uma ponte, adolescentes skatistas com afros selvagens, corpetes decorados com miçangas e sungas de couro disparavam pelos paredões, giravam, pairavam no ar e depois voltavam a tomar impulso de lado, com um gritinho.

Agachado na parte rasa estava o pessoal da noite, papeando e tagarelando.

Uma fileira de jovens estava sentada flertando num muro baixo do porto. As garotas usavam o cabelo raspado com um farto coque logo acima da testa, os rostos pintados com um amarelo brilhante, com pontinhos de giz branco cobrindo as bochechas, e batom preto. Os garotos exibiam tranças rastafári fininhas coloridas com hena, e tinham uma linha verde riscada no centro do nariz.

Pontas de cigarro subiam e desciam feito vaga-lumes.

Dois velhos pescadores com a barriga enrugada jantavam na beirada de um píer, pegando o arroz de uma grande folha verde de ravenala.

Quando deixamos para trás a cidade de Dartfor, havia uma festa da colheita num dos campos situado na periferia. Órgãos sexuais batiam com força nas virilhas. Nádegas deslizavam para cima e para baixo impulsionando pélvis, pernas se contorciam no meio das outras enquanto cabeças balançavam de um lado para o outro. Percussionistas estavam sentados num palco tocando ritmos superacelerados enquanto os dançarinos vestindo saias de capim sacudiam o traseiro ao som da batida, se exibindo para a multidão.

Os tambores continuaram ressoando nos meus ossos por quilômetros, enquanto o navio se lançava nas profundezas das selvas ambossanas.

Se estendesse a mão, quase podia tocar as samambaias da floresta.

O esqueleto de um vagão de trem abandonado se tornou visível onde as árvores se dispersavam, uma nuvem de fumaça saindo da chaminé.

O som agudo de um chacal me sobressaltou.

Olhos de lêmure se projetavam como lâmpadas laranja luminosas por entre os galhos das árvores.

Dava para ouvir os macacos bugios tocando o terror no interior da floresta tropical.

Criaturas aquáticas ondulavam no rio.

Criaturas aéreas batiam as asas ao meu redor.
A escuridão me envolveu.
A escuridão me prendeu.
A escuridão me levou.

Estou caminhando ao longo da estrada em direção à nossa casinha e vejo o papai voltando do trabalho com os dois netos, que são rapazes robustos — Robert e John. Os dois são filhos da Sharon.

A mamãe está sentada em um pequeno sofá de dois lugares embalando a última netinha, que se chama Doris. É a primeira filha da Alice.

A mamãe está gordinha agora e tem as bochechas rosadas e não fala mais em morrer.

A Madge está costurando a bainha do vestido de noiva para o casamento da sobrinha Rebecca com um fazendeiro de nabos que é proprietário de um terreno de mais de cem hectares. A Rebecca também é filha da Sharon.

A Madge nunca se casou e nunca vai se casar.

A Sharon se casou com um cavalariço cuja boa aparência, de barba espessa, devia compensar a ausência de uma linhagem principesca. Mas ela ainda olha para as colinas lá longe, porque nunca se sabe.

Alice, por infelicidade, está num hospital psiquiátrico.

Ah, não, estava só brincando. Ela me vê primeiro, vem correndo pela estrada para me dar o maior dos abraços de irmã.

Há outros três adolescentes lá também. Duas garotas e um garoto. As garotas são muito parecidas comigo e o garoto é certamente filho do Frank.

Estão ajudando o Frank a fixar a última porta de um armário belamente entalhado que ele está fazendo. Estão provocando um ao outro e rindo, o que faz a porta quase cair. Frank diz para eles se comportarem, mas dá pra ver que não está nem um pouco zangado, já que não para de rir com as palhaçadas deles.

Ele não mudou nem um pouquinho. (Também não teve outra mulher desde então.)

O olhar no rosto dele quando me vê — não tem preço.

Não queria voltar para a minha cabine.

Minha primeira noite de liberdade não ia ser nada parecida com a minha primeira noite de aprisionamento.

Encontrei um local protegido no convés com um amontoado de sacos vazios e me deitei.

Estendi a canga sobre mim.

As nuvens e o navio navegavam com facilidade na mesma direção.

As estrelas estavam próximas o suficiente para serem colhidas e usadas como joias.

Um par de brincos de diamante-estrela.

Estrelas entrelaçadas num colar de prata.

Senti os músculos se desprendendo dos ossos.

Relaxados, meus membros afundaram no improvisado colchão de sacos.

Meu couro cabeludo soltou seu aperto forte sobre meu cérebro.

Meus pensamentos flutuaram leves feito uma bolha de ar na direção do céu.

Estava indo para casa, ó, Senhor.

Estava indo para casa.

Uni-duni-tê

Uma névoa quente e de dedos leves me enfeitiçou ao amanhecer.

O navio balançava de um lado para o outro, então provavelmente atracamos para passar a noite.

A floresta tropical se erguia à minha frente, uma parede de vegetação.

Meu colchão havia se moldado à forma do meu corpo.

Eu me espreguicei, movimentando os dedos dos pés, erguendo os braços acima da cabeça, sentindo as vértebras rígidas se distendendo.

Girei a cabeça de um lado para o outro, aliviando o torcicolo.

Bocejei alto, pelo simples prazer de fazer isso.

Eu me sentia alegre, jovem, cheia de esperança.

O orvalho da manhã trouxe o cheiro de peixe que estava impregnado nos sacos.

Eu me perguntei o que tinha pro café da manhã. Inhame cozido? Mandioca cozida?

Em breve seria mingau de aveia: flocos grandes, leite cremoso, adoçado com mel.

Rolando de lado, me levantei e andei até a lateral do navio que dava de frente para o rio, a fim de respirar naquela quietude, banhar meu rosto na névoa úmida, ouvir a conversa ininteligível dos pássaros, contemplar a aquarela do Tâmisa, que agora parecia tão bonito envolto no seu véu de noiva transparente.

Cegonhas-de-bico-amarelo atravessavam os juncos.

Um curso de água desembocava no rio, um bando de cisnes brancos nadava nele.

Naquele dia, o Tâmisa me carregaria rio abaixo até me tirar da Grande Ambossa.

Olhava para o céu, para o sol nascente que começava a sangrar um rosa pastel em meio ao cinza nebuloso, quando um navio parou ao lado do nosso com toda a furtividade de um assassino silencioso.

E lá estava ele, de pé no convés de artilharia.

Duzentos metros de altura, trezentos metros de largura.

Um tecido caríssimo com listras pretas e douradas amarrado na cintura, uma ponta jogada sobre um ombro.

Ouvi Harrida atrás de mim: "Entre! Vamos resolver isso. Entre, querida. Entre!".

Mas ela não conhecia a natureza daquela besta.

De jeito nenhum, Bwana. De jeito nenhum que eu ia sucumbir.

Corri até a lateral do navio que dava de frente para a floresta.

Passei por cima das grades e mergulhei no rio sem me importar que os seres aquáticos talvez pudessem apreciar uma coxa branca e esguia no café da manhã. Atravessei o rio no nado cachorrinho, me agarrei às raízes de um emaranhado de árvores e tentei me apoiar nos galhos firmes.

Minha mente era mais ágil que o corpo. Continuei escorregando, mas por fim consegui escalar a margem.

Pouco antes de desaparecer no meio das árvores, eu me virei.

O Bwana vomitava ordens. Homens corriam para cima e para baixo nos conveses de ambos os navios. Harrida estava correndo de volta para a parte abaixo do convés, mãos em concha sobre a boca.

Quando passei os olhos por toda a extensão do navio do Bwana, vi Ezinwene oscilando no tombadilho. Ela estava encolhida, o cabelo despenteado, parecia desgrenhada. Estava com um olho roxo?

Assim que me viu, se escondeu atrás da grade.

Levantando a canga, deixei as pernas me impulsionarem sobre matéria orgânica e galhos, sobre pedras e musgo, em meio a samambaias e vegetação rasteira, sobre poças de lama e córregos pedregosos.

Meus pés rapidamente ficaram doloridos. Não reclamaram.

Minhas pernas raspavam nos espinhos. Não reclamaram.

Minhas mãos topavam com força contra as cascas das árvores. Não reclamaram.

Fiquei atenta aos latidos dos cachorros, que com certeza viriam.

A copa das árvores criava um teto impenetrável que bloqueava a luz, o sol entrava apenas onde uma árvore havia caído, uma árvore que agora jazia no chão da floresta sendo devorada por insetos.

Aves-do-paraíso voavam alto por entre as folhas. Ararinhas-azuis discutiam nas vozes estridentes de humanos irritados.

Os chimpanzés se balançavam nos cipós que pendiam das copas das árvores como se fossem cobras.

Galhos musgosos podiam muito bem ser víboras.

Folhas pretas podiam muito bem ser escorpiões.

Pequenas pedras podiam muito bem ser porcos-espinhos.

Disparei até a vegetação rasteira, onde as trepadeiras conspiravam para me sufocar.

Sempre que via o sol, eu o seguia, esperando que me impedisse de correr em círculos, esperando que me afastasse do rio.

Cheguei a uma clareira onde as árvores haviam sido queimadas e agora um novo tapete de grama macia brotava, tão convidativo que precisei de toda minha força de vontade para não me atirar sobre ele.

Para descansar, só por um minutinho.

Um abutre preto lustroso, com uma envergadura de três metros, estava mergulhando em direção à carcaça de um chacal.

Fugi do amplo espaço aberto virando depressa à direita, reimergindo na penumbra e nas sombras da floresta.

Voltei à respiração dela — os galhos e as folhas sendo esmagados sob os pés, os insetos, os pássaros, as frutas que caíam, os macacos bugios que faziam algazarra.

Passando pela casca marrom-avermelhada de uma goiabeira, agarrei alguns de seus frutos, enfiando-os garganta abaixo sem sequer tirar a casca rugosa.

Tinha energia. Podia seguir em frente.

Laranjas, mangas, carambolas e frutas silvestres — ia conseguir sobreviver na floresta tropical.

Esperei ouvir latidos, mas não veio nenhum.

Eu me concentrei em ficar com os ouvidos atentos a noite toda, enquanto abria caminho pela vegetação rasteira.

Eu me concentrei em ouvir pela manhã, quando tinha certeza de que teriam me achado.

Eu me concentrei em ouvir à tarde, quando escalei uma árvore frondosa e dormi no que agora seria meu ninho por alguns minutos.

Quando acordei, estava amanhecendo.

Formigas pretas enormes estavam mordendo meu corpo até deixar a pele em carne viva.

Desci da árvore a duras penas e corri até encontrar um riacho, mergulhei nele e observei as formigas se afogarem.

Durante a noite minhas pernas incharam até o dobro do tamanho normal. Enrolei os pés em folhas e saí mancando da melhor forma que pude.

As solas dos meus pés estavam laceradas.

Das feridas escorria pus.

Os cortes estavam sangrando.

Ouvi crianças gritando.

Atrás de algumas árvores do manguezal, dois garotos ambossanos magros estavam batendo em duas vacas esqueléticas com pedaços de pau enquanto corriam atrás delas por um arrozal, revolvendo lama para a preparação do plantio do arroz.

Eu me agachei e observei. Se me aproximasse, eles podiam fugir e contar aos pais.

Decidi então esperar até que terminassem e depois os seguiria até em casa.

Lutei pra me manter de pé e fora de vista enquanto os observava se divertindo, as vozinhas ecoando sob as copas das árvores, colhendo frutos silvestres enquanto caminhavam, subindo num coqueiro, abrindo um coco com uma faca, repartindo a água, cantando canções, cutucando os animais, xingando.

Conseguia sentir o cheiro de cerâmica assando.

Quatro mulheres mais velhas estavam queimando potes num

buraco, acrescentando camadas de capim, galhos e folhas às chamas. Os meninos as cumprimentaram.

Devo estar me aproximando de um vilarejo.

De forma impulsiva e desesperada, entrei no meio deles.

Erguendo os olhos, eles pararam o que estavam fazendo.

Uma das mulheres se aproximou.

O cabelo dela era uma crosta de gordura animal, os buracos nas orelhas eram tão alargados que dava pra passar minha mão por eles. Um aro de latão pendia do meio do nariz, e ela usava uma argola de latão ao redor do pescoço. Os seios eram caídos e murchos, e uma saia de contas imunda revelava as coxas mirradas.

O rosto era inescrutável, mas ela pegou minha mão, me deu água e me alimentou com um pedaço de peixe frito.

Um dos meninos me cutucou com uma varinha como se eu fosse um novo animal estranho, talvez perigoso, que acabara de descobrir.

Dando-lhe um tapa na perna, a mulher então me ajudou a ficar de pé, e fui levada até a casa mais próxima — uma aldeiazinha com cabanas de pedra e barro cobertas de palha.

Todos se reuniram pra assistir à minha chegada, mas ninguém disse uma palavra.

Eles me ofereceram uma esteira de palha bem debaixo dos galhos espaçosos de uma árvore-da-chuva.

Minha benfeitora passou um pouco de pomada nas minhas feridas e pediu que me trouxessem uma tigela de arroz.

Sussurrei meus agradecimentos, dizendo que esperava que minhas forças voltassem logo, e então seguiria meu caminho.

Rezei pra estar segura naquele lugar.

Ouvi o som do milho sendo transformado em farinha bem próximo às cabanas atrás de mim e das galinhas cacarejando. Ouvi esteiras sendo sacudidas por mãos adultas confiantes e impacientes. Um bebê chorando foi silenciado. Logo depois houve o esguicho de uma vaca sendo ordenhada e o roçar de galhos varrendo o chão da pequena aldeia.

Não se falava.

Ninguém disse uma palavra.

Eu devia ter ido embora, mas estava exausta.

A tarde quente estendeu seus membros longos e por fim se transformou em entardecer. Fechei os olhos, mas só por um segundo.

Acordei pra ver o Bwana lançando sua figura pesada aldeia adentro.

O tecido caríssimo pendia da cintura e se arrastava em um longo rolo de pano enlameado, como se fosse uma cauda.

Um chicote bifurcado de couro cru pendia da mão esquerda dele.

Eu me levantei na vã esperança de correr, mas a benfeitora prendeu meus braços por trás.

Junto a Bwana estavam dois caçadores, os corpos nus pintados com padrões geométricos brancos.

Um segurava uma lança; o outro, um facão.

Visto de perto, ele era um borrão de feições exageradas nadando numa película de suor. O hálito era tão repugnante que meus olhos lacrimejaram.

A fúria dele era palpável.

"Vou bater em você até que não possa mais implorar por misericórdia. Vou cortar uma orelha pra que ouça melhor com a outra. Vou cortar um pé pra que não possa mais correr. Tenho sido um senhor gentil com você. Agora vou ser severo. Assim você vai saber a diferença."

Ele gesticulou para os caçadores, que arrancaram minha canga, me viraram e amarraram minhas mãos à árvore com uma corda.

Um líquido quente escorreu pela minha perna esquerda.

A justiça está servida (de *A Chama*)

Caros leitores,

Não sou um homem violento, mas alguém que precisa, em algumas ocasiões, garantir que atos de intimidação e punição sejam executados.

Imagine como me senti quando entrei no complexo residencial na floresta dois dias depois e encontrei a miserável encolhida cheia de autopiedade debaixo de uma árvore.

Algo se retorceu dentro de mim.

Não me julguem, caros leitores, quando confesso que pouco me importava, naquele momento, se a infeliz ia viver ou morrer.

A pele das costas esguias estava pálida e, quando a primeira chicotada abriu um corte longo e estreito, o sangue grosso lhe escorreu pelo dorso em finos filetes vermelhos.

O que eu podia fazer além de virar as costas e sair pelos portões daquele lugar enquanto o som dos gritos de gelar o sangue cortava os céus do anoitecer?

A noite havia caído quando voltei, encontrando-a no chão, sem se mover.

Meus homens ficaram de guarda enquanto as mulheres locais cuidavam dela.

Mais uma vez, algo se retorceu dentro de mim.

Lágrimas de raiva escorreram pelo meu rosto. Depois de uma relação de trabalho tão boa, chegamos a isso!

Fui forçado a admitir o velho ditado: você pode tirar a criança da selva, mas você não pode tirar a selva da criança.

A coisa mais humana a fazer seria acabar com ela, mas eu não era e nunca serei um assassino.

Os ferimentos dela deviam ser tratados até ela ficar em bom estado de saúde para em seguida ser levada para o engenho Lar, Doce Lar.

Lá ela descobriria o que é um dia de trabalho duro.

Aqui um aviso, caros leitores:

Os Estágios da Evolução devem ser respeitados e as Leis da Natureza devem ser seguidas.

Chefe Kaga Konata Katamba I aprendeu da maneira mais difícil que nunca se deve tratar a raça caucasoide como tratamos a nossa.

Ai de mim, e até a próxima.

Ilha Paraíso

Os rastreadores se revezaram para aplicar as duzentas e uma chicotadas ordenadas pelo meu senhor.

Minhas costas estavam repletas de cortes tão profundos que um dedo podia se mover pelos sulcos sem qualquer obstrução.

Os ligamentos das vértebras estavam expostos por baixo, como quando separamos a carne branca do peixe para chegar à espinha.

O couro cru feriu minhas costelas delicadas e rasgou a pele das coxas e das nádegas.

O Bwana confiou nas mulheres da floresta para cuidarem de mim até que estivesse melhor e fosse levada para outro lugar. Elas me puseram cataplasmas de ervas nas costas, que ficavam cada vez mais infeccionadas. A dor era tanta que parecia que minhas feridas estavam sendo tratadas com vinagre.

Durante muito tempo fiquei deitada de bruços numa esteira dentro de uma cabana escura, desejando estar morta.

Isso trouxe algumas lembranças de volta.

* * *

O Bwana decidira me mandar para sua plantação em Nova Ambossa, uma viagem relativamente confortável, se formos comparar com outras, a bordo de uma escuna que transportava suprimentos e pessoal ambossano da Grande Ambossa para as Ilhas Japonesas Ocidentais. Dividi a cabine com três escravizadas, cada uma delas uma criada pessoal. Suas senhoras eram três irmãs que foram prometidas em casamento pela família a fazendeiros que elas nem conheciam.

As três criadas, que atenderiam aos desejos de senhoras cheias de caprichos, gentilmente se revezavam para me vigiar no período em que me permitia descansar.

Eram meras crianças e estavam animadas com o que estava por vir. Não faziam ideia.

Eu podia ir a qualquer lugar a bordo porque, é óbvio, não havia para onde correr.

Quando navegamos pela costa até a baía de Mo Bassa, as garotas insistiram que eu subisse ao convés para ver as longas praias cintilantes, as cores deslumbrantes das plantas tropicais e as palmeiras balançando numa brisa quente como se convidassem a passar uns dias preguiçosos ao sol, tirando cochilos e convalescendo.

Assim que chegamos à baía, fui acorrentada e escoltada até um homem que esperava para transportar, além de mim, um carregamento de arroz. Era um homem velho e confiável chamado King Shaka que carregou os sacos até a carroça e me disse para subir no meio deles. Ele então disparou para o interior em direção às cordilheiras Monte do Diabo, eu quicando feito uma boneca de pano mole, cabelo em duas tranças úmidas; cada solavanco nas estradas esburacadas ameaçava rasgar os novos tecidos que, frágeis, se formavam nas minhas costas.

A plantação do Bwana foi se aproximando através de um caminho estreito na montanha, com curvas e reviravoltas de parar o coração; um movimento errado teria nos jogado de cabeça para baixo no vale onde se encontrava a plantação, que ficava a mais de cento e cinquenta vertiginosos metros abaixo.

Fazia frio nas montanhas, mas, enquanto descíamos o Vale da Sorte, o ar úmido se estendeu, lânguido, ao redor dos meus pulmões, de modo que mal conseguia respirar.

As plantações de cana-de-açúcar se estendiam por quilômetros, cercadas por montanhas que penetravam as nuvens e por árvores carregadas com frutas de dar água na boca: graviola, caimito, fruta-do-conde.

No meio da manhã, as rodas de madeira da carroça passaram sacolejando pelos portões da plantação sob uma placa de filigrana fundida em um arco de ferro: LAR, DOCE LAR.

E pensar que estava no caminho certo para a liberdade.

Uma raiva latente começou a correr pelo meu corpo.

O coração saltou para fora do peito.

O que fiz para merecer isso?

Decidi que assim que encontrasse um jeito, iria embora.

Para algum lugar. De algum modo. Algum dia. Em breve.

Desta vez cortaria minha garganta antes de ser capturada.

Com esse pensamento, agarrei meu coração, o acomodei entre as mãos e o coloquei de volta atrás das costelas, onde é o lugar dele.

King Shaka virou à direita em um caminho ladeado por toras.

No alto, à direita, ficava a casa principal, o *berço* de Massa Nonso.

Eu tinha visto o menino crescer, vi-o subir de uma modesta posição de privilégio, riqueza, educação e herança para se tornar, de fato, o senhor de tudo o que supervisionava.

Embora o Bwana e Madama Blessing tivessem sido discípulos devotos de seu irmão mais novo, Bamwoze, o herdeiro negligenciado, Nonso, tinha seus problemas.

Não via Nonso havia muitos anos. Que tipo de jovem havia se tornado aquela criança que um dia conheci?

O ar estava tão quente e úmido que era como se uma camada de gordura tivesse sido besuntada por cima de tudo.

A carroça balançava de um lado para o outro enquanto as rodas subiam por sulcos profundos na lama solidificada antes de tombar com um baque surdo.

Passamos devagar por plantações de cana-de-açúcar onde paredes de caules duros cresciam a quase quatro metros de altura. Um grupo de escravizados avançava sobre a cana como uma falange de soldados, cortando os colmos com movimentos repetitivos e urgentes. Homens e mulheres — todos estavam despidos até a cintura. A conhecida marca K.K.K. queimada a ferro quente na pele bronzeada, as vestes e os cabelos de um amarelo-pálido descolorido tostados por um sol do qual não havia trégua, os músculos firmemente moldados e fundidos em punhados de cordas com nós tensionados sob a translúcida pele oropeia.

Lembrei do meu tempo na Propriedade do Rio Trovejante, de como um Primeiro Bando robusto como esse cortava a cana-de-açúcar, sucedido por um Segundo Bando que fazia a limpeza, e por fim, na retaguarda, vinham os jovens e idosos agrupados num Terceiro Bando.

Milagrinho e eu costumávamos passar por eles nos campos quando saíamos da fazenda de charrete.

Eram estranhos para mim.

Lembro de me perguntar como podiam trabalhar tanto, por tantas horas, com tanto calor.

Lembro de me sentir distante deles — e grata.

Enquanto passávamos, todos erguiam os olhos e ficavam imóveis por um instante.

Aquelas pessoas taciturnas e de outro mundo sendo escaldadas na intensidade do calor, as linhas prematuras gravadas em cada rosto cansado, me levaram de volta para o meu tempo nas ilhas, muitos anos atrás. Eram anos-luz de distância dos cafés e das raves dançantes e dos arranha-céus e da alta sociedade e de todo o glamour, tagarelice e ostentação da metrópole.

Aqui o tempo passava devagar — não passava, na verdade.

Naquele momento, os homens do mato, isolados, se depararam com a prepotente pessoa da cidade grande que eu havia me tornado.

Eu não tinha a capacidade de alcançá-los, nem eles a mim.

Voltaram a atenção para a cana-de-açúcar, e me lembrei de uma coisa — que, na época da colheita, os dias deles quase nunca tinham um fim e as noites nem sequer começavam.

Enquanto a gente descia o caminho, uma das mulheres soltou um contralto que criou asas e voou por cima do mar de cana-de-açúcar:

Daus guarde nossu generouso senhor
Vida longa a nossu nobre senhor
Daus guarde nossu senhor
Mande a eli vitórias
Aligrias i glórias
Longo tempo pra reiná sobri nóis
Daus guarde…

Foi tão comovente que a canção ficou comigo muito tempo depois de desaparecer na distância. Onde eu tinha ouvido aquilo antes?

Por fim, paramos à sombra de alguns depósitos de pedra baixos, com cobertura de palha um tanto decadentes, assentados ao longo de um rio feito velhos rabugentos: chapéus de palha puxados pra baixo, meditando sobre velhas mágoas, planejando novas vinganças. Um homem negro de pele mais clara, mal-humorado e coberto de poeira, saiu de supetão por uma porta lateral com uma faixa de couro cobrindo as partes íntimas. Os músculos esguios e levemente esculpidos tinham a linha e o talhe perfeitos de um jovem de vinte anos, mas tinha a enfurecida expressão de *Por que eu?* da escravidão rabiscada no rosto todo, como grafite. Coçando as bolas, ele resmungou uma saudação a King Shaka, registrou minha presença com uma inclinação acentuada do queixo e de maneira taciturna começou a descarregar um saco de cada vez, vergando sob o peso de cada um antes de tentar se endireitar.

Ele também parecia vagamente familiar, mas eu não conseguia explicar o motivo.

King Shaka explicou que logo atrás de nós ficava a área de fabricação: a usina de açúcar, o moinho de água, a destilaria e a casa das fornalhas.

Bem atrás disso, estava a cachoeira do Rio Dong que atravessava a propriedade antes de chegar ao campo aberto.

Em direção ao sul, ficavam os alojamentos dos escravizados.

Em direção ao leste, ficava uma floresta de pinheiros — fornecedora de madeira e gravetos.

King Shaka andou até a margem do rio, pegou duas cabaças e as mergulhou. Como a maioria dos branquelos das ilhas, era tão bronzeado que poderia passar por mestiço. A pele nas costas fortes e quadradas pendia em dobras sob as omoplatas arredondadas. Usava uma tanga branca que mostrava as nádegas enrugadas e as pernas enrijecidas, finas e tortas, que se mexiam para o lado quando ele andava.

Ele voltou com uma cabaça balançando suavemente em cada mão.

Jogando a cabeça para trás, derramei na boca a água fresca da montanha em grandes, saborosos e sedentos goles. Depois fiquei observando enquanto ele desenrolava a bandana verde e branca manchada que havia sido amarrada na testa pra conter o suor. Os cabelos grisalhos pendiam frouxos das bordas da calvície. Espremendo o líquido, ele colocou o pano para secar na carroça, alisando-o com movimentos meticulosos.

Ele podia controlar as pequenas coisas da vida.

Descendo da carroça, me espreguicei e sacudi os membros, sentindo o sangue tentando circular pelos vasos rompidos nas costas. De perto, pude ver que King Shaka era mais velho do que pensara a princípio, talvez na casa dos setenta, um feito e tanto em uma sociedade onde poucos escravizados passavam da meia-idade.

O rosto estava imerso na amargura.

Ele se empoleirou na carroça e falou comigo na língua das ilhas, que se desenvolveu a partir dos vários idiomas das pessoas que a habitavam. Ele me disse que havia nascido Arthur Ethelbert Reginald Williams, o quarto filho de um humilde pescador que vivia em um vilarejo chamado Margate, na Inglaterra. Quando menino, tinha sido raptado enquanto pegava mariscos de manhã cedo por homens que haviam embarcado em uma expedição de captura para escravização.

Ele nunca teve a chance de se despedir de sua mãe e de seu pai.

Seis décadas depois, ainda pensava neles todos os dias.

Assim que chegou a Nova Ambossa, foi renomeado King Shaka. Era um costume popular e antigo nas ilhas esse de os senhores darem aos escravizados os nomes dos líderes afrikanos. Encabeçando as listas de "Nomes mais populares para meninas e meninos escravizados" estavam: Muganzirwazza, Amina, Cetewayo, Sonni Ali, Cleopatra, Nehanda, Tipoo Tib, Nzingha, Tutankhamun e Yaa Asantewa. King Shaka tinha sido residente de Lar, Doce Lar desde os dias em que o Bwana dirigia a propriedade e fora promovido de cortador de cana-de-açúcar a pau pra toda obra.

"Presti tensão", ele sussurrou com um relance por cima do ombro. "Ná tenta burlá sistema pruque sistema vai cabá cum cê permero. Massa Nonso? Eli pilhór qui aqueli pappa deli. Milhór cê creditá. Mimplora, cê ná tenta iscapá pruque ná tem prá ondi fugí, ná tem prá ondi iscapá i partulha vai pegá cê logu-logu i cortá pé seu."

Ele esperou com as orelhas em pé por uma resposta, o que provocou um aceno de cabeça reconfortante de minha parte. King Shaka não tentaria encabeçar a Revolução contra nossos Opressores Afrikanos, então.

Teria que ficar de olho nele porque, eu suspeitava, ele estaria me vigiando.

Uma vez que tínhamos ambos nos reidratado, King Shaka me levou até a parte de trás dos depósitos, no centro da área de fabricação, para encontrar o administrador da propriedade, Massa Rotimi. Uma apresentação formal foi necessária.

Soube então que estavam me negando um encontro com o jovem Massa Nonso. Escravizados qualificados eram uma mercadoria valiosa nas plantações, e como eu era uma escravizada burocrática e não uma trabalhadora braçal, esperava que Nonso ignorasse as ordens do pai e encontrasse trabalho de escritório para mim. Os chefões eram empresários, não eram burros. Por que jogar uma vasta experiência de escritório por água abaixo? E eu já não tinha sofrido o suficiente? Bastava olhar para mim e esse Massa Rotimi no mesmo instante veria que eu era muito fraca para trabalhar no campo.

Nossa primeira parada foi na usina de açúcar, onde o sumo da cana-de-açúcar tinha que ser extraído num prazo de vinte e quatro horas após o corte, ou então começava a apodrecer. Dei por mim mesma sendo empurrada para um grande pátio obstruído por um fluxo de carroças que entregavam enormes quantidades de cana-de-açúcar, que eram descarregadas e levadas para a moagem. Era um caos absoluto, pois os escravizados colidiam uns com os outros tentando trabalhar mais rápido do que seria sensato sob as ordens rosnadas por um capataz que estava na parte de trás de uma carroça agitando os braços no ar, de modo frenético.

Chaminés cônicas de nove metros de altura soltavam blocos de fumaça que escureciam o céu, fazendo cair sobre nós uma chuva negra de cinzas. Lâminas gigantescas giravam ao vento, impulsionando os rolos compressores internos.

Quando a porta de madeira da usina se abriu com tanta violência que quase se partiu, sabia que devia ser o homem no comando — Massa Rotimi. Ele saiu a passos largos, careca, prepotente, golpeando o chão com um cajado de madeira entalhada, se chocando com a turba, gritando para o feitor resolver o problema das remessas de cana-de-açúcar acumuladas no local, e então fixou a expressão carrancuda na recém-chegada pairando ao lado de King Shaka, que, notei, se afastou um pouco como se para criar distância entre nós, como se não quisesse que minha reputação manchasse a dele. Quando Massa Rotimi me olhou de cima a baixo com desdém, não tive dúvidas de que ele sabia *exatamente* quem eu era.

Minha entrevista de emprego aconteceu enquanto ele passava, resmungando pelo canto da boca que eu tinha sido designada para trabalhar na moagem e na casa das fornalhas — já.

"Agora dê um jeito de cortar esse maldito cabelo, ou aqueles rolos vão escalpelar ela!"

Bem, prazer em conhecê-lo também.

Antes de eu perceber o que estava acontecendo, o obediente King Shaka me empurrou pelos ombros para que eu ficasse de joelhos. Tirou um canivete do bolso e começou a cortar meu cabelo até só restar uma penugem.

Dentro da usina, me deparei com um monstro ostentando um perverso conjunto de dentes sendo alimentado com caules de cana-de-açúcar maduros por uma mulher escultural trabalhando a uma velocidade impossível de ser igualada. Ela foi apresentada como Ye Memé e cumprimentou a nova colega de trabalho com um sorriso caloroso, minha primeira recepção adequada; apesar disso, notei que os dentes dela estavam apodrecendo, típico de escravizados de engenho, para quem chupar cana-de-açúcar era um vício. Ainda assim, e mesmo com a cabeça raspada, continuava uma beleza viking de ossos grandes e olhos amendoados, com maçãs do rosto orgulhosamente esculpidas, que mantinham a pele do rosto lisa e firme.

Ye Memé me mostrou como alimentar à força o monstro herbívoro, mas o fedor adocicado-enjoativo da cana incendiou minhas glândulas olfativas e qualquer força que possuía foi logo drenada. Em pouco tempo, estava paralisada por novas dores que atravessavam minhas costas e costelas, mas, quando me lancei ao chão para respirar, ela se engasgou de horror, me puxou de volta até me erguer e gritou por cima dos ruídos maçantes das máquinas da usina que intervalos de descanso deliberado não eram permitidos e que, se não acelerasse, eu corria o risco de levar chibatadas com o chicote de couro cru, e ela também. O capataz da usina, ela explicou, gostava de entrar de forma sorrateira com o propósito expresso de pegar folgados em quem pudesse descarregar a raiva.

Voltei a trabalhar empanturrando a Boca, que mastigava os caules — grunhindo, cuspindo, babando, engolindo a seiva-saliva para dentro do sistema digestivo com exalações e arrotos até que fosse expelida em jorros na forma de espuma branca, que depois era enviada por uma comporta até a casa das fornalhas. O bagaço da cana-de-açúcar era puxado do outro lado por outra mulher de cabeça raspada que jogava o refugo no chão. As crianças entravam e saíam correndo para carregar esses restos até a casa das fornalhas, que fornecia combustível.

Ye Memé me disse que as mandíbulas desse monstro arrancaram mais braços do que gostaria de lembrar: os rolos eram rápidos, mortais, irrefreáveis.

"Teim cuidadu. Descuidu ismigalia cê, ou pilhór — fais cê morta."

À medida que as horas de entorpecimento da mente e aniquilação do corpo avançavam, invoquei todos os recursos mentais para não sucumbir ao desejo mais desesperado: desabar no chão de pedra, sem me importar com as consequências.

Tinha que sobreviver, não apenas naquela tarde, mas nos dias, meses, anos seguintes. Trabalho forçado ininterrupto antes de uma morte prematura? Conhecia as estatísticas — um em cada três escravizados não sobreviveu aos primeiros três anos no Novo Mundo.

O Bwana estava certo — "*Assim* você vai saber a diferença".

Como o desprezava...

Quando um tremor começou nas minhas pernas, tentei resistir.

Quando todo meu corpo foi assolado por espasmos, desabei no chão.

Graças a Deus, Ye Memé, que parou de trabalhar, correndo grande risco, me ajudou a ficar de pé, me embalou no calor úmido dos seios macios e de seu metro e oitenta de altura enquanto me acalmava com um "Calmar agora, permeras algumas semana ruim-ruim intão fica milhór".

Se o capataz tivesse me pegado "vadiando" naquele dia e tivesse me chicoteado até abrir as costas mais uma vez, sei do fundo do coração que não teria sobrevivido.

Ye Memé salvou minha vida.

Em algum momento, nosso turno mudou. Eu me arrastei até o pátio, que, sob as chamas sibilantes das tochas, ainda estava congestionado com carroças fazendo a entrega de cana-de-açúcar. Ye Memé me levou a um lugar embaixo de uma tamareira, onde outros trabalhadores descansavam em esteiras. Ela se sentou de pernas cruzadas, compartilhou a refeição dela de arroz e feijão-fradinho e trouxe uma cabaça de água salobra para bebermos.

Avaliando meu estado de estupor, ela disse, não sem um indício de repreensão na voz: "Thabaio prantação péssimu. Cê sorruda, grota. Cê sorruda!".

Concluindo que meu dia tinha terminado e que era hora de dormir — em *qualquer lugar* que fosse —, as pálpebras de chumbo nos meus olhos se fecharam e só se abriram quando a mão forte e suada de Ye Memé agarrou a minha e me puxou para cima, pela segunda vez naquele dia.

"Thabaio! Ié thabaio qui agenti tenqui fazê. Agenti ná tamo anqui pra discansá, agenti anqui pra fazê monti-monti dinhero pra Massa Nonso. Ié thabaio qui agenti fais, grota. Thabaio! Thabaio! Thabaio! Angora vein!"

Esse foi o ponto em que percebi que a distância entre mim e os escravizados braçais havia, sem dúvida, desaparecido.

Espertinha, sarcástica, sofisticada, teimosa, instruída, boa com números — ninguém dava a mínima por aqui. Eu era agora uma em meio à massa anônima numa ilha no nada, onde a vida valia pouco e a morte vinha fácil.

Quando entramos no espaço onde ficava a casa das fornalhas, fazia tanto calor que tive vontade de desmaiar.

Nós nos juntamos a outras mulheres que estavam debruçadas sobre tachos onde se fervia o sumo da cana-de-açúcar. Ye Memé me ensinou a tirar a espuma que se formava no topo e depois a retirar a calda viscosa com uma concha para pôr em tachos cada vez menores, até que começassem a endurecer. Pingando de suor e vapor, olhei em volta e vi meu futuro: mulheres corcundas e abatidas cujos braços estavam marcados com a pele escurecida e espessa de velhas queimaduras.

Depois de passar horas curvada, descobri que, quando eu tentava me endireitar pra carregar os tachos até a casa de purgar, eu não conseguia. Minhas costas tinham fossilizado. Em vez de caminhar, arrastava os pés pelo chão. Em vez de ficar ereta, estava dobrada ao meio.

Depois tive de despejar o sumo em recipientes de resfriamento e cubas e deixar cristalizar.

Ye Memé deve ter me levado até sua cabana em dado momento e me colocado para dormir numa esteira no chão, ao lado dos filhos. Não me recordo de nada, exceto que algum tempo depois, enquanto a noite ainda estava mergulhada na escuridão total da zona rural sem lua, ela respingou água fria no meu rosto para me despertar do sono mais impenetrável, e depois massageou minhas pernas para colocá-las em movimento, porque haviam se tornado duas pesadas barras de ferro: sem nervos, sem músculo, sem mobilidade.

Minha amiga viking me arrastou de volta para a usina, enquanto eu tentava acompanhar as passadas dela.

"Agenti percisa corrê. Si agenti tardi, agenti toma sóva. Ná podi tá trasada."

Ye Memé era uma mãe trabalhadora solteira que criava cinco filhos em uma sociedade onde a agricultura predominava, onde a maioria das crianças crescia em lares desfeitos. Valorizado por suas proezas sexuais e força física, em um minuto um escravizado seria o chefe de uma família, no próximo seria vendido a um senhor do outro lado da ilha ou no exterior.

A maternidade também estava longe de ser simples, porque conseguir de fato manter seus filhos dependia do capricho de seu senhor. Um senhor astuto deixaria a família ficar unida. Afinal de contas, trabalhadores felizes eram mais produtivos. No entanto, se fizesse mais sentido do ponto de vista econômico, ou se as finanças despencassem, ou se ele simplesmente tivesse um coração de pedra, má índole ou fosse indiferente, todos seriam vendidos.

Mãe nunca mais.

E na ausência de cuidados infantis adequados? Bem, havia a Vó Doda, a Vó Abir e a Vó Makeda, as mais antigas na fazenda. Apenas depois de estarem muito fracas pra erguer um facão e decrépitas para trabalhar na área de fabricação, elas foram liberadas para viver por conta própria, sobrevivendo da boa vontade dos vizinhos, de cujas crianças indisciplinadas elas cuidavam.

Embora todas tivessem nascido nas fazendas em Nova Ambossa, cada uma delas tinha conhecimento de seus ancestrais distantes nas nações de Portugal, Espanha e Bélgica.

Algumas mães mantinham os recém-nascidos amarrados às

costas enquanto trabalhavam no campo, ou os deitavam à sombra de um bambuzal perto o suficiente para ouvir os poderosos gritinhos pedindo leite e aconchego, mas nem sempre tinham permissão para correr e atender às necessidades das crianças.

Minha nova amiga Ye Memé deu à luz treze filhos. Três morreram logo após o nascimento, o que não surpreende, considerando-se que ela cortou a cana-de-açúcar até umas poucas semanas antes de nascerem e, como não descansou depois disso, o leite secou. Quatro foram vendidos. Dingiswayo estava sendo criado por uma mulher mais velha da vizinhança, Ma Marjani. Dos cinco restantes — Yao, Inaani, Akiki, Cabion e Lolli — todos tinham menos de dez anos e todas as noites minha amiga rezava para que o filho de nove anos, um menino tímido chamado Yao, que estava numa idade em que poderia ser vendido, não fosse tirado dela. Como Yao e os irmãos mais velhos tinham mais de três anos de idade, eles tinham encontrado serviço trabalhando de sol a sol no Terceiro Bando.

Ye Memé era uma das sortudas com cinco de seus filhos ainda morando sob o mesmo teto.

Eu ficava muito surpresa em ver como ela conseguia fazer com que os filhos fossem bem alimentados, que a cabana estivesse impecável, que o lote a que fora designada estivesse prosperando *e* ainda trabalhasse dezoito horas por dia durante a época da colheita, sem nunca reclamar. Nascida na escravidão, sem nome além do de escravizada (havia um avô da nação dinamarquesa, lhe foi dito), essa vida era tudo o que conhecia e não tinha lembranças de uma melhor em outro lugar.

Dormia cinco horas por noite, passando o início da manhã de domingo na capela e o resto do dia realizando suas tarefas domésticas.

Ninguém obrigou Ye Memé a me aceitar como hóspede. Deus sabe que não dei nada em troca, a princípio. Ninguém lhe disse para me proteger dos avanços de homens que me viam como carne fresca ou para levantar os punhos e afastar aqueles para quem o Não significava Sim. Os homens a amavam, embora ela fosse mais alta e mais forte que a maioria deles:

"Cê pensa qui um raspazin comu cê podi dizê a mulér grandi comu eu u qui tenqui fazê?"

Então se afastava pisando forte, rolando os quadris naquela maneira exagerada das ambossanas, peito empinado, queixo erguido no ar, sabendo que o homem que tinha acabado de desprezar estava olhando para ela de forma lasciva, em plena ereção.

Uma sucessão de noites e dias se misturaram sem distinções enquanto eu cambaleava da névoa do trabalho para a névoa do sono e vice-versa.

Depois de um tempo, comecei a me ajustar à minha nova e penosa rotina de trabalho naquela selvageria de servidão.

Comecei a recuperar meu magnetismo pessoal.

Em vez de dormir profundamente um domingo inteiro, acordei ao meio-dia em uma cabana desprovida de tudo, exceto esteiras, alguns cobertores e um baú de roupas. Saí, e por um momento fiquei cega pela luz ofuscante do sol.

A área onde ficavam os alojamentos dos escravizados parecia outro mundo em um domingo: movimentada, animada, normal. As pessoas se ocupavam com tarefas domésticas, varrer cabanas, costurar roupas, consertar telhados de palha trançada, ou paredes de cabanas feitas de junco e barro vermelho, trançar cestos arredondados, peneirar farinha de mandioca, cozinhar ensopados sobre um fogo em grandes tachos holandeses.

Todos vestiam as melhores roupas de domingo — uma composição estilística de Áfrika com Oropa. As mulheres usavam anáguas de chita até o chão, blusas brancas esvoaçantes e lenços de cabeça tão extravagantes quanto os das ambossanas. Nas orelhas, carregavam grandes brincos de argola e nos narizes havia pequenos ossos. Os homens usavam pantalonas de chita sustentadas por largos cintos de couro.

A Cega Bimbola, a cabeleireira local, cujos olhos estavam sempre fechados — porque nunca tinham se aberto —, estava sentada no alpendre em frente ao nosso, cantando uma canção religiosa muito alto e desafinando:

Todas coisa brilhanti i maaar-vi-lho-sa
Todas criatura grandi i piquena
Todas coisa inteligenti i maaar-vi-lho-sa
O bom Daus a tudu criou

O tempo todo trançava o cabelo fino e louro de Akiki, a irmã de Yao, em tranças tão apertadas que puxavam a pele da testa para trás. Presa entre as coxas poderosas da Cega Bimbola, Akiki se contorceu e projetou o lábio inferior com todo mau humor melodramático. Ao me ver sorrir pra ela do outro lado do caminho, no entanto, mostrou a língua.

Comecei a andar ao longo do caminho — para passear —, saboreando esse conceito estranho, já que a única caminhada que fiz desde a chegada foi correr para o trabalho em pânico e cambalear de volta para dormir.

As mulheres voltavam dos lotes alocados para a plantação carregando cestos na cabeça, cheios até a borda de inhames e batatas-doces cobertas de lama, folhas verdes serrilhadas de aloe vera e folhas verdes enrugadas de *callaloo*. Ou partiam em direção ao rio, banquinhos pesados equilibrados na cabeça para se sentar e esfregar roupas na água rasa; em cima dos banquinhos, havia cestos cheios de roupas para serem lavadas. Mãos balançavam ao lado do corpo ou seguravam as mãos de seus filhos, enquanto me cumprimentavam com um amistoso "Cê tá bem, irmã?" ou um "Comocetá?".

O som de um violino vinha de algum lugar acima dos telhados das cabanas logo à minha direita, acompanhado por um grupo de canto harmonizado e uma alegre confusão de pandeiros batendo. *Para-bénza você/ para-bénza você/ para-bénza, qrida Zikabiva/ muitozanos di vida.* Era uma canção que conhecia da minha terra natal. Não a ouvira mais desde então.

Mais adiante no caminho, Yao e o irmão Inaani, que era um ano mais novo, estavam enfiando o irmão caçula Cabion de cinco anos num barril vazio. Tentaram então empurrar o barril em linha reta, o que ele se recusou a fazer. Eles estavam rindo muito. Percebi que estava rindo muito alto também, o que soou estranho. Que idiota miserável eu havia me tornado.

Olhando para a frente, notei pela primeira vez uma magnífica árvore de algodão de seda de quase trinta metros de altura com flores esbranquiçadas desabrochando. As pessoas estavam descansando nos nichos entre as grandes raízes que se espalhavam até encontrar o solo, fumando tabaco em cachimbos de barro de haste longa, emborcando bebida alcoólica chinfrim de canecas e jogando dados.

A área dos alojamentos dos escravizados era uma miscelânea de barracos construídos de forma desordenada, em uma luta para manter a natureza selvagem à distância. Nesse clima tropical e úmido de sol escaldante e chuvas torrenciais, todas as coisas cresciam muito rápido e ameaçavam reaver todo o espaço tomado pelo povoado.

As raízes das árvores se entocavam sob o solo até que empurravam cotovelos peludos e antebraços musculosos para o meio das cabanas, sem pedir permissão.

Samambaias e arbustos tinham que ser constantemente podados na base, mas em poucos dias cresciam e ficavam ainda maiores, mais vigorosos, mais selvagens.

Aranhas viúvas-negras viviam debaixo de folhas de aparência

inocente e, embora as picadas delas não matassem, doíam intensamente.

Outras aranhas teciam teias de quase dois metros de extensão, prendendo pássaros e assustando pequenos seres humanos que esbarravam nelas só para acabar com a boca cheia de teia pegajosa e um tanto poeirenta.

O percevejo verde-limão, em forma de diamante, voava sem rumo na direção de todos os objetos, incluindo eu mesma, deixando um cheiro desagradável no rastro.

O gengibre vermelho era abundante, bem como as florzinhas parecidas com pincéis cor-de-rosa, as folhas em forma de banana.

Das barrigas cortadas ao meio das cabaças, cresciam narcisos amarelos. Narcisos — me lembrava deles. Os habitantes ambossanos devem ter trazido os bulbos da Oropa como exemplar exótico.

Helicônias suspensas brotavam livres em toda parte, as flores roxas, vermelhas e douradas que se projetavam lateralmente das longas hastes feito peixinhos com bicos de papagaio.

A elegante planta estrelítzia crescia a mais de um metro de altura, encimada por uma crista laranja imperiosa.

Várias árvores serviam de base para as orquídeas, e cercas e muros transbordavam de buganvílias: brancas, laranjas, magenta.

Consciente de que pela primeira vez a dor nas minhas costas parecia ter desaparecido, me senti corajosa o suficiente pra estender a mão para trás e tocar nelas, passando os dedos cautelosos pelos sulcos e pelas cavidades sensíveis.

Não restava nem um centímetro da pele sedosa da qual um dia tanto me orgulhara.

Estava destroçada.

Estava repugnante.

Estava horrível.

Eu era assim.

Nenhum homem jamais ia se apaixonar por mim de novo.

Caí trêmula de encontro a um limoeiro no momento em que uma gigantesca borboleta-rabo-de-andorinha passou voando e pousou numa folha próxima. Tinha quase quinze centímetros de largura com asas sarapintadas de creme e preto. Encarei os estranhos olhos vermelhos daquela criatura, e ela parecia olhar dentro dos meus.

Emoldurada contra o límpido céu azul, ela era tão linda que eu queria chorar.

Havia muitas belezas nessas ilhas. Muitas belezas.

Enquanto ela se afastava, meu olhar vagou para o lugar onde o terreno havia sido limpo em torno de uma antiga árvore de ébano. Embora o espaço na vizinhança fosse escasso, ninguém o havia reivindicado pra uma rodada de bebidas; nenhuma criança o estava usando para brincar.

Quando caminhei até a árvore, vi que o tronco estava tão marcado quanto minhas costas. Algo havia atacado a casca, arrancando pedaços. Também havia sangue no tronco. Esfreguei os dedos nele. Era viscoso, espesso, vermelho, fresco.

Eu me afastei, sentindo o estômago dar cambalhotas, feliz por espiar Ye Memé parada em uma passagem lateral debaixo de uma árvore de akee cujas cascas em torno dos frutos estavam se abrindo como pequenas bolhas de sangue carmesim. Sendo o centro das atenções entre um grupo de mulheres, com uma cesta de bananas verdes a seus pés, Ye Memé estava vestida com uma blusa de uma brancura deslumbrante e uma anágua de chita com rosas cor de vinho bordadas na bainha. A careca estava coberta por um lenço branco amarrado em um laço tão extravagante que acrescentava outros vinte e cinco centímetros à altura dela, fazendo com que parecesse ter cerca de dois metros de altura. A pele bronzeada tinha sido hidratada, pulseiras de madeira pintadas com cores alegres que subiam pelos braços, grandes discos de latão inseridos na carne dos lóbulos das orelhas e um osso de galinha atravessado no nariz.

Francamente, a mulher era *muito* glamourosa.

Dei alguns passos vacilantes para me afastar, ciente de que estava usando uma canga tão velha e imunda que havia perdido toda a cor e a padronagem. As mulheres no encontro estavam muito bem-vestidas e pareciam confiantes, à vontade umas com as outras, em casa.

Ye Memé, sentindo que estava sendo observada, se virou e me pegou estática. Ela acenou pra mim e me puxou pra debaixo do braço, de forma protetora.

"Grotas, qui tá mia nova miga magra comu bambu, Omorenomwara. Ouvem, tudu qui ela fais é thabaiá, cumê i durmí. Ela ná fala, ela ná ri, ela ná dexa nenhum dessis ermãos inútius dá uns apertu nela disbaixo dus arbustu. Mia grota anqui sovisticada, cê tá ovino? So-vis-ti-ca-da. I ela ná gosta neca di cêis mamas pruque ela usa a caxa cerebal i istuda todas as coisa i ná fala nada. Sei dissu pruque mim obiserva ela comu um falcão.

"Intão, grotas, é milhór tratá ela bem-bem ou eu sóca cêis na cabeça cum tanta força que fica ismagada i cêis vai cabá babandu comu um diota. Olha anqui — eu *sei* comu todas cêis biranha gosta!"

As mulheres deram boas gargalhadas. Todas as cabeças, que até então estavam direcionadas a Ye Memé com uma combinação de admiração e ressentimento, agora se voltavam para mim. O respeito por ela muitas vezes estava, como notei com o passar do tempo, impregnado de inveja. Cada uma delas me ofereceu o tradicional gesto de aperto de mão.

Ma Marjani era a amiga mais próxima de Ye Memé. Ela se

levantou do solo como se estivesse de fato saindo dele. Tinha os gestos enérgicos e enfáticos de uma mulher acostumada a erguer um feixe de cana-de-açúcar com a metade do próprio peso corporal ou até mesmo um barril de rum. Quando apertou minha mão, foi mais uma agressão do que um cumprimento.

Então havia Lyani, que era pequenina e bonita e tirava vantagem disso. Os homens caíam nessa; as mulheres, não. Invejava o cabelo de Ba Beduwa, que se derramava feito óleo derretido pelas costas. O cabelo dela não precisava ser cortado, porque ela trabalhava nas plantações. Baixinha e roliça, Amadoma olhava com olhos esperançosos pra Ye Memé. Depois, havia a fria e roliça Kicongo, que tinha perdido uma mão, e a Olunfunlayaro, uma menina mestiça de quinze anos de idade, cujos seios desenvolvidos antes do tempo iriam garantir que os homens a tratassem como mulher. O pai dela era um estuprador, e a mãe estava morta.

A maioria dessas mulheres tinha nascido em uma plantação, tinha sobrevivido há muito tempo ao período crítico de ambientação de três anos e crescido com resiliência. Ou você morria ou sobrevivia, e, caso sobrevivesse, você encontraria a força interior para florescer. Elas não eram magricelas feito eu, e era óbvio que os únicos idiotas que essas mulheres tinham que tolerar eram seus senhores. Enquanto me avaliavam em silêncio, percebi que era melhor eu me ambientar.

Na época em que eu morava em Pequena Londolo, quando criança, não me misturava com os escravizados das plantações. Não havia como escapar do mundo ambossano então, nem no mundo do Bwana. Para onde quer que me virasse, os meus senhores estavam pegando no meu pé. Então disfarçava o meu ressentimento com o olhar baixo, controlava minha linguagem corporal para nunca parecer amuada ou ameaçadora, e prestava atenção à fala para que minhas palavras nunca ofendessem.

Agora aqui estava eu, no mundo dos branquelos na área dos

alojamentos dos escravizados, onde a gente comandava *as coisa*, mais ou menos.

Talvez agora pudesse ser eu mesma — o que quer que fosse isso.

Fora da área dos alojamentos, Massa Nonso reinava supremo com um regimento de capatazes para manter as tropas sob controle. A hierarquia dentro da área dos alojamentos era um pouco mais complicada. As máscaras de humildade eram tiradas e as pessoas emergiam como elas mesmas. No trabalho, Ye Memé se curvava à superioridade do feitor, mas de alguma maneira conseguia manter a dignidade. Dentro da área dos alojamentos, ela era a chefona, uma boa chefona, ótima nisso, que conseguia o que queria por meio do charme, e não da intimidação. E essa chefona me falou do açoitamento do fugitivo Salehen naquela mesma manhã, na árvore de ébano, *Sim*! *Naqueli lugá*. Ele havia sobrevivido duas noites na floresta de pinheiros antes que os cães de caça o farejassem. Tinha só doze anos.

"Eli levô duzentu i cincuenta golpi qui quasi mataru eli, mais faltô poco. Massa Nonso ná é nenhum tolu, eli sabi qui rapaz podi rendê muito-muito dinhero preli inquanu tá vivu, mais i si Salehen tentá iscapá otra veis? Eli perdi u pé, concerteza.

"Dez dia antis u véio Garai tenta iscapá. *Mim nascidu livri i mim qué morrê livri, issétudu*, eli diz a Massa Nonso naquela tardinha quanu eli é capiturado, anssim quissol disapareci pra vim noiti sobri montanha i poquim antis di Massa Rotimi colocá pé deli im troncu di árvere pertu du riu i cortá eli fora com maxadu.

"Véio Garai disprensávi, cê vê. Eli morre di emor ragia simana passada. Mim organiza interro deli au istilu du véio paíz — no chom."

Havia algo de pragmático na narrativa da história, como se Ye Memé tivesse se tornado imune ao fato.

"Tuda simana eli çoita pessoua nocenti comu percauçã pra

elis ná fazê nada erradu, eli fala, comu si fossi pru nossu pórpio beim. É u qui eli chama de persuasã. Poblema é que agenti cunsegui vê cara deli. Massa Nonso gosta di rancá sangui. I quano mim diz qui eli gosta, mim qué dizê qui eli *gooooosta*. Cê tendeu?

"Pegá mulér quano el qué tamém — tudus us Massa é a mema coiza. Poblema é, pareci qui u Massa Nonso tá anfim u tempu interu."

Ye Memé me disse que nos últimos dias ele a deixou em paz, mas, naqueles dias em que vinha à cabana dela para fazer o que fazia na frente dos filhos, aos prantos, ela sabia que era para destruir a resistência dela. Os homens sempre queriam destruir sua resistência.

Algumas das mulheres escolheram o suicídio, mas não ela. "Dispois dissu, mim bota meuz olhu neli e faiz questã qui eli veja. Talveiz eli gosta di spírito meu pruque dispois dissu eli mim muda de Permero Bandu diretro pras uzina.

"Poblema mais grandi pra nóis é nossas grota-quirianças. Anssim qui elas teim idadi sulficienti elis folça elas a fazê coisa feio-feio cum uz Massa. Cê podi imaginá. Agenti tenta portegê nossas grota-quirianças. Verdadi é, agenti ná conségui."

Ela fez uma pausa, ergueu os olhos para o céu. Todas as mulheres também permaneceram em silêncio, perdidas nos próprios pensamentos, os olhos voltados para todos os lados, mas evitando uma à outra.

"Tudos nossu coração tá drestroçado nessas ilha, seorita Omo.

"Tão drestroçado."

Aqui no interior da ilha, longe das cidades, escondidos entre as montanhas, era como se a gente estivesse nos confins da terra, e sem lei, a não ser a do senhor. Na ausência de uma mão restritiva, esse lugar era de fato o inferno na terra.

Todos os filhos do Bwana eram mimados, incluindo Nonso; embora, como o herdeiro de seu pai, se esperava que fosse mais sério e mais responsável que os outros. Era repreendido com muita frequência, até mesmo espancado. Ele se tornou tímido.

Bamwoze, no entanto, teve a oportunidade de desenvolver uma personalidade travessa, o que fez com se tornasse o preferido dos pais.

Nonso escondeu bem o ressentimento.

Mas o vi arrancando as caudas dos lagartos. Observei-o removendo uma a uma as perninhas das aranhas, com lentidão. Certa vez ele balançou um cachorrinho pelo rabo no pomar, verificou se ninguém estava olhando e esmagou os miolos do bichinho contra o tronco de uma árvore.

Algo me impediu de revelar que conhecia Nonso. Parecia desagradável admitir um conhecimento mais profundo dele e revelar minha posição antes elevada na casa do Bwana. Isso podia complicar minha crescente amizade com os outros escravizados. Em vez disso, me vi perguntando sobre rotas de fuga. O que havia do outro lado da floresta de pinheiros?

Houve um eriçar perceptível. Os olhos de Kicongo se estreitaram em evidente suspeita. Lyani soltou uma risadinha artificial. Ma Marjani aspirou pela boca, lenta e ruidosamente.

Minhas bochechas queimaram.

Ye Memé veio em meu socorro.

"Agenti ná fala sobrisso anqui, seorita Omo. É perigroso. Cês tudo percisa sabê qui Massa emplimentô Vigelância da Vezinhancia im esas anqui prantação. I é protigida pur gardas contra envasão dus Marrom. Intão é disfícil consigui saí i é disfícil consigui entrá i anquelis qui conségui saí é ricuperadu di volta logu-logu.

Mim pregunta pra mim mesma pru qui diabu elis si dá a essa poha di thabaio, hã?"

As mulheres concordaram com um coro de *Issu tá certu* e *Sim'siora*.

Espere um momento — quem eram os Marrons?

"Veim-angora." Ye Memé me conduziu pelo braço. "Vamu voltá pra casa i fervê um poco di um bom chá cum melaço pra deixá eli doci-doci."

Começamos a caminhar de volta para a cabana dela.

Ela — costas retas, quadris soltos, joelhos destravados, de modo que balançava e flutuava, mesmo com a cesta de bananas na cabeça.

Eu — quadris enrijecidos, sem graça.

Enquanto a gente caminhava, Ye Memé me alertou para tomar cuidado com o que dizia na companhia de outras pessoas, mesmo entre as senhoras. Por acaso havia reparado que Lyani usava uma corrente de prata?

"Beim, arguéim com muitu-muitu dinhero devi di tê dado pra ela u qui porvaveumenti dá a intendê apenas uma pessoua — u Demonho Incarnadu im Pessoua, Massa Rotimi. Mim ná comfia naquela Olunfunlayaro jamai. Todus nóis toma conta daquela grota pruque antis da mãin dela morrê agenti feis promessa. Mas coisa tá tão ruin im essa anqui prantação qui arguma pessouas faz quarqué coisa pra conseguí um favorzinhu dus Massa e ela thabaia lá na casa. Prisso toma cuidadu cumqui sai da tua bouca, cê tá ouvino?"

Estava ouvindo, mas tive que me armar de coragem pra perguntar sobre os Marrons. Ye Memé ia ler nas entrelinhas.

"Intão seorita Omo, cê ná vai deixá essi assuntu prá lá?"

"Não posso." Fiquei admirada ao ver que minha resposta saiu sem envolver qualquer negociação prévia.

"Bein, tudu bein, intão. Sóssa veiz. Us Marrom são us fugitivu qui vivi livri nas colina pru muitu-muitu tempu. As pessoua diz qui u tempu du açentamentu teim origim im quazi ceim anos. Us Massa ódia elis pruque elis invadi prantação i queima coleita, róba us animau i as verramenta. Fais boscada nas istrada tamém. A malhor parti dessis qui fogi pra ficá cum elis são iscravu novu qui chegaru direto di Europi i ná guenta ssá vida di prantação. Di calqué forma, comu mim dissi a cê antis, a malhoria dessis fugitivu é capiturada i é punido, intão pru que elis si dá a essi thabaio, hã?"

Ela se virou pra olhar pra mim, mas mantive os olhos na estrada à frente, engolindo em seco.

"I aléim di tudu, seu eu magrelu ná vai durá uma noiti na frolesta i memu qui cê incontri u campamentu dus Marrom, quié muinto disfíciu, elis ná anceita mulé comu cê. Mim ouve, elis qué omi forti i mulé novinha porquiadora i elis é discumfiadu di fugitivu isquinsito. Di calqué forma, mim percisa di cê anqui cumigu pruque cê mia miga. Ssaé sua casa angora. Mió si costumá cum issu, comu eu. Ssaé mia casa, na legria i na tistresa. Ssaé a única qui cunheçu."

Ye Memé, a mulher mais intensa que já conheci, tinha admitido que precisava de mim, e agora eu sabia com certeza que havia mesmo uma rota para a liberdade nessa triste ilha no meio do nada, cercada por tubarões.

Não podia lhe perguntar *como* escapar, não naquele momento, e bem no fundo eu sabia que ainda não estava pronta para assumir o risco de suicídio, porque era a liberdade ou isso. Nunca ia deixar aqueles merdas me açoitarem de novo.

Se pudesse evitar.

Em vez disso perguntei se ela conhecia alguém que havia se juntado aos Marrons.

"Arguns. Magik é um dus qui chegô inté elis. Eli veiu pru cima das áugua muintu tempu antráis, memo lugá qui cê. Ele foi muinto ispancadu, feiu-feiu, comu cê tamém. Um cara milancólico, mais carramba, um omi tão altu i bunitu i respeitozu i todas mulér si paixona pru eli, mas eli ná paixona pru ninhuma delas. Neim mesmu Ba Beduwa enfiô anquelas garra vempírica neli i issu qué dizê muinta coisa. Ele foi colcadu pa thabaiá diretu na prantação antis qui elis precebi qui eli crapintero i dispois dissu eli mandadu pa thabaiá na casa pincipral.

"Aus dumingu eli entaiava coisa pras pessoua anqui nus alonjamentu i ná cobrava nada, mais só pidia pra participá das janta cum a famílha. Cê vê cumé qui agenti tudu amava aqueli omi? Magik, agenti chamava eli. Dedus Magik pruque tudu qui eli fais tão marvilouso. Intão anssim qui eli si sintiu milhór eli si ir imbora. Quatru anu dispois eli volta tudu precurso comu lídir du grupu dus Marrom, i elis si chamava di Ensssérssitu Guerrileiro Marrom.

"Cê sabi aqueli bancu qui cê senta nu meu quintar? Um qui é pesadu i lustrosu i beim pruporcionar i qui pareci qui vai durá pra sempri? Magik feis u bancu. Sim, Magik! Um im um milhião di omis. Agenti tudu seinti falta deli, ainda."

"Qual era o nome verdadeiro dele?", perguntei, com a voz tão comedida que a frase saiu monótona.

Ye Memé vasculhou a mente antes de responder: "Ná consigu lembrá si arguma veis ouvi u nomi deli".

A gente estava se aproximando da cabana dela — da *nossa* casa.

"Scuti anqui, Omo-qrida." Ela parou para colocar a cesta no chão e se virou para mim. "Eu tava quereno priguntá uma coisa. Queru qui mim groto Yao teim mais histrória na cabeça deli du qui mim teim na minha quantu a esti mardito lugá, qui, falano beim franca, mi dá drô di cabeça muinto forti u tempu intêro! Yao nunca vai saí desti buracu dus infernu a num sê pra sê vendido pra otra prantação mais u mundu lá di frora vai entrá na cabeça deli si cê inssiná eli a lê i iscrevê. Mim teim contatu naquela casa girgantesca qui vai conseguí livru pra eu.

"Intão cê tamém podi ajudá meus otro fidelio quano elis fica mai véio i podi guardá sigredo. I é purisso que cê fica na mia casa longu tempo. Permero, elis sempri manda ricém-qui-chega pra eu pra tomá conta pruque mim sê chefona, mais intão mim senti tanta pena di cê quano cê entra na uzina tão marguicela i enfeliz i disbaxu di tanta dô física qui mim dicidí ficá cum cê. Angora cê mió, cê percisa fazê mundu malhór prus meu fidelio. Concorda?"

Esse seria um ato de rebeldia. Os senhores não queriam escravizados que sabiam ler e escrever. Tinha sido instruída por Milagrinho, e não só consegui me safar como também tinha sido para o meu próprio benefício.

Claro que eu ensinaria Yao e quem sabe, algum dia, poderia ser um benefício pra ele também.

Em todo caso, como podia recusar?

Era hora do reembolso.

Fiquei feliz por ganhar o meu sustento.

Lolli, a caçula de Ye Memé, estava do lado de fora da cabana de mãos dadas com alguns amiguinhos enquanto saltitava em círculos cantando *Ringa ringa rosas/ Um bolso cheio de flores/ A-tizzoo, a-tizzoo/ Todos nós caímos* — então todos se jogaram no chão, rindo muito. Ao nos ver, Lolli se levantou e disparou, pulando nos braços da mãe, deixando que a erguesse e a jogasse tão alto no ar que a criança gritou, sabendo que a mãe a pegaria com mãos grandes e seguras.

Lolli tinha cachos ruivos banhados pelo sol, sardas e discos verde-limão no lugar dos olhos, que começaram a girar quando a mãe estalou beijocas molhadas e barulhentas nas bochechas, pescoço, barriga, nos braços e nas pequeninas pernas dela. O tempo todo Lolli gritava "Faz mais, Mama, faz mais".

Mesmo no inferno, havia um amor intenso.

O vazio que meus filhos haviam deixado e que Frank outrora preenchera nunca me pareceu tão profundo quanto naquele momento.

À medida que eu voltava à vida, as lembranças do que havia perdido se tornaram mais agudas.

Fazia tanto tempo que eu não era amada por outra pessoa que não conseguia me imaginar sendo amada de novo.

Um bálsamo em Gileade

Uma mão bateu com suavidade num tambor de pele de cabra. Um segundo tambor foi de encontro à primeira batida. Um terceiro foi adicionado à mistura, depois um quarto e um quinto até que de repente pandeiros começaram a bater e a vibrar ao meu redor; o arco desvairado de um violino saltou e arranhou, baquetas subiram e desceram pelas placas de madeira de um xilofone, o som de um berrante de búfalo tocava notas longas e bombásticas, até que toda a caverna ressoava com os ritmos truncados e aquelas reverberações de esfrega-chacoalha da Áfrika.

A congregação também entrou no clima, jogando braços e pernas para todos os lados, como se uma corda pesada e molhada tivesse substituído músculos e ossos. As pessoas giravam no mesmo lugar, as cabeças rodando mais rápido que os corpos aos quais estavam (em teoria) ligados, e todos irromperam num balbucio de línguas — produto de imaginações hiperativas (se você me perguntasse) em vez de intervenção divina: *Ferttia! Amanop! Agapopopop! Tububibi! Lelelele! Lawqum! Papzaraz! Peetimo! Chewe! Ququq! Bbezaal!* — e assim por diante.

Havia tanto barulho na caverna que aquilo deve ter sido ouvido lá do alojamento dos capatazes e até na Casa Grande, o que, entendi em um instante, era exatamente objetivo.

Era minha primeira manhã de domingo no templo e permaneci de boca fechada em meio ao tumulto dessa agitada sessão de terapia comunitária. Sempre fingi falar em línguas nos cultos ambossanos, mas, como esse templo era usado só por branquelos, sem nenhum dos senhores negros presentes, eu não precisava fazer isso. Aquele ritmo e aquela vitalidade eram enervantes e exaustivos a qualquer hora do dia, que dirá nas primeiras horas da manhã.

De repente, percebi o quanto ansiava pelo bom e antiquado órgão da igreja da minha terra natal: o som sibilante leve e prolongado e o tom ressonante dos tubos que produziam o tipo de música sombria e suave que os ambossanos desprezavam, mas que eu considerava o som da alma do meu povo.

Senti saudade daquilo.

Esculpido nas profundezas da encosta perto da cachoeira do Rio Dong, o templo cavernoso tinha imagens dos deuses pintadas em madeira nas saliências das rochas e nos murais pintados nas paredes. Panos bordados, pendurados como tapeçaria. No altar, havia ramos de ervas secas, pilhas de vidro em pó, frascos de rum, tranças de cabelo, cal, pedras, bananas, vinho de palma em cabaças, velas.

O sumo sacerdote era um escravizado chamado Padre O'Reilly (algumas vezes a gente consegue se safar), que usava uma faixa de contas coloridas e um cocar de três plumas altas. Pontinhos brancos na técnica pontilhista eram salpicados por todo o corpo bronzeado, sem pelos e ágil. Ele acabara de pregar um sermão na oratória melodramática dos ambossanos, a voz trêmula oscilando pelo menos três oitavas: de um registro mais grave, feito o roncar do estômago, aos berros histéricos anasalados mais agudos, que ressoam na cabeça. Na pregação, ele contou que o Grande

Deus Obulattanga tinha moldado os humanos a partir do barro e que, quando completou a tarefa, os deu ao igualmente Grande Deus Olaranjo, que os trouxe à vida por meio da respiração.

O discurso era interrompido pelos gritos entusiásticos — "Lovado seje Arishans!" e "Discreva os fatu reais, Padri O!" — dos justos ao redor.

Nunca deixou de me chocar que as pessoas acreditassem que essas histórias fossem uma versão verdadeira e precisa de como a humanidade surgiu. Admito, a minha religião apresentava costelas removidas e serpentes falantes, mas pelo menos começamos a vida como parte humana, não como meras estátuas de barro.

Fiquei na frente com Ye Memé e sua prole, a mão quente de Lolli mexendo na minha como um ratinho preso.

Ye Memé parecia falar em línguas também, tentando projetar uma devoção tão inesperada (cabeça caída, ombros inclinados pra frente) que tive que reprimir o riso. Ela não convencia como uma devota humilde.

A gentil Amadoma havia costurado uma roupa branca de domingo para mim — uma linda blusa, esvoaçante, que cobria as minhas costas massacradas e repugnantes, além daquele tipo de saia rodada com cós franzido que ia até a altura do tornozelo e era usada pelas damas nos bailes do Percy na Mansão Montague, lá na minha terra natal. Não usava uma saia desde que comecei minha nova carreira como escravizada, e, com minha cabeça rapada coberta por um lindo lenço creme, eu parecia, pela primeira vez em anos, admito, *atraente*. Ao entrar no culto, até recebi um ou dois olhares de admiração.

Amadoma também havia costurado uma roupa de domingo nova para Ye Memé, as extremidades decoradas com bordados reproduzindo as flores de estrelítzia com suas cristas cor de laranja. No início da semana, ela havia se aproximado do alpendre, quase tropeçado nele, abraçando a trouxinha de tecido contra o peito.

Ye Memé e eu estávamos aproveitando as últimas horas de uma tarde de domingo, com o sol sugador de sangue por fim se pondo sobre a montanha depois de ter drenado cada grama de umidade da gente.

As crianças estavam brincando de "Qui hora são, seu lobo?", perto da árvore de algodão de seda.

"Ah! Maizum?", Ye Memé exclamou. "Oras, muintu gradicida, Piquena Seorita Amadoma."

Amadoma então se afastou pela estrada com o comportamento lento e satisfeito de quem cumpriu uma missão, as mãos cruzadas sobre a barriga. Era como se entregar o presente fosse o suficiente para ela. As feições de Ye Memé eram impenetráveis, mas, quando viu que eu a estava observando de forma sorrateira (como eu costumava fazer), ela deu um sorriso torto e revirou os olhos num *Qui é qui si podi fazê, hã?*.

Voltando agora ao templo, o Padre O'Reilly cessou a pregação tediosa, virou as costas para a congregação, mergulhou as mãos numa cesta, se cobriu com uma batina branca com uma grande cruz vermelha e dourada aplicada na frente e enfiou um rosário de contas de coral vermelho no pescoço. Ouvi as portas do templo se fecharem e, quando olhei para trás, eu as vi sendo bloqueadas com uma tábua de madeira. Um menino saiu do meio da congregação, deu ao padre uma efígie de Cristo numa cruz de madeira, acendeu um turíbulo cheio de incenso e voltou para o meio da aglomeração subitamente silenciosa, enquanto balançava o incensário e caminhava entre nós.

Era o cheiro pesado e amargo de mirra, que não sentia desde o dia em que quase desmaiei quando o incensário foi sacudido bem debaixo do meu nariz. Foi celestial. Por um momento, lá estava eu de volta, cantando "Pastor Amoroso de Tuas Ovelhas", acompanhada pelo velho organista sr. Braithwaite dentro da capela úmida da Igreja de São Miguel, cercada por uma família que achava que estaria sempre ali, até que a perdi.

O sumo sacerdote começou a recitar uma oração que a congregação sabia de cor. A voz mais baixa, o jeito sereno.

Em nomi du Pai i du Filio i du Esprito Santu.

Oh, meo Daus, tô filiz pru istar aqui nessi lugá na missa e mim seinti muintu pru pecá contra cê, i pru tuda graça da sua juda mim ná vai pecá di novu.

Qrido Jesú, teim misquericórdia di tudo as pobri pessoua qui nunca oviru falá di seu nomi.

Amu cê ancima de tudas as coisa. Aaah-meim!

O padre apanhou um pedaço de pão de milho numa tigela e o ofereceu ao crucifixo.

Qrido Pai Cenestiau, pru favô anceiti essi anqui pão qui vai si torná corpu du nossu senhô. Ofreço a cês tudo mia algria e tudo mia tistreza. Aaah-meim!

Derramou um pouco de vinho de palma e água num cálice e o ofereceu também ao crucifixo.

A voz de Ye Memé se ergueu acima da minha, alta e ostensivamente virtuosa, e não pude deixar de me lembrar de quantas vezes tinha ouvido minha querida amiga sussurrar com os dentes serrados: "Inzisti um Daus ness'ilha, seorita Omo? Inzisti? Beim, nunca vi eli, numca ovi eli i eli nunca mim anjuda cum coisa arguma".

Qrido Pai Cenestiau, rezu praqui mia ofrenda si torni parti di nóis Senhô, anssim comu a got'água angora é parti du vinhu qui logu si transforma im sangui percioso. Aaah-meim!

Entrei no clima também.

"Senhor Jesus, presente em mim, eu vos adoro. Agradeço por ter vindo até mim. Ajude a mim e a todos os seus filhos a ficar perto de você."

Depois de todos aqueles anos, me encontrei rezando num lugar público de adoração ao meu próprio Deus.

"Querido Senhor, obrigada por todas as suas graças durante a missa. Me ajude a me lembrar delas quando sair da igreja e voltar para casa. Me ajude a ser em todas as coisas, no trabalho e no lazer, uma verdadeira filha do nosso Pai Celestial.

"Querido Jesus, abençoe a todos nós, agora e sempre. Em nome do Pai e do Filho e do Espírito Santo. Deus seja louvado. Amém."

(P.S.: E por favor me ajude a encontrar uma maneira de escapar, o mais depressa possível. Obrigada!)

Então os tambores recomeçaram, as portas foram abertas e a congregação retomou as ruidosas convulsões.

Na maioria dos domingos depois do culto, eu ensinava Yao a escrever, usando uma lousa e giz.

As aulas começaram com o sistema de numeração ambossano de adição, subtração e multiplicação — tudo pra representar um simples número, que eu tinha aprendido, com grande dificuldade, enquanto lidava com a contabilidade do Bwana. Era mais complicado que o sistema de contagem que eu conhecia, os dez, os vintes, os trintas, de lá de casa, e o Bwana zombava de mim ao me ver contar assim, como se eu fosse uma criança com dificuldade de aprendizagem, ele disse, típico do meu *gênero*, que não consegue compreender aritmética básica.

O número ambossano 12, por exemplo, é representado como 20 menos 5 menos 3. O número 45 é representado como 20 vezes 3 menos 10 menos 5. O número 525 é 200 vezes 3 menos 80 mais 5.

Yao estava ávido por qualquer atividade que exercitasse algo mais do que os músculos do corpo. Ele não precisava ser convencido a estudar, por compreender o luxo de uma educação. Nenhum exercício gerava reclamações, nenhuma aula era longa demais, não havia lamúrias como *Issé muinto chatu, tia Omo*. Em vez disso, meu aluno modelo estava animado com os novos pensamentos que lhe brotavam na cabeça, fazendo com que parecesse maior, disse ele.

Contar até quarenta mil pode ter sido bem complicado (dez vezes dois mil, de duas maneiras), mas ele logo dominou isso. Assim como dominou o alfabeto ambossano, composto por cento e cinquenta caracteres. Era bem fácil na verdade, uma vez que você o tivesse decorado.

Ficávamos sentados lado a lado no chão dentro da pequena cabana claustrofóbica por duas horas até o meio-dia, as outras crianças excluídas, a porta fechada, em um espaço superabafado, a pequena abertura no teto semicerrada para deixar que os raios de sol entrassem e irradiassem nos cachos emaranhados de seu cabelo dourado enquanto ele se dedicava, de cabeça baixa, à lição. Eu lhe acariciava os cachos enquanto ele trabalhava, desembaraçando-os ou os enrolando nos dedos, lembrando que tinha um filho meu, em algum lugar, lá fora.

E duas filhas.

Descobri que era uma professora nata, paciente, que gostava de transmitir o que sabia para que um dia, quem sabe, essa criança pudesse fazer algo útil com isso — para o nosso povo.

Vi a confiança dele crescer à medida que seus neurônios se multiplicavam, além de se arrogar um conhecimento que chamava atenção — talvez até um pouco demais. Yao já era uma criança que se destacava, alta para a idade, tal como a mãe, com as costas ainda não curvadas pela cana-de-açúcar e com um espírito ainda indômito.

Ma Marjani vinha até a nossa cabana nas tardes de domingo para me ensinar a cozinhar no estilo de Nova Ambosssa, a pedido de Ye Memé, que estava sempre ocupada cuidando do lote alocado e limpando os filhos.

Ma Marjani estava criando o filho de Ye Memé Dingiswayo como se fosse o próprio filho — um menino robusto de onze anos com um cabelo loiro grosso e arrepiadinho que ocupava toda a extensão da cabeça raspada. Ele se pavoneava pela área dos alojamentos com suas calças de algodão largas, de segunda mão, usadas de forma que a cintura caísse (não sei como) *abaixo* da bunda. Era uma imitação pobre dos adolescentes baderneiros locais, que andavam com um coxear exagerado, determinado e torto, balançando os braços. Sempre achei que pareciam recrutas bêbados marchando para a guerra e tentando parecer sóbrios, ou em estupor, voltando para casa da linha de frente. Agarravam a protuberância na virilha de tempos em tempos, e davam um bom aperto também, ao que tudo indica para verificar se tudo ainda estava lá.

Quantas vezes ouvi Ye Memé dizer alto o suficiente para ser ouvida por esses garotos, que haviam se apropriado da árvore de algodão de seda e que tentavam intimidar todos os transeuntes:

"Só peinsa im comu aquelis grandi iscravu rebeldi du passadu devi di tá si virano nus tumbulo au vê essi bandu. Elis si ergueru pra liderá a rebeliã contra us Massa nessa ilha i derum pra elis mesmu pseudônimus bom, sóledo e histrórico como Willyam Konkara ou Rei Alfredo ná essa stupideza di Groto Mau, Instremamenti Nojentu i Monstru du Macheti comu esse bandu ali. Essis pirraio têm a intençã di si altodistruí, comu si elis tivessi podê, mais du pilhór tipu di podê, du tipu violentu. Seorita Omo. Issé tão tistre, hã?"

Então gritava: "Arguéim divia chegá prus pai delis e dizê preles dá uns bons cascudo nus mardito uvidu dessis indiooota!".

Os filhos mais novos de Ye Memé correram em direção ao

irmão mais velho descolado que viam só no domingo quando vinha subindo a alameda com aquele gingado ridículo que fazia os homens sorrirem com saudosismo e as mulheres balançarem a cabeça ao ver outro aspirante a gigolô. Sentado no alpendre com os pequeninos reunidos nos seus pés, ele mostrava a lâmina que tinha amarrado com barbante com a qual poderia matar e estripar um crocodilo — "Sim, eu fais isso. Dessi jeitu, anssim!". Fingindo ser um herói mítico, ele cortou o animal inúmeras vezes em atenção ao público, extasiado.

De vez em quando, eu pegava Yao andando atrás do irmão mais velho, tentando imitar aquele modo de andar manco, torto e arrogante que era tão revoltante — e estremecia.

Dingiswayo levou Yao, Inaani e Cabion para colher *akee* maduro das árvores, ensinando-lhes que só deviam tirar aquelas com cascas vermelhas que já tinham estourado para revelar os arilos amarelos-pálidos por dentro; caso contrário, era venenoso. Akiki e Lolli foram obrigadas a permanecer no chão, prontas para pegar as frutas em uma cesta.

O grupo voltou pelo caminho, Dingiswayo na liderança, o cesto equilibrado em cima da cabeça, Akiki e Lolli seguindo orgulhosamente atrás, lançando olhares sorrateiros para ver se os amiguinhos podiam ver que faziam parte da galera do Dingiswayo.

Como todas as coisas às quais se dedicava, a culinária de Ma Marjani era uma experiência totalmente física. Com uma canga adequada aos dias de trabalho amarrada no peito e o cabelo frágil de palha queimada amarrado pra trás com um barbante, os braços dourados, musculosos e cheios de cicatrizes estavam prontos para dar início às atividades.

Amassava a massa como se estivesse esmurrando um oponente, depois abria a cabeça de um coco com um machado. Despedaçava *callaloo* rasgando-o em tiras finas e fazia o purê de abóbora cozida esmagando-o com o punho. Partia uma abobrinha em duas como se fosse um pedaço de pão, retirava as sementes com a mão como uma colher, então a cortava em cubos, fritava e me instruía a colocar as sementes num pano para secar ao sol. Ela rolava bolinhas de inhame nas palmas das mãos e as jogava numa frigideira escaldante até ficarem crocantes e douradas. Nas raras ocasiões em que tínhamos peixe, fazia um corte na parte mais grossa da carne, retirava as escamas, desossava, grelhava, salgava, fritava, cozinhava ou defumava.

"Nóis pessoua anqui cortadô di cana thabaia tão pesadu qui teim qui comê beim-beim nas rara oncasião im qui nói teim chanci. Dispois qui cê cuzinha beim, cê arrainja um omi, issé certu."

"Mas eu não quero um", respondi rápido demais.

"U quê? Cê tá loca? Cê ná qué qui um cara dá procê arguma coizinha, cumu anqueli Qwashee qui tá dis ôio em cê?"

Qwashee trabalhava no Primeiro Bando e morava sozinho numa cabana que mal chegava ao dobro da altura e largura dele e que ficava algumas portas adiante. Quando eu estava por perto, ele costumava pairar do lado de fora da porta. Não tinha encanto ou boa aparência, nada que valesse a pena mencionar. Estava ficando careca, era curvado, magro, tinha ombros esqueléticos, pernas curtas, uma coluna vertebral comprida, e, no entanto, sempre que falava comigo — "Dia, seorita Omo" ou "Isperu qui u dia traiz alegria a cê, seorita Omo" ou "Mim teim dois ovo di galinha procê, si ná si improta im ceitá" ou "Cê druma beim angora seorita Omo i acrodi manhã discansada e revigurada" —, eu me surpreendia a ponto de ficar comovida.

Queria um homem bondoso. Um homem gentil. Um bom homem.

Ma Marjani era tudo o que eu não era e, por ser assim, não tinha medo de me dizer a verdade: "Seorita Omo, cê tamém é uma grota marguicela" ou "Mim nunca confiô numa pessoua muinto quéta".

Quando eu conseguia abrir a boca para falar, ela podia dizer: "Cê também teim uma mardita prosa impolada i resbuscada" — os olhos cinzentos e frios escurecendo, mesmo enquanto me oferecia um sorriso amarelo cheio de dentes. Mas era devotada a Ye Memé, que lhe tinha dado um filho, e eu fazia parte do pacote.

O país onde ela morava era o país onde nasceu: "Mim nasceu ness'ilha e mia mammi tamém e mammi dela tamém i u pappi tamém i tudus elis muinto tempu antrás, inté ondi mim sabi".

Ma Marjani sabia cozinhar e tinha experiência com cana-de-açúcar. Sabia que não poderia ter filhos, e que o filho que estava criando como se fosse seu estava se tornando o tipo de homem que abominava. Ela sabia que era uma "ninguéim, pruque anqui nóis tudu é uns ninguéim", e sabia que os novos escravizados das costas da Oropa odiavam estar na ilha porque conheciam um país chamado Liberdade e estavam sempre fugindo em nome dele.

Os nascidos na ilha mostravam pouca curiosidade a respeito dos lugares de onde nós, recém-chegados, viemos. Quando tentei falar a Ye Memé ou Ma Marjani da fervilhante metrópole de Londolo, elas pareceram apáticas, até mesmo entediadas, e a conversa foi encaminhada de volta pra se *a quiriança di Ba Beduwa era di fatu fio du omi da Kicongo? I si um dia a Kicongo discobrí? Pra quê! A seorita Beduwa tamém vai cabá cum cotoquinho nu lugá da mão. Ninguéim divia si metê cum a Kicongo pruque ela vai criá uma teremenda di uma increnca.*

Sob a orientação de Ma, minha especialidade culinária se tornou um guisado gelatinoso de pata de boi com feijão-manteiga e cebolinha. O restante da carne do boi era comido pelos senhores, exceto pelos genitais do animal, que formavam a base da sopa de pênis de boi — "tá comprovadu quisso dá uma forcinha na virilhidadi". A mesma afirmação foi feita em relação ao drinque Bak Fortão, a respeito do qual Dingiswayo, acariciando a virilha, disse com segurança a Yao, "issu fais us omi grandaião cumu eu forti, longu e inrresistiveu pressas puta i prianha" — o que lamentavelmente foi ouvido por Ma Marjani, que por sua vez o chamou e lhe deu uma pancada na cabeça com uma panela de ferro. Isso reduziu às lágrimas o menino que ele de fato era por dentro, seguido pelo amuo prolongado do adolescente que estava desesperado para se tornar.

Ma o fuzilou com os olhos, riu como um raspador de panelas e lançou um "raspazinho inútiu" na direção dele.

(Puxando-me de lado, sussurrou: "Quissipódi fazê? Issé a infruencia dus groto muinto mais véio. Grota, issu mim fais mim precupá tantu cum o meu fiinho".)

Quando Ye Memé estava saindo com um novo amante — "Sioras, ess'anqui meu novu preteldenti, prisso seje *boaaazinha* prele, cês ouve!" —, ele tinha que ser alguém com mais recursos que a maioria. Os homens que duravam mais tempo conseguiam trazer uma galinha inteira para uma boa comida de vez em quando.

Na maioria das vezes, tínhamos que nos contentar com bolinhos, milho-doce, inhame, verduras, fruta-pão, broa de milho e as frutas da ilha.

Mas quando os tempos eram bons e a barriga estava cheia — e esses são os momentos que vou saborear para sempre —, nós nos sentávamos em círculo ao redor de uma grande esteira redonda de ráfia num domingo à noite, com velas cítricas aromáticas enfiadas em cabaças para afastar insetos e mosquitos. Ye Memé se sentava à cabeceira, Ma Marjani, à esquerda, eu, à direita, e as crianças se reuniam ao redor. Começávamos a comer porções da refeição que eu tinha ajudado a preparar, todos falando ao mesmo tempo, provocando uns aos outros.

Yao se levantava de repente, tentando superar o andar emproado de Dingiswayo.

Lolli tentava empinar o traseiro e fazer beicinho como a mãe fazia quando estava sendo geniosa ou sedutora.

Cabion tentava roubar comida do prato de Inaani, e Inaani pegava de volta, enquanto Yao distraía Cabion.

Akiki imitava minha fala empolada e rebuscada.

Ma Marjani fingia um acesso de raiva como Lolli — que era especialista neles.

Dingiswayo tentava agir de um jeito viril e descontraído e acima dessas infantilidades, até que Lolli e Akiki pulavam sobre ele e faziam cócegas até que ele implorasse a Ma que arrancasse as pequenas pestes de cima dele.

E Ye Memé. A querida Ye Memé:

"Ai meo Daus! Cês pessouas fais tantu baruio i braburdia i bragunça qui ná sei u qui fazê cum cês tudu! Issaí é mia famílha? Comu podi issu quano eu é tão beim ducada i tímeda i com zero defeitos? Ai Daus anhí incima, si cê mim ouvi di verdadi i nóis *inda* ná istabelecemu essi fatu, mim dá uma otra familha pruque essi bamdu indiciplinadu é um grandi pé nu sacu!"

Ela atirava a cabeça pra trás e ria — uma bela gargalhada, vigorosa, de dentes podres, energética, áspera, do tipo "vá se foder". A gente também atirava a cabeça pra trás e deixava tudo sair, vendo quem conseguia rir mais alto, por mais tempo, do jeito mais ridículo, roncando, trinando, uivando, guinchando, até que os olhos da gente lacrimejassem e a gente sentisse dor do lado do corpo ao mesmo tempo que implorava um ao outro pra parar.

Deixávamos nossa risada fluir em direção ao céu e ricochetear entre as montanhas.

Era quase como se a vida fosse normal.

Como se fôssemos livres.

* * *

Minhas crianças: Yao, Inaani, Akiki, Cabion e Lolli dormiam toda noite esparramadas em torno de mim e da mãe, bracinhos e perninhas quentes caídos por cima dos meus, desordenados, cabeças adormecidas aninhadas debaixo dos meus braços ou de boca aberta, babando sobre a minha barriga, cabeças tão leves que eu mal sentia o peso.

Quando despertavam gritando ou suando frio, eu os acariciava para que voltassem a dormir, afagando músculos precocemente definidos, massageando mãos calejadas, ou catando raminhos, folhas ou seiva açucarada de cabelos emaranhados e pegajosos que só sentiam a espuma de limpeza do xampu de coco quando a mãe os banhava no Rio Dong, aos domingos.

Na casa do meu senhor

Despertei para o vapor fantasmagórico das nuvens encharcadas de orvalho do amanhecer, que começaram a flutuar e se dispersar sobre as montanhas.

Flores de oleandro branco tinham sido plantadas para ornamentar os caminhos, a fragrância doce competindo com o fedor nauseante dos baldes de merda noturnos dos aposentos.

As flores nunca deixavam de me tirar o fôlego, e sorver a seiva leitosa podia fazer exatamente isso, diminuindo a velocidade do batimento cardíaco até chegar a uma parada final e irreversível.

Tóxica — a história das ilhas.

Andando apressados na meia-luz, todos nós subíamos o morro em direção aos trabalhos pesados — no meu caso, a plantação de cana-de-açúcar. Sim, Massa Rotimi havia me "despromovido" pra dar lugar a uma pequena e graciosa Lyani, que agora estava trabalhando ao lado de Ye Memé — até que estivesse pronta pra dar à luz o filho.

Eu agora trabalhava numa pequena tropa com Ma Marjani, Kicongo, Ba Beduwa e Qwashee.

Era cortadora de cana, e o trabalho funcionava mais ou menos assim:

O escorregar de um facão podia significar a perda de uma parte do corpo.

Colmos, tocos e folhas afiadas me deixavam crivada de cortes.

Ficar curvada o dia todo para cortar a cana-de-açúcar era incapacitante.

O fogo ateado nos campos para destruir ervas daninhas e pragas, mas não a cana-de-açúcar, produzia vapores que me deixavam respirando com dificuldade por semanas.

(Às vezes, as pessoas ficavam presas no emaranhado de colmos e eram queimadas vivas. Não tinha visto isso, mas tinha ouvido as histórias.)

A exposição prolongada ao sol me deixava com dores de cabeça permanentes, desidratação severa e pele queimada.

E, se sobrevivesse a todos os itens acima, cobras peçonhentas estariam à espreita na vegetação rasteira para morder um dos meus tornozelos com suas presas venenosas.

Contudo, dois anos depois de ter chegado a Lar, Doce Lar, me aclimatei de um jeito alarmante.

Detestando o trabalho, sentia um prazer perverso em reclamar dele. Saboreava os domingos e temia as manhãs de segunda-feira. Os braços flácidos de boneca de pano eram agora os de uma mulher musculosa e tonificada. Podia cozinhar algo incrível com os ingredientes mais humildes e amaldiçoar o *mano* mais malvado — tudo isso me tornou mais simpática aos olhos das mulheres do alojamento.

Mas a liberdade se tornou um conceito abstrato: minha casa além do Jordão, meu acampamento, minha festa evangélica, minha terra prometida — algo fora da minha zona de conforto. Não ajudava o fato de que a maioria dos que tentavam fugir não conseguissem sair da floresta cheia de perigos, e, caso conseguissem escalar as encostas perpendiculares das montanhas, fossem capturados pelas patrulhas nas estradas da montanha.

Muitas vezes, tive que testemunhar o tipo de punição aplicada a fugitivos para quem a morte teria sido a opção mais fácil.

Pimenta, sal e suco de limão esfregados em cortes de chicote significava ser mais ou menos poupado.

Ter o nariz cortado fora significava que não se fora poupado.

Massa Rotimi certa vez pregou a orelha de uma reincidente a uma árvore, deixou ela lá por trinta minutos e depois a decepou, como se cortasse a cartilagem de carne bovina.

Ele repetiu o procedimento com a orelha remanescente.

Quanto a Massa Nonso, também o vira em ação, à distância, me escondendo no meio da aglomeração para não ser reconhecida. Uma vez, ele forçou uma fugitiva a se deitar e outra a cagar na boca dela. Dois homens forçaram a abertura e, em seguida, a boca foi fechada e imobilizada com firmeza.

Não é brincadeira.

Tinha visto homens serem castrados e mulheres perderem um seio. Tinha visto membros serem removidos, pele sendo escaldada, bochechas sendo marcadas a ferro quente.

Certa vez, um homem foi amarrado e assado no espeto, vivo.

Outro foi suspenso sob um espeto de porco para que a gordura escaldante lhe tirasse a pele.

E quanto à minha própria fuga?

Faltava apenas um ingrediente essencial — coragem.

Eu agora estava saindo com Qwashee. Ele me adorava e não ficou nada perturbado com minhas costas repulsivas, embora estivesse exagerando um pouquinho quando falou com ternura que tinham "presonaldade" e "qui contavam uma istrória". Sim, histórias de horror, contestei.

Dormi na cabana dele algumas noites, mas não todas; deixei que me amasse enquanto oferecia a ele todo o amor que não guardava pra outro.

Depois de tanto tempo, era chegada a hora de desapegar de Frank. Sabia disso, mas as histórias que ouvi a respeito do Magik Marrom reacenderam uma esperança que, sem provas, se tornou uma crença — uma crença cega.

Certa manhã, andávamos em uma longa fileira pelos batalhões de cana alta a caminho de um campo remoto a cerca de seis quilômetros de distância. Pude ver Ma Marjani marchando na frente como sempre, pés descalços, costas nuas, com uma energia que poderia ser confundida com uma ânsia de começar a trabalhar.

Concluíra havia muito tempo que, como muitos de nós — crianças, mulheres, homens —, Ma estava simplesmente furiosa, embora nunca admitisse isso; e, enquanto a fúria dela era canalizada para a atividade de cozinhar e para o abate da cana-de-açúcar, outros encontravam uma saída no sexo, na violência, no canto, na jogatina, na bebida, no açúcar, no tabaco e até no fervor religioso.

À minha frente, Qwashee pisava o chão com leveza, ombros descontraídos depois de uma noite de amor; meu homem careca e de traseiro ossudo, magro feito um cão de caça, mas "vigrozo feitu um corcodilu". De vez em quando, ele olhava para trás com um sorriso tímido e reconfortante — revelando uma coleção de dentes manchados, malformados ou ausentes — para verificar se eu estava bem, embora soubesse perfeitamente que eu "estava às miu maravia, essa manhã, im especiar, brigadu, sior Qwashee".

Quando disse a Ye Memé que nós iríamos sair juntos no domingo à noite depois de ele ter me levado para dar uma volta — "talveiz cê gosti di dá uma piquena camiada di tradezinha, seorita Omo" — pela área dos alojamentos (onde mais?), ela fingiu não ouvir, embora devesse saber. (Segredos no nosso mundo confinado? Você está de brincadeira?) Quando repeti aquilo a plenos pulmões, ela murmurou algo a respeito de eu conseguir "um homem *de verdade*" e desceu o caminho a passos largos, brincando com quem transitava por ali com tanta alegria que você pensaria que ela e os filhos tinham acabado de ser libertados. Mas os ombros dela estavam tão jogados pra trás que as omoplatas quase se encostaram, a pele entre elas espremida em dobras avermelhadas e esmagadas.

Homens "de verdade" eram amados e odiados na Lar, Doce Lar. Diziam sacanagem e fodiam com força e podiam enrolar e atazanar a mulher com a cara mais azeda até a submissão, e, se ela não quisesse ceder, eles se derramavam em charme — "Gwan, fais issu pru mim, bruneca. Seje uma boua grota pru pai". Homens de verdade eram tão ridiculamente sensuais que as mulheres ficavam molhadas só de olhar "praqueli belu pidaço di carni lá du otro ladu". As mulheres choravam, brigavam, envenenavam e até matavam por causa deles, mas, quando os homens de verdade as decepcionavam, elas se queixavam de ter que aturar "anqueli brastardu muierengo i qui ná teim nenhum omi dicenti nessi lugá". Mas os bons homens — não altos o bastante, corpulentos o bastante, bem-dotados, sensuais, bonitos, confiantes, atrevidos, musculosos ou bajuladores o bastante — não eram homens de verdade, então não contavam.

Minha querida amiga Ye Memé teve mais do que seu quinhão deles. Todos os pais dos filhos dela eram homens *de verdade*. E o que ela era?

Solitária.

Começávamos a trabalhar assim que chegávamos às plantações. Não era fácil, mas também não era difícil. Você pegava um facão e decepava a cana-de-açúcar para o Segundo Bando coletar. Ma Marjani sempre trabalhava mais rápido que a maioria. Exaurir o corpo era extenuar a mente. Não ajudava nada pensar demais.

Os capatazes de escravizados que nos mantinham na linha eram eles próprios controlados pelos feitores — geralmente homens negros trabalhando por um curto período nas ilhas antes de retornar à Grande Ambossa com dinheiro suficiente para comprar uma casa na capital Londolo. Os capatazes eram os branquelos de confiança que mantinham cargos de privilégio exercendo uma certa alegria ao manusear o chicote. Um deles era um jovem mestiço chamado Ndewele. A mãe dele fazia parte da aristocracia escravizada e era vislumbrada pelas massas como nós apenas de longe, pois morava atrás da Casa Grande e nunca desceu até a área dos alojamentos.

Era amante do Bwana, estava sob a proteção dele e era mãe de seus filhos. O nome dela era Iffianachukwana, e se dizia que era o tipo de branquela ou mestiça que seria dona de alguns escravizados se algum dia fosse libertada. (Não era inédito escravizados libertos fazerem isso.) Rumores se espalhavam de que isso aconteceria no momento em que o Bwana batesse as botas, o que seria mais cedo do que tarde, pensei comigo mesma, se ele continuasse enchendo a porra daquela pança com fufu!

O filho dela, Ndewele, era franzino, e sua pele era de um castanho-avermelhado, o que contrastava com os cachos crespos muito loiros. A simetria longa e tensa do rosto melancólico me lembrava a do meu pai. Ele tentava sobretudo mostrar um desdém arrogante, como se estivesse destinado a coisas melhores, montado no cavalo ou esparramado numa esteira ao sol, o chapéu puxado pra baixo sobre os extraordinários olhos violeta. Chupava palha ou mascava um pedaço de tabaco enquanto a gente suava em torno dele. Dava para ver que estava mascarando um tédio e uma frustração terríveis com a única coisa que tinha a seu favor — a superioridade.

Como filho de Iffianachukwana, Ndewele não tinha nada a provar e pouco a temer, mas, em vez de o transformar em um déspota em ascensão, isso despertou o melhor dele. Era um capataz de escravizados condescendente.

Eu trabalhava ao lado de Qwashee, sabendo que, cada vez que balançava o braço para trás e o abaixava, era para me instar a fazer o mesmo. Éramos vinte escravizados trabalhando numa fileira, e a gente cantava.

Ali, nas plantações, as vibrações do som reverberavam do fundo das nossas entranhas com um poder que se equiparava ao nosso esforço físico. Tínhamos que cantar alto o suficiente para sermos ouvidos num espaço aberto preenchido por um coro de vozes à capela, e estávamos sempre cheios de energia, já que colocávamos nossos corações na música. Mesmo os capatazes e os feitores às vezes podiam ser vistos olhando à meia distância, como se fossem transportados.

Os recém-chegados das Fronteiriças que estavam entre nós desabaram quando a gente cantou:

Devi um véio conhicidu sê isquicidu
I nunca mais sê lembradu
Devi um véio conhicidu sê isquicidu
Tantu tempu antráiz...

Eu estava preocupada tentando fazer alguns ajustes na minha cantilena amadorística, para não bagunçar a harmonia, quando Massa Nonso bloqueou a luz do sol montado na égua cinza malhada. Percebi que se elevava acima de mim, como uma estátua equestre com as patas dianteiras levantadas.

Ergui os olhos para o rosto do homem que era o meu dono. Horrorizada.

Aqueles olhos claros cor de cacau, que tinham registrado toda a atenção dada ao irmão mais novo, deslizavam agora atrás de pálpebras inchadas, e tinham a cor, a consistência e a capacidade emocional de estrume de cavalo recém-feito.

Sem camisa, revelava uma barriga inchada tão áspera, ressequida e grosseiramente cabeluda quanto casca de coco.

O cavalo dele, levantando a terra com uma pata traseira, balançou a crina, espirrou catarro bem na minha cara e, como se isso não fosse nojento o suficiente, começou a roçar meus lábios com as narinas enormes, úmidas, dilatadas, esponjosas e fedorentas. Eu tinha que ficar lá e aguentar quieta (até mesmo um cavalo tinha um status superior ao meu), enquanto o passageiro do animal lutava para fazer uma frase sair da boca.

Em vez disso, ele vomitou.

Uma gosma escorria pelo peito nu, como se fosse mingau.

Cristo! Ele estava bêbado feito um gambá e, pela posição do sol, eram só dez horas.

Ele se inclinou para a frente, a cabeça dele nivelada com a cabeça da égua. Com uma familiaridade conspiratória, ele falou de um jeito arrastado e um tanto indistinto, como se a boca ainda estivesse cheia de bile: "Olha aqui *você*, o velho babaca intrometido está vindo aqui pruma visita surpresa acompanhado por aquele Bam*safado*, meu irmão bajulador e espertinho. Já que meu virtuoso contador fugiu de volta pra Londolo e anda soltando a língua por aí, *você*, nossa pequena fugitiva, vai se mudar agora mesmo pra

Casa Grande e vai organizar meus livros de contabilidade pra que tudo esteja bem arrumadinho e impecável quando o velho babaca chegar. Se não for assim, ele vai fazer ligas com minhas tripas e eu com as suas. Entendido?".

Deu um tapa na égua, que deu meia-volta e saiu galopando, as pernas longas e bem torneadas levantando a terra com os sapatos feitos sob medida em forma de U.

Escondido atrás de uma fileira de coníferas e alcançado por meio de um longo caminho ladeado por troncos, o muro do Grande Complexo era pintado com as mais audaciosas representações geométricas sobrepostas umas às outras: triângulos, quadrados, círculos, hexágonos, pentágonos, estrelas. Nessas imagens, estavam inseridas versões minúsculas do símbolo do olho maligno do antigo deus do sol, Hórus.

Havia pitorescas pinturas "ingênuas" da vida cotidiana na plantação intercaladas com essas ilustrações.

Escravizadas com lenços na cabeça perambulavam por caminhos floridos em roupas brancas de domingo, girando sombrinhas rendadas.

E lá estávamos nós no templo, cantando com todo coração e com um entusiasmo de revirar os olhos.

Ou descansando nas margens do Rio Dong, fumando cachimbos de barro.

E nossas crianças dançavam em torno de um mastro com sorrisos eufóricos estampados no rostinho rosado.

Tudo isso com tantas cores chamativas que quase fiquei com dor de cabeça só de olhar.

Havia amarelo berrante extraído de calêndulas; laranja-avermelhado extraído de raízes de sanguinária; roxo brilhante extraído de amoras; vários tons de verde extraídos de espinafre, grama e casca de cebola-roxa; rosa pastel extraído de pétalas de rosas; vermelho berrante de cerejas; preto de carvão; branco de cal hidratada.

Estátuas dos deuses foram posicionadas em cima do muro entre gigantescas bolas de argila pintadas de branco.

O muro tinha sido concebido com a intenção de exibir riqueza e inspirar admiração na força de trabalho. Reconheci a obra de arte marcante criada por artistas Ndebele, que teriam sido trazidos da Áfrika para fazer o trabalho.

Enquanto contornava o muro do complexo residencial até a entrada dos fundos, tentei assimilar o que estava acontecendo comigo. Estávamos no meio da manhã e eu não estava curvada com um facão na mão — então não tinha do que me queixar. Se ia voltar para os alojamentos naquela noite ou se ia dormir ali, eu não sabia. Não conseguia pensar em quando voltaria a ver Ye Memé e as crianças ou Qwashee e não havia nenhuma dúvida de que não conseguia pensar em ver o Bwana outra vez — então tranquei todos do lado de fora.

Olhei pro caminho de volta através dos prados exuberantes, verdes e nutridos pela chuva, e para as plantações de cana-de-açúcar tão longínquas que você não podia ver ou ouvir os trabalhadores, e olhei ainda mais longe, até as montanhas. Aqui no alto, entre os deuses, onde os únicos sons eram os dos periquitos e das araras, havia uma vista deslumbrante; era tão afastada da população sitiada no vale abaixo que uma pessoa podia se sentir elevada espiritualmente a ponto de se convencer de estar no Jardim do Éden.

King Shaka estava esperando por mim no portão dos fundos, as sobrancelhas arqueadas no estilo *Caramba! Cê é memo um azarão, ná é?*. Ele me disse para segui-lo até uma fonte num dos pátios onde tinha que me lavar atrás de uma tela e colocar uma canga limpa.

Então ele me levou até a residência principal caiada de branco com telhado de palha de palmeira e varanda de madeira pintada de branco cercando toda a casa, camedóreas-elegantes em cada lado das portas esculpidas com totens.

"Massa Nonso drumino", ele disse.

Dessa vez ergueu uma única sobrancelha.

"Tod'agente percisa ficá quéta. Veim, vô mostra pro'cê u que fazê."

Meus pés descalços guinchavam pelos corredores enquanto caminhava através dos retângulos de parquê do piso muito polido. No ar, havia o cheiro de cera de abelha mesclado com o frutado adocicado das velas com aroma de baunilha, que flutuavam em tigelinhas de prata com água, acomodadas em mesinhas redondas com tampo de mármore, com uma única haste de sustentação no centro. Elas se abriam na base, em pernas arqueadas folheadas a ouro, e com suportes em forma de peixes-dourados saltitantes. Nada menos do que isso.

Enquanto a gente caminhava até a frente da casa, as sombras dos escravizados domésticos tremeluziam nas portas abertas, mas ninguém aparecia. O aroma suave de buganvílias entrava pelas janelas abertas dos aposentos e as cortinas de musselina inflavam com o movimento e as vibrações dos ventiladores suspensos no teto por cubos de latão reluzentes.

Ao passar pela cozinha, situada em um anexo à direita, fui invadida pelo intenso aroma de nozes dos grãos de café Montanha Verde sendo torrados e chacoalhados em uma bandeja de metal. O cheiro me transportou por cerca de cinco mil quilômetros até a casa do Bwana em Londolo, onde sacos do produto eram importados todos os anos para satisfazer o hábito de cafeína da família. Costumava me servir das sobras frias e oleosas da xícara matinal dele.

King Shaka andava em frente, a passos de tartaruga. Eu o seguia. No final de um corredor, ele desceu um degrau para destrancar a estreita porta do escritório de Nonso. Lá dentro, havia uma pequena capelinha, abafada e sem ventilação. Perturbadas pelo movimento de ar fresco, pequenas partículas de poeira rodopiavam por todo lugar, me fazendo espirrar e tossir enquanto entravam pelas minhas narinas.

A sala estava abarrotada de prateleiras e armários. No chão de madeira, havia papéis rasgados, rabiscados, manchados de café, amassados em bolas, até mesmo transformados em projetos de pássaros que falharam no teste de voo e se estatelaram no chão.

No meio da sala, havia uma mesa de mogno cujas quatro pernas terminavam em patas de elefante.

Em cima, estavam os livros de registro das plantações e uma gigantesca pilha de papéis.

King Shaka acenou com a mão pela sala e disse: "Risolvi u poblema. O Bwana manda carta avisano ele vindo. Em breve chega".

Voltou oscilando pelo corredor com as costas rígidas de quem sabe que está sendo observado.

Ao chegar no final, ele se virou.

"Mim ná conségui isperá inté qui o papaizin deli apreça i rebenti co'trasero deli."

Eu o ouvi rir enquanto os passos abafados voltavam pela casa silenciosa.

Eu estava sozinha.

Isso não acontecia havia anos.

Primeiro fui limpar os detritos, começando pela mesa.

Logo encontrei um estoque de cartas do Bwana pra Nonso.

Querido filho de seu pai,

Espero que você e sua família estejam em perfeitas condições de saúde. Saudações à querida Salmé e às crianças. Sua mãe também envia seus melhores cumprimentos, assim como nosso filho pródigo Bamwoze. Sim, de fato, você ficará agradavelmente surpreso ao saber que nós, como família, agora nos reconciliamos com seu irmão canalha depois do seu caso amoroso com aquela mestiça.

Atualmente Bamwoze e eu zombamos de sua rebelião juvenil, rindo diante de um copo ou dois do mais requintado e incomparável rum branco da propriedade. Nós o partilhamos em meu escritório quase todas as noites, quando o sol se põe sobre a cidade, de homem para homem. Confesso que meu coração se alegra em ver nosso outrora dissidente agora absorvendo a sabedoria do seu pai idoso com o devido respeito.

Decidi que a ignomínia que Bamwoze impôs à nossa grande família fosse relegada aos anais da história. Você, portanto, abrirá espaço no seu coração para perdoá-lo também, embora, pelo que me lembro, você tenha sido o mais vociferante ao declarar que deveríamos bani-lo e a qualquer um de seus futuros descendentes do clã para todo o sempre.

A aberração dele não deve mais alimentar polêmicas.

Para se redimir, ele concordou em se casar com uma jovem encantadoramente plácida e, devo dizer, bastante atraente chamada Adiba. Uma das filhas, você deve se lembrar, do meu parceiro de negócios, Chefe Ezanaka, o diretor-executivo do Banco Baringso.

Agora que Bamwoze está com a mente lúcida novamente, eu o persuadi, sem quaisquer incentivos adicionais, a se mudar para a Lar, Doce Lar depois do casamento para acompanhá-lo na gestão da propriedade, sem antever nenhum inconveniente para si mesmo, naturalmente. Nesses tempos de provação, dois no comando é melhor do que um, você irá concordar e, com qualidades complementares, vocês dois formarão uma bela equipe. (Veja, e sem querelas. Vocês dois são homens adultos!)

Você, Nonso, possui um entusiasmo bem marcante e tem o

que podemos descrever positivamente como um grande potencial. Bamwoze, por outro lado, deve trazer para a parceria de negócios uma agudeza de intelecto, uma eloquência impressionante, um porte autoritário e, de extrema importância, um domínio (renovado) da etiqueta social que irá manter, ou melhor, irá aprimorar as relações com nossos vizinhos, pois dependemos inapelavelmente uns dos outros em tempos de rebeliões.

Não passa um dia sem que ouçamos falar de revoltas de escravizados nas várias Ilhas Japonesas Ocidentais, em particular das forças rebeldes cruéis da ilha do Haiti, onde nosso povo foi vítima do que só pode ser descrito como um genocídio, e os Marrons, aqueles terroristas diabólicos em Nova Ambossa, estão sempre prontos para pular das árvores para cortar a garganta de um pobre homem enquanto ele cuida dos afazeres diários. Você teve algum problema com eles ultimamente?

Ficamos sobretudo alarmados pelas histórias que ouvimos a respeito dos terroristas primitivos, os indígenas mongoloides Carawak ou Arib ou como quer que se autodenominem. Eram igualmente belicosos, traiçoeiros e sanguinários quando o Homem apareceu, embora nossos resistentes predecessores tenham conseguido com muito esforço eliminar o problema. Também eram preguiçosos como os branquelos quando trazidos da barbárie para a neo-humanidade e foram obrigados a se dedicar a um bom dia de trabalho para conseguir o jantar, para variar.

Essa história de advertência está bem fresca na cabeça de todo mundo, e você ficará feliz em saber que os planos estão em andamento para enviar tropas para a ilha a fim de montar uma guerra de grandes proporções contra a atual safra de subversivos. Erradique as criaturas rebeldes de uma vez por todas.

Chega! Chega! É muito deprimente!

Em um adendo mais aprazível, Blessing naturalmente está encantada com o fato de seu "Bamzy-woo" voltar a ser incorporado ao lugar a que pertence. Na verdade, me agrada ver seu humor florescendo mais uma vez. Sua mãe decaiu terrivelmente nos últimos anos, sofrendo pelo pequeno "Bamzy-woo". Nada pior do que uma velha de cara azeda perambulando pela casa resmungando consigo mesma, não é?

Mas, com leveza no coração, declaro que esses dias sombrios acabaram!

Aguardo com expectativa as auditorias da propriedade dentro de três meses, como de costume.

Mande-me uma linha ou duas. Algumas palavras serão suficientes. Sei que você é um homem ocupado.

Seu Pai Amoroso

K.K.K.

P.S.: Acredito que Iffianachukwana esteja mais robusta do que nunca. Eu me preocupo com ela. Não quero perdê-la. Certifique-se de que ela seja bem cuidada, filho. Ah, pare. Eu sei, eu sei, seu pai é um velho sentimental.

P.P.S.: Shhh. Não diga nada à sua mãe!

Querido Filho,

É com alguma consternação que sou forçado a indagar o que, exatamente, está acontecendo em minha plantação. Djenaba ancorou ontem em Doklanda vindo de Nova Ambossa, quando de imediato atravessou a cidade de charrete para me informar que sua posição como contador havia se tornado insustentável trabalhando em seu escritório. De fato, tão insustentável que teve medo de me escrever para falar da "situação" atual até partir da ilha, por temor de um comportamento imprevisível de sua parte. O que, lhe rogo, está acontecendo na minha propriedade?, perguntei, depois de acalmá-lo com um dos meus melhores charutos Codiba. Assim revigorado, ele foi capaz de me informar que você parece ter perdido o rumo, de certa forma. Rum no café da manhã, almoço e jantar? Com certeza, não, respondi. Dez da minha força de trabalho morreram em apenas um mês? Como é possível? Apostando nas mesas de jogos, com meus lucros? Não é verdade!, protestei.

Nonso não bebe nem joga, declarei, determinado a proteger a reputação de meu filho mais velho. Um disciplinador? Claro, mas não em detrimento do negócio. Os homens do Clã Katamba são honrados e decentes, e o jovem sempre se preocupou com a minha máxima: Punir para dissuadir ou repreender, mas tirar a vida apenas como solução final.

Estou relutante em admitir, todavia, que Djenaba foi totalmente convincente.

Querido filho, aguardo sem demora a reafirmação de seu compromisso.

Seu Pai Preocupado

Nonso,

Tomei a liberdade de escrever ao Chefe Tembi da Propriedade Parque Valioso solicitando-lhe que aparecesse pessoalmente para lhe dizer que seu pai está esperando uma resposta à sua carta.

Isso, ele me asseverou, ele cumpriu ao pé da letra, e você, aparentemente, garantiu que responderia sem delongas.

Até agora nada.

O que quer que você esteja tramando, não é tarde demais para corrigir as coisas. Mostre algum respeito e entre em contato, caso contrário terei de tomar medidas drásticas. Meu pequeno estoque de paciência está se esgotando muito rápido.

Pai

Garoto,

Você sempre foi um pirralhinho emburrado, não foi? Agora não é a hora de ficar emburrado ou de se esconder.

Faz três anos que não vou à ilha. Parece-me que é hora de uma visitinha, não é?

A propósito, devo lhe dar os parabéns. Estampado na primeira página do Jornal da Manhã *de ontem estava uma tirinha de:*

NONSO *KATAMBA FILHO MAIS VELHO DO CHEFE* KAGA KONATA KATAMBA *I*

Você foi ridicularizado como o tipo mais desprezível de fazendeiro-vulgar — embriagado, jogador, grosseiro, lascivo e estúpido.

Que você tenha me envergonhado dessa forma...

Esteja ciente de que Bamwoze e eu chegaremos em quatro semanas no Sonho Demerara. *Prepare o quarto principal e esteja preparado para enfrentar seu criador — eu.*

O Bwana estava a apenas alguns dias de distância. O que eu ia fazer?

Primeiro, tinha que limpar o escritório, verificando cada maldito pedaço de papel espalhado por ali caso um deles contivesse alguma informação importante. Quando encontrei uma pilha de papéis jogados num canto, amassados em bolinhas, todas elas rabiscadas com o mantra EU ODEIO PAPAI! EU ODEIO MAMÃE! EU ODEIO BAMZY-WOO!, quase caí na gargalhada. *Tipo, supera isso, Nonso, seu punheteiro,* saiu da minha boca pouco antes de eu ver o próprio homem surgir na porta como se fosse um cadáver escorado: sóbrio, cinzento, um pano acetinado de cor prata amarrado tão baixo nos quadris de parideira que pequenos espirais de pentelhos pretos ficavam à mostra.

Um cheiro de loção pós-barba cara inundou a sala, afogando o odor de mofo. Identifiquei aquela combinação inconfundível preferida dos jovens ricos de Londolo, reconheci o cedro, o almíscar e a surpresa ácida da toranja.

"Achando graça, é?"

Nonso havia perdido aquela fala rápida e nervosa de garoto da cidade e adotado o resmungo cômico e lânguido dos fazendeiros, como se o ato de falar fosse simplesmente *muito, muito* tedioso.

Balancei a cabeça com tanta determinação quanto uma criança pega numa mentira.

"Será que a nossa pequena fujona atrevida vai contar a piada pro seu senhor?"

Não me movi um centímetro. Ardia. Nem um pouquinho corajosa. Merda-merda-merda-merda-merda-meeeeeerda!

Mas, em vez da erupção de raiva que eu esperava, ele parecia resignado.

"Parece que não. Ninguém me deixa participar de nada. Ninguém se importa com aquele sujeito tolo chamado Nonso que tem tanto potencial e que foi deixado para apodrecer nesse buraco do inferno esquecido por Deus com o mato selvagem mordiscando os calcanhares dele e os trabalhadores aguardando o momento oportuno pra virem atrás dele durante o sono, empunhando facões pra retalhar ele e fazer um churrasquinho com pedaços de lombo."

Mergulhamos, ou melhor, ele mergulhou no silêncio. Um silêncio ruidoso com o zumbido das abelhas sugando o pólen das buganvílias na janela e o *cra! cra!* dos periquitos nas árvores lá fora. Um silêncio tão palpável que as próprias paredes pareciam sussurrar. Um silêncio que nunca é confortável pra uma escravizada, quando seu senhor para de falar, mas ainda assim continua a observar sua posse.

Contudo, não era ameaçador estar ali com Nonso. Era quase como se ele estivesse tentando se conectar, ou reconectar, a alguma coisa. Andou desajeitado na minha direção, ergueu meu queixo com as palmas das mãos e me forçou a encarar os olhos que se assemelhavam a estrume — a única parte do rosto rechonchudo e infantil que mostrava sinais de crescimento em direção à idade adulta. Embora não tivessem amadurecido, exatamente, mas adoecido.

"Ah, *por favor*, não fique com medo do Nonso, o *Monstro*, ou como quer que me chamem. Como vou controlar a força de trabalho de seiscentas pessoas por conta própria, e sozinho? Também tenho sentimentos, sabe, só que não posso demonstrá-los ou vou ser explorado pelas massas. Peço desculpas por ter sido rude; não fui eu, foi a bebida. Não é isso que devo dizer?

"De qualquer forma, não fique com medo, porque tenho certeza de que mamei no seu peito e você chupou o ranho do meu nariz com a boca ou alguma dessas coisas nojentas de babás da época em que eu era bebê e minha mãe estava muito ocupada comprando argolas de nariz cravejadas de diamantes ou placas labiais de platina ou lenços de cabeça de lamê dourado, preocupada em cuidar do primogênito. Além disso, até o momento em que você deu uma de fugitiva, a família tinha algum afeto por você; você vai ficar *fascinada* em saber. Eficiente, simples, triste."

Então uma compaixão inesperada surgiu na voz dele, o que foi sinistro.

"Fique tranquila, não vou machucar você, Omorenomwara. Você não sentiu as fissuras do chicote desde que chegou aqui, sentiu? Hum?"

Meus olhos se encheram de lágrimas, mas eu não tinha certeza se era seguro deixá-las caírem.

"Acontece que eu já teria aproveitado você aqui antes. Por que desperdiçar tanta experiência? É que o velho pomposo BABACA foi enfático que você deveria, nas palavras dele, 'ser obrigada a realizar um dia de trabalho honesto na plantação'.

"Poupei você disso por um tempo, não foi? Aí, o meu peão Rotimi vai e consegue embarrigar a prostituta favorita e depois vem rastejando pra mim com o papo de aliviar a carga de trabalho dela."

Ele chegou mais perto.

"Por que você não pensa em mim como seu benfeitor invisível? Hum?"

Ele ia me beijar?

Soltando meu queixo, ele passou os dedos pelo meu pescoço, parando perto da clavícula.

Então agitou um braço afetado e cansado da vida pela extensão da sala.

"Veja só a bagunça que Djenaba deixou nessa sala. Mas o que você faz quando o seu contador é um cuzão? Bom, vamos direto ao ponto. *Seu* trabalho é fazer com que *minhas* perdas apareçam como lucro. Entendido? Chamamos isso de contabilidade criativa, não é mesmo? Quando aquele velhote pomposo e chato entrar na fazenda, montado no seu nobre alazão, você vai voltar pras plantações. Não se preocupe, porque, se fizer um trabalho razoável, como tenho certeza de que vai fazer, seu novo local de trabalho vai ser esse escritório no minuto em que ele for embora. Assim que o trouxer pro meu lado, Bam*safado* não vai se importar. Isso vai ser bastante fácil de conseguir, no instante em que eu deixar ele instalar no complexo residencial qualquer piranha mestiça e gostosa que ele escolher como amante.

"Quanto às nossas perdas, tenho que vender parte da prole, que é minha única opção. Um fazendeiro discreto das Amarikas já está alinhado, por coincidência. Sempre existe um mercado pros jovens machos saudáveis da *espécie*, que não serão dados como desaparecidos por Kaga, o Onipotente, quando fizer a ronda de inspeção.

"É evidente que o filho dedicado vai organizar a maior de todas as festas de boas-vindas. Todo mundo vai estar presente — vizinhos, dignitários e todos os trabalhadores, que vão parecer esfuziantes de tão felizes, porque os Cães de Caça vão garantir isso. As festas vão durar três dias e três noites, inúmeras novilhas e porcos vão ser mortos e assados, vai ter infinitos barris de rum, tabaco e também comida em abundância. Vai ter muita dança ao som do violino e da gaita de foles e muita cantoria naquela rodada de canções nativas imbecis, tipo, ah, você conhece aquela — 'Ela tá vino ao redor da muntanha, ela tá conduzino seis cavalo branco, ela tá vestino pijama vermelho, ela vai tê que drumi c'a vovó' — ou algum disparate assim.

"Já aquelas cantigas deprimentes, 'quero ir pra casa', essas serão *banidas*. Banidas!

"Depois de três dias de hedonismo bêbado, todos aqueles fofoqueiros ardilosos e fazendeiros de olho gordo vão ter que engolir a língua e admitir que os negócios estão crescendo na maior, na mais arrojada e na melhor plantação da ilha. Uhul!"

Nonso cerrou o punho em vitória e soltou um grito, mostrando uma dentição ainda não danificada pelo rum. Nenhum dente estava lascado, manchado, podre ou faltando. Eu não via isso havia muito tempo. Os dentes dele eram fortes, brancos, bonitos.

"Enquanto isso, aqui está a lista daqueles que vão desaparecer."

Ele puxou um manuscrito que estava enfiado nas costas do pano acetinado, alojado bem na fenda da retaguarda. Muito agradável.

"Faça com que eles não tenham nascido, ou que tenham morrido de alguma doença ou que estejam desaparecidos por fugir há algum tempo, ou ele vai colocar na cabeça que deve correr atrás deles. Tanto faz. Ainda assim. Simplesmente faça com que desapareçam. E faça isso pra ontem. Meu cliente vai pegar os meninos num local combinado com antecedência no dia seguinte à chegada do meu pai, então todos devem estar escondidos quando ele entrar em cena. King Shaka vai cuidar disso. Ele atraca em cerca de dois dias. Não podemos protelar as coisas.

"Salve Iemanjá. Preciso da porra de uma bebida!"

As sandálias de pele de crocodilo se arrastavam pelo corredor com o andar de um velho dando os últimos suspiros, e não de um jovem ambossano nos primeiros anos de masculinidade.

Ele chamou para ser servido, mal levantou a voz, e uma enxurrada de pés femininos rangeu sobre o assoalho como se tivessem lido a mente dele.

Yao, filho de Ye Memé = C£300
Dingiswayo, filho de Ye Memé = C£500

Empurrei as costas contra a parede de barro pegajoso e deslizei pra baixo.

Senti um choque irromper nas entranhas e percorrer o corpo como se um raio tivesse me atingido e eu estivesse desesperada para localizar a saída.

A descarga continuou a fluir dentro de mim.

Sem parar, até que abri os olhos e a liberei.

Horas depois, eu tinha arrumado o escritório e começado a trabalhar nos livros contábeis. Em primeiro lugar, tinha que ajudar Yao e Dingiswayo, ou nunca mais poderia continuar vivendo comigo mesma. Em segundo lugar, tinha que descobrir como dedurar Nonso sem ter que pagar um preço por isso. Não estava acostumada a passar os dias enfiada dentro de casa, ansiava por um pouco de ar, mas não tinha permissão para ir a lugar nenhum. Por fim, a imprudência me empurrou pelo corredor em direção à sala, que se ramificava pela esquerda. Eu me vi no imenso oásis de uma sala de estar ensolarada que, para minha surpresa, era igual à residência Ghika, onde morei tantos anos atrás.

Alguns fazendeiros mantinham casas minimalistas — bambu, madeira, prata, junco, linho. Outras estavam abarrotadas de objetos para silenciar (assim esperavam) os críticos de nariz empinado que os declaravam desprovidos de refinamento e cultura. Havia ainda aqueles que precisavam preencher os espaços vazios e solitários de se morar em uma ilha remota, com poucos vizinhos, distantes entre si, vivendo sempre com medo de que as massas em ebulição estivessem à beira de uma insurreição, como era o caso de Nonso.

Eles não conseguiam aguentar uma reflexão mais profunda, então se fortaleciam com objetos.

Móveis como terapia. Mercadorias como amigos. Acessórios decorativos como arsenal.

Que novidade.

No salão de luxo de Nonso, havia um armário carmim decorado com borboletas douradas que ficava ao lado de um gabinete de jacarandá, que por sua vez encostava em outro gabinete incrustado com marchetaria de casco de tartaruga. Ao lado dele, estava pendurada uma máscara de teca de quase dois metros do deus Ogum, e ao lado dela uma estante laqueada de vermelho, cujas portas eram pintadas com camelos enormes em meio a palmeiras e pirâmides.

Uma chave havia sido deixada na porta da estante; então, com minha disposição imprudente, abri-a e me vi em uma viagem pela mente de Nonso.

Livros de autoajuda estavam empilhados nas prateleiras, aos montes:

*Eles f*d*m com você — Como sobreviver à vida familiar*

Curando sua criança interior

Como iniciar uma conversa & fazer amigos

Lidando com pessoas que você não suporta

Como motivar sua força de trabalho

Escondido na parte inferior, as lombadas voltadas pra dentro: *Imposto sobre herança para leigos* e *Curando doenças venéreas de maneira natural.*

Nem um único livro tinha a lombada vincada.

Tive que rir.

Espalhados pela sala havia vários "tronos" — apoios de braço em forma de cisne e assentos estofados em damasco bordados com fios de ouro e prata; e havia um divã em forma de tigre alongado, com uma pele de girafa jogada sobre ele.

Espelhos de ormolu com campânulas, pergaminhos e guirlandas entalhados se estendiam do teto ao chão, mas a mulher que vi neles era tão escura que mal a reconheci. A pele que uma vez tinha sido impecável estava agora coberta de linhas finas. A linha oval do maxilar havia afrouxado e o cabelo ralo na altura dos ombros havia descolorido até um tom de loiro-esbranquiçado ou, minha nossa, será que tinha começado a ficar grisalho? Também havia encorpado, com ombros e braços robustos e cheios de cicatrizes que pareciam capazes de desferir um gancho de direita. Os seios continuavam sem vida, sacos cheios de estrias.

Acima, os olhos tranquilos e sonhadores que olhavam para mim não eram mais daquele azul nítido da manhã, zombeteiros, prontos pra gracejar; em vez disso, mostravam uma paisagem desgastada pelo sol, com colinas e campos e lama e enxadas e céus infinitos.

Deus! Estava tão tosca e tão *rural.*

Eu me afastei a contragosto e perambulei pela sala, deslizando as mãos pelas curvas sensuais de estatuetas feitas de bronze, jade e marfim, bem como esculturas em tamanho natural de homens, mulheres e crianças, além de pequenas estatuetas dos deuses — tudo em ouro puro.

Um agapórnis de verdade estava suspenso numa gaiola.

Uma mesa de centro baixa e retangular com a base das pernas em forma de garras arredondadas exibia vários livros de mesa lustrosos, todos bem manuseados:

Fazendeiro requintado — O senhor do bom gosto

Além do colonial — 100 ideias inspiradoras para a sua casa

Os três estágios da evolução do homem — Um guia visual

Pisei em tapetes das Chinas e das Índias tão delicados e sedosos que tive vontade de me enrolar neles, e quando ergui o pescoço vi a abóbada de um teto que representava o sol irrompendo num céu nublado.

Incapaz de resistir, me vi atraída pelas portas duplas abertas que davam para os gramados, onde consegui enxergar uma menininha brincando na grama, uma menina ambossana rechonchudinha usando uma linda faixa de tecido turquesa com contas. Tinha uma pele aveludada cor de chocolate escuro e belas e apertáveis bochechas. O cabelo estava preso em arcos trançados com fitas amarelas costuradas, e fingia amamentar uma daquelas bonecas de rainhas afrikanas.

Uma criança perfeita.

Assim como Milagrinho.

Ela então ergueu os olhos e me lançou uma expressão tão nojenta que dissipou toda a beleza.

"Quem é você?", ela exigiu saber.

(Rapaz, essas crianças aprendem rápido, sobretudo com o Bwana nos genes.)

Dei um passo pra trás, para dentro da sala de estar.

"Seorita Omo! Qui cê tá fazeno aí?"

King Shaka apareceu ao meu lado e acenou para a garotinha.

"Saldações, seorinha Dalila. Porsiga c'a brincadera, quiriança. Tá tudu beim anqui. Essa é Omorenomwara, venhu pa thabaiá na casa, issé tudu."

Ela pareceu aliviada só de ver King Shaka e acenou de volta com um sorriso beatífico, um anjinho negro outra vez.

Ele me puxou para dentro da sala, fechou a porta, agarrou meu braço com tanta força que doeu e pressionou os lábios no lóbulo da minha orelha, o hálito úmido e com cheiro de alho.

"Anquela é a fia caçula do Massa Nonso. Fica loinge dus fedeio deli pruque elis arrainja poblema praquelis iscravizadu qui elis ná gosta. Essis verminhu diz quarqué mintira veia pra cê cabá ca bunda chicotada. Massa Nonso é um fracoti di merda pra controlá elis i xúpido dimais qui credita im cada mardita coisa qui elis fala. Sobri a main? Madama Salmé? Ela ná é milhór. Passa u dia na cama chorano pruque u maridu dela traça malhór parti das grota iscravizada. Ela si vinga nas vétima imveiz du prepretraidor. Mointi di grota recibeu umas lambada di Madama Salmé cum us monti di gravetu di noguera qui ela custuma perpará im ispicial nu fogu."

Eu tinha ouvido direito? O Pai Tomás insultando os senhores? Não podia ser.

Eu o segui sala afora, mais uma vez pelos corredores com fragrância de baunilha, através dos vários pátios na parte de trás do complexo onde artesãos qualificados realizavam o trabalho diário em um ritmo muito mais lento do que nós, trabalhadores das plantações e da usina. Um carpinteiro lixava as pernas de um banco de madeira, uma mulher mergulhava um tecido em uma tina de índigo fervente com os antebraços manchados de azul-escuro e um padeiro sovava a massa enquanto o ajudante acendia o forno de barro.

"Suspeitu qui cê qué cumê. Cumida milhór anqui, ganha as sobra. Nonso teim cincu fedeio i uma esposa, mais a couzinhera percisa prepará banqueti pra cinco mil tudu dia, anssim Nonso peinsa sê gramdi chefe cum dinhero pra queimá. Um isbanjadô, issu qui eli é."

Entramos em uma área fresca e sombreada onde a comida borbulhava em um tacho de cobre sobre o fogo. Vários dos escravizados domésticos estavam reunidos.

King Shaka me trouxe uma tigela de ensopado e uma sopa de tartaruga e me conduziu a um ponto debaixo de uma árvore de fruta-pão.

"Por que está me contando tudo isso?", perguntei, ainda tentando entendê-lo.

"Pruque angora cê tá na touca do lião, qrida."

Ele se deitou na esteira, desamarrou a faixa da testa e a largou sobre o rosto, cruzou os braços para acomodar a cabeça e trespassou as pernas na altura do tornozelo.

"Só maizum ditalhe", ele disse, soprando o ar pelo pano. "Nunca, nunquinhas ripeti qualqué coisa qui eu ti dissi. Cê tá ouvino?"

Em pouco tempo estava resfolegando feito um cavalo satisfeito.

Olhei em volta para os outros: três homens chupavam a carne de um prato cheio de coxas de frango fritas, várias pessoas dormiam, à minha frente duas moças, provavelmente encarregadas da limpeza, se sentavam de pernas cruzadas em uma esteira dando ouvidos a uma gostosona que era o centro das atenções, à sombra de uma cerejeira em plena floração.

Era tão pálida que era óbvio que não trabalhava nas plantações.

As coxas e as nádegas transbordavam de um banquinho de três pernas que por pouco não tombava.

A canga e o lenço de cabeça eram de um tafetá cor creme exuberante.

O rosto, os braços e os seios estavam marcados com espirais de cicatrizes decorativas.

As joias eram todas de ouro — brincos Nefertite, argolas de nariz robustas, um pingente de pescoço com desenho floral, braceletes e tornozeleiras em formato de cobra enrolada, pulseiras, anéis de pedras preciosas, e as garras estavam pintadas com esmalte brilhante azul pastel.

Que escravizado andava por aí coberto de ouro?

Ela havia me notado e estava, percebi, falando alto por minha causa.

"Invagino u qui mim Bwana trais pra eu dessa veiz? Permera couza qui eli fais é vim vê sua seorita Iffie. Eli ná conségui resestí. É comu um rétual. Da úrtima veiz pidí trais ticido di renda di Londolo, mais ispéro ganhá joia di oro tamém. Oro, oro, oro, eli seimpre trais oro preu, nunca quela procaria di pratra."

Que vaca ridícula e desagradável, pensei. Tinha que ser aquela Iffianachukwana.

A jovem Olunfunlayaro entrou na área reservada à cozinha vindo direto em minha direção, sorrindo enquanto se aproximava.

"Mim anqui!", ela disse com aquela voz leve e empolgada, se deixando cair ao meu lado, abraçando os joelhos.

"Ye Memé beim borricida pruque pareci quis cê nunca contô prela queim cê era. Tudu mumdu tá falano sobri *cê*, seorita Omo."

Antes que eu pudesse me defender, a gostosona interrompeu a gente com um vozeirão, visivelmente perturbada por Olunfunlayaro ter distraído seu público-alvo.

"Isserá qui arguéim podi preguntá queim é essaí? Quéssa instranha vein fazê anqui com nóis comonidade di zoma resisdencial. Migo ô iminigo, si declari pruque nóis ove qui cê thabaiadoooooor das *prantação* du tipu cumum!!!!"

Agarrou a barriga trêmula enquanto ela e as companheiras do bando explodiam em gargalhadas grosseiras.

Olunfunlayaro se levantou.

"Veim, mim presenta cê a seorita Iffie. Ná presta tenção nela, ná si pricupe. Lati pilhór qui mordi. Ela é bacana. Zibida, íssé tudu. Uma entendiada. Tudu u qui ela fais é papiá, papiá, papiá."

A gente andou até a cerejeira em flor, observadas em silêncio pelos acólitos que me avaliavam da cabeça aos pés com olhares rancorosos.

Mas não a srta. Iffie, cuja expressão mudou de francamente presunçosa a absolutamente chocada à medida que eu me aproximava.

"Ná possu creditá!", ela exclamou, a voz rouca, apertando o peito como se tivesse levado uma facada no coração.

"Ná possu creditá di vredadi!", ela repetiu, todos os vestígios de sangue desaparecendo muito rápido do rosto, os olhos marejados.

Foram aqueles olhos que fizeram com que eu a reconhecesse, não azul-celeste, como ela tinha imaginado uma vez, mas uma cor para a qual a gente não tinha palavra na época — lápis-lazúli.

Não tinham mudado em nada.

Ela tentou se levantar de um pulo, mas tropeçou, as jovens em torno estenderam as mãos para impedir a queda.

Quando ficamos cara a cara, ela já havia recuperado o equilíbrio.

E então a gente estava nos braços uma da outra.

Chorando no pescoço uma da outra.

Aquele travesseiro de barriga mole e molhado se agitava contra meus músculos abdominais duros.

Dei um passo para trás para impedir que o peso dela nos derrubasse no chão.

"Ná possu creditá.

"Ná possu creditá di vredadi."

Eu tampouco.

"Doris, mia ermã mais nova!"

Sharon, minha irmã mais velha.

Quem teria adivinhado.

Sharon Scagglethorpe.

Último endereço conhecido:

Choupana Macieira, Herdade Montague, Inglaterra.

Fique à espera na água

Madge Scagglethorpe foi arrastada até a floresta pelos raptores que cercaram nossa casa e nunca mais foi vista.

Jack Scagglethorpe morreu de disenteria no porão do primeiro navio escravagista que Bwana capitaneou, o *Esperança & Glória*.

Por ter se recusado a comer, Eliza Scagglethorpe foi jogada pelos marinheiros por cima da lateral do barco, como um aviso para os outros.

Alice Scagglethorpe morreu em menos de um ano de trabalho nas plantações de cana-de-açúcar da Propriedade Parque Valioso.

Sharon foi escolhida a dedo pelo Bwana para ser a amante dele, instalada em uma cabana só dela, teve filhos e engordou, o que o agradou.

Ela implorou para que a irmãzinha Alice fosse morar com ela, mas o Bwana não acreditava que os oropeus tivessem emoções verdadeiras ou laços familiares.

Minha primeira onda de dor durou horas no abraço caloroso, flácido e maternal de Sharon.

As imagens ficavam se repetindo:

Madge estuprada até a morte.

Meu pai morrendo nos próprios excrementos.

Minha mãe se afogando.

O sofrimento da pequena Alice, sozinha no mundo.

Minha única irmã sobrevivente amando, ou assim parecia, o homem responsável por tudo isso.

Chorei até sentir os pulmões tão frágeis quanto folhas de tabaco seco.

Nós nos sentamos do lado de fora da casinha de estuque branco com telhas vermelhas e janelas de treliça, conversando noite adentro até tão tarde que, quando raios de luz azul brilharam como um clarão por trás das montanhas, continuávamos firmes e fortes.

A casinha isolada e compacta ficava de costas para a Casa Grande e de frente para os campos fechados onde cavalos vagavam com liberdade.

Os três filhos mestiços dela também ficaram acordados.

O mais velho, Kolladao, era um capataz com fama de durão que por sorte nunca esteve no comando do meu bando. Dava para ver como ele era bruto por dentro, com um ego que precisava ser alimentado pela subserviência dos outros.

Tenho certeza de que Ndewele ficou aliviado por nunca ter despido e chicoteado a titia dele (Cristo, de repente eu era tia). Era tão sonhador quanto a mãe fora outrora.

Ako era o jovem truculento que eu tinha visto no depósito quando cheguei. Jovem demais para ser promovido a gestor júnior, ele parecia fervilhar com a síndrome do filho mais novo ignorado.

Quando o ar começou a esfriar, os meninos nos trouxeram mantas de matelassê que Sharon havia costurado.

Sempre que sentíamos sede, eles traziam um bule de chá e o serviam em delicadas xícaras de barro, pintadas à mão por Sharon com as rosas da nossa terra natal.

Sempre que sentíamos fome, eles voltavam com sobremesas do "véio paíz" que ela havia feito — "pudim di ouvo i leiti, inrroladim di massa cum resseio di melaço, omizinho di biscoitu di gingibri, boulo di furtas".

Os dois rapazes mais velhos, nos papéis de capatazes e tiranos de escravizados, estavam entre as pessoas mais temidas e odiadas da plantação.

Comigo, no meu novo papel de irmã da mãe deles, eles foram educados, quase reverentes.

Aquilo foi muito perturbador.

Kolladao estava empenhado em causar uma boa impressão na tia (o que me fez rir).

"Mia main é uma pessoua diferenti co'cê anqui", ele disse.

E era verdade, porque qualquer que seja o personagem vulgar e horrível que minha irmã havia se tornado, comigo a fachada ruía e a irmã que eu conhecia se revelava.

A Sharon que desejava ser chamada de Sabine.

A Sharon que costumava usar uma guirlanda de ranúnculos no cabelo.

A Sharon que ficava na porta esperando ser resgatada.

(Que pena que o cavaleiro de armadura brilhante tenha acabado por ser o Bwana).

Meus sobrinhos, recostados em banquinhos de espaldar alto, estavam ouvindo falar das tias e dos avós mortos havia muito tempo; afinal, qualquer que fosse a história que Sharon tivesse contado antes, dava pra perceber pela reação deles que não era exatamente essa.

No início, Kolladao pareceu incrédulo, depois murmurou algo a respeito de olhar para o futuro e deixar aquilo tudo enterrado.

Ako absorveu essa nova informação e a manteve lá, para própria análise.

No início, Ndewele pareceu curioso, depois aqueles lindos olhos violeta ficaram vidrados, como se tudo fosse demais. Mas, no final da noite, eram duas brasas ardentes.

Naquelas horas, à luz de velas, eu e Sharon estávamos sentadas ombro a ombro, embrulhadas em mantas no gramado da frente.

As pernas estendidas à nossa frente como se a gente estivesse de volta na cama compartilhada na nossa casinha, contraindo os dedos dos pés.

Meus pés estavam machucados, com cicatrizes, cascudos, queimados, maltratados, as unhas escurecidas ou quebradas.

Os dela eram macios, hidratados, rechonchudos, imaculados, as unhas compridas e bem cuidadas com esmalte brilhante azul.

Lutei para encontrar as palavras, sobrecarregada com a tarefa de reproduzir para ela as imagens dos meus anos nesse período, sem saber se conseguiria. Devia escolher os principais fatos ou começar do princípio?

Sharon, por outro lado, não conseguia pronunciar as palavras rápido o suficiente e se referia à nossa infância como se tivesse sido ontem.

"Cê ricorda cê tava seimpri cantano essa canção pra mim porvocá? Comu qui era? *Lavana zul, maminha maminha/ lavana vredinha, maminha maminha/ inquanu eli é rei maminha mami-*

nha! cê jamais vai sê rainha. Dexa mim dizê procê, Doris, issu seimpri mim inritou! Cê tava seimpri tirano ca'mia cara i cê seimpre saía imprune dissu."

Bloqueio no desenvolvimento, acho que é assim que chamam.

Eu tinha colocado minha infância no devido lugar, como história a ser revisitada, mas não revivida.

Quando comecei a lhe falar do meu castigo por parte do Bwana, ela se encolheu e mudou de assunto.

"Daus! Cê se ricorda do Percy?", ela disse, beliscando minha coxa.

Ela me disse que o Percy também tinha sido escravizado.

O Percy?

Mesmo que ele próprio fosse um mercador de escravizados.

Você está brincando?

"Elis chama eli di Adongo i fais eli thabaiá comu um burru nu Praque Mundiao. Us otro iscravizado dispreza eli quano discubriru queim eli é. Fugiu duas veiz i cabô leijado quano capataiz cortô fora dois pé deli. Ninhum dus otro iscravizado pudia si dá aus luxo di tratá deli, i neim quiria, intão eli passa fomi i morri."

A queda dos poderosos, era difícil de imaginar.

ANTES

Nome: Lorde Perceval Montague

Residência: Solar Montague, Inglaterra

Ocupação: Senhor feudal

DEPOIS

Nome: Adongo

Residência: Choupana, Propriedade Parque Valioso, Nova Ambossa

Ocupação: Escravizado nas plantações ou (coloquial) *Branqueeeelo das Prantação!*

Quando a manhã por fim fez a entrada exibicionista em toda a sua glória resplandecente, nebulosa e vibrante, meus sobrinhos trouxeram o café da manhã para a mãe e para a titia com mingau de *sazda* vermelho bem espesso e molho de amendoim. Ako quase não tocou no dele antes de sair rapidinho para o depósito, como se mal pudesse esperar para se livrar de nós. Kolladao e Ndewele, sem dúvida fascinados por mim enquanto tia ressuscitada, partiram num passo mais relutante em direção aos estábulos para selar os cavalos.

Observando aqueles rapazes desaparecerem no caminho de terra, vestidos com tangas limpas de chita, arrastando os chicotes no cascalho, percebi que eles haviam herdado a estrutura desengonçada do meu pai, o andar inclinado e obstinado. Algo nos genes deles ou até a maneira como Sharon outrora se movia deve ter sido transmitido — antes que ela mesma afundasse.

Com um toque diferente do destino, aqueles rapazes estariam hoje em dia cultivando repolhos em pântanos varridos pelo vento, feito homens íntegros, servos que iriam desabafar dizendo que o dia do trabalhador ainda ia chegar. Não estariam levando chicotes para o trabalho sabendo que, para manter o emprego, pelo menos uma pessoa ia sentir os açoites antes do pôr do sol.

Sharon se virou para mim, parecendo tão cansada quanto eu.

"Milhór i thabaiá, Doris, ô u Nonso fica furiosu ou mais furiosu aina. Eli anda um omi beim louquecido essis dia. Já o Bwana ná é tão ruim. O Bwana teim pincíprios, mas aqueli Nonso é anpenas um animau."

Tossi e por pouco não me engasguei.

"Claro", respondi, limpando a garganta. "É melhor eu ir remendar as contas pra salvar a pele do Nonso."

Só que na minha cabeça isso era o menos importante.

Respirei fundo e decidi falar do que era o mais importante, ciente de que, onde quer que a lealdade da minha irmã estivesse, ela nunca me trairia.

Contei a ela sobre Yao e Dingiswayo e a mãe deles, Ye Memé, que me acolheu quando cheguei e salvou minha vida; e também sobre Ma Marjani, ambas boas mulheres e boas amigas pra mim.

Contei a ela sobre a venda iminente dos meninos para os amarikanos e como isso deixaria a mãe deles arrasada.

Contei a ela que King Shaka seria instruído a manter os meninos fora de vista quando o Bwana chegasse.

Disse a ela que no final do primeiro dia de festividades todos estariam tão bebaços que eu ia poder escapar.

Perguntei a ela, sem pausa pra respirar, se ela poderia, ou iria, me ajudar a escapar com os meninos.

Sharon ficou em silêncio por tanto tempo que, quando por fim arrisquei olhar para ela, vi lágrimas lhe escorrendo pelo rosto.

"Intão é anssim qui vai sê? Mim incontra cê só pra dispois ti perdê, mia ermã?"

Sequei o rosto dela, o que fez com que ela chorasse ainda mais. Agora eu era a irmã mais velha e ela, a mais nova.

Segurei suas mãos.

Sim, é assim que vai ser.

"Cum cê anqui, Doris, pela permera veiz desdi qui eu foi capiturada, paricia qui mim tinha a Sharon di volta. Tivi qui matá ela pruque ninguéim quiria conhecê anquela grota. O Bwana mim chama Iffianachukwana i era essa queim mim tinqui sê.

Sharon morta, Famílha Sharon morta. Tudu qui mim tinqui fazê era garantí qui seorita Iffie ficava viva."

Isso foi tudo que sempre fizemos.

"Mim ná podi reclamá", ela acrescentou, fungando. "Mim teim vida boua nesti lugá. Mia vida fáciu, parativamenti falano. Cê tevi vida mais difíciu quinheu i si mia ermã qué sê livri, ela devi di sê livri. Ná posso negá isso prela."

Eu a ajudei a se levantar, pouco a pouco. Ela parou no meio do caminho e esfregou os joelhos.

Então ficou de pé sem se apoiar nas bengalas e arqueou as costas.

Uma surpresa, ela era mais alta que eu e bastante imponente.

Devia ter sido magnífica, em outros tempos.

Sharon assoou o nariz com o polegar e, de repente, se tornou muito enérgica.

"Ná dianta chorá im essa vida. Chorá ná ajuda ninguéim. Eu nunca chora, Doris, essétu hoji. Di vredadi, nunca. Mim sê durona i cabeça-ouca. Milhór jeitu di sê, ermã.

"Angora iscuta cum cuidadu. Nóis teim qui si movê comu si foussi uma operaçã militá pra qui cê ná seje capitrurada. Tô anqui faz mais tempu qui qualqué pessoua intão eu sabi tudus truqui."

King Shaka tinha ajudado outros a escapar; foi menos chocante ouvir isso hoje do que teria sido um dia antes. Ele e Sharon eram bons amigos, ela disse, cruzando os dedos — "Anssim!".

Ele iria esconder Yao e Dingiswayo numa das cavernas da montanha.

Eu iria contar o plano a Ye Memé e Ma Marjani e conseguir a aprovação delas.

Eu também estava pensando em Qwashee, me perguntando se meu homem estava pronto para um pouco de liberdade.

"Tudu certinho", ela assentiu. "Intão cê devi preguntá prele, má só si cê confia neli ca sua vida."

"Ndewele devi di tá prontu tamém", ela acrescentou, erguendo os olhos pro céu.

Fiquei horrorizada. Ele pode ser meu sobrinho, mas também era um capataz de escravizados.

Ela saltou em sua defesa.

"Cê aicha qui meus mininu teim iscolha? Quis iscolha? Elis iscravizadu tamém, comu tudu nóis somu. Si eli ná garrá essa chancia, eli vai vivê pra si rependê. Ndewele seimpri sonhô im sê livri. Us otro? Beim, Kolladao gosta di tá nu comanu, seguí us passu du pappa. Nasceu pra sê chefi, anqueli groto. Ako? Queim é qui sabi u qui si passa na cabeça daqueli mininu, eli nunca si abri.

"Doris, cê podi pensá qui eu sê uma porca veia isguisita vivenu uma grandi vida, mais isso vai mostrá qui mim é uma pessoua milhór qui cê pensa. Pruque? Pru causa di qui mim ama Ndewele dismais. Cê pensa im dizê qui mim qué qui eli i imbora? Di jeitus neinhum. Eu sabi qui perciso deixá eli i imbora. Grandi deferença. É óra daqueli minino iscapá antis qui fica iguar seus ermão."

E o perigo para os que ficarem para trás?

"O Bwana nunca suspreita da sua Iffie. King Shaka seimpri incobri us rastru deli, intão eli vai ficá beim. Ma Marjani é uma das mió thabaiadora da prataçāo intão elis vai deixá ela impaiz. I quantu a Ye Memé? Nonso favrece aqueluma pur argum pertexto qui nimgueim conségui discubri, pruque ela é dizafriadora pra carambra i frenta eli. Queim sabi lá nu fundu Nonso ná adimira ela? Ah! Ná si surplenda cum u qui sei, Doris. Mim ovi *tudu* — tamém sobri cê, a ricém-chegada cas costa tudo marcada qui elis chama di seorita Omo, só qui mim ná sabia qui cê era mia ermã.

"King Shaka vai mandá messagi pra Magik qui seimpri ceita recumendaçā deli, desdi qui eli pida só di veiz im quano. Cê oviu falá deli? Líder du Enzérssito Guerrileiro Marrom, custumava sê crapintero nessi lugá."

Isso me deixou um tanto atordoada. Claro, ela o havia conhecido.

Eu tinha ouvido, respondi, e sempre me perguntei se aquele era o homem que eu havia amado em Londolo.

"Quar nomi deli naquel'épuca?", ela perguntou.

"Ndumbo", respondi.

Os olhos dela se iluminaram.

"I u nomi nu praís di origi?"

"Frank."

"Divinha só, Doris. U memu, qridinha, u memu. Qui omi manífícu, si arguma veiz vi um. Eli nunca falô muintu, mais mim sê u tipu di mulé qui catuca i sintrométi inté qui as pessoua si abri."

Quase desmaiei.

"Us omi do Magik vão descê pra incontrá cê nu meiu du caminhu, conserteza. Tanveiz cê teim sortri i u pórpio Magik vai vim pru todu essi caminhu pra incontrá sua veia namoradra.

"Iscuta beim, ermã. Truqui prá iscapá dessi lugá é invitá a frolesta pruque ela é comu uma armadília i us cachorru di caça vai farejá cê. Cê temqui siguí pru riu quano u festivá tá im prenu andamentu i us garda discuidadu pruque elis ná suspeita qui argueim tá tentano iscapá. Nu momemtu qui cê começa a caminhá, cê ispaia pementa pra confundí us cachorru. Intão cê sincaminha pru riu i invita saí dali. Ispera náugua, Doris, si leimbra di isperá náugua pruque dessi jeitu us cachorru di caça sarguinráriu nunca vai pegá seu chero e cê parti tudu u caminhu presse lugá chamadu Praís da Libredadi.

"Conteça u qui contecer, Doris, si leimbra di isperá náugua."

A adrenalina me fez sentir como se tivesse dormido uma noite inteira.

A primeira coisa que fiz quando cheguei ao trabalho, ao *escritório*, foi organizar as contas de Nonso. Onde o dinheiro havia sido retirado sem ser contabilizado, inseri um novo título — Dívidas de Jogo.

Isso devia resolver o problema.

Uma das instruções dele eu segui ao pé da letra. Fiz Yao e Dingiswayo desaparecerem dos registros.

Então imprimi uma planilha de prestação de contas falsa para mostrar a Nonso, embora King Shaka tenha me contado que nosso chefe estava tão nervoso com a visita do Bwana que passou a noite toda enchendo a cara de novo. Ele ia passar o dia curando a bebedeira, respondi, confiante de que a mãezinha substituta estaria cuidando dos negócios.

Nonso precisava de mim, a mulher que tinha cuidado dele quando criança, e ele, naquele estado absolutamente ferrado, não tinha escolha a não ser confiar em mim.

No minuto em que que terminei de alinhar as duas coisas, percebi que tinha que levar comigo a seiva branca leitosa da planta oleandro quando pegasse a estrada principal, porque, se meu plano simples desse errado, ninguém ia ter a chance de me assar no fogo, viva ou não, muito obrigada.

King Shaka entrava e saía do escritório o dia todo como um homem em uma missão. Enquanto executava tarefas pra Massa Rotimi, que estava coordenando a festa de boas-vindas, ele se dedicava à minha Grande Fuga.

Os homens de Magik tinham sido contatados por meio de gaitas de foles falantes e responderam. A gente estava pronto para partir no final do dia seguinte.

Yao e Dingiswayo seriam levados para a caverna na montanha naquela noite por King Shaka.

Combinamos que, quando terminasse no escritório, eu iria

até os alojamentos para contar a Ye Memé e Ma Marjani nossos planos, que era o que eu mais temia.

Depois ia perguntar a Qwashee se também queria vir.

(Esperava que o dilema Frank-Qwashee se resolvesse sozinho.)

Deixei as informações das contas falsas para Nonso na mesa, caso ele acordasse e se lembrasse do que havia me pedido pra fazer antes de se embebedar até cair no esquecimento de novo.

Estava escuro como breu quando fiz a viagem de volta pelo caminho de toras. Segurei uma vela diante de mim, enxotando um monte de mosquitos irritantes, e me vi enredada nos fios luminosos azuis de vaga-lumes que pendiam das árvores para pegar suas presas. Ao pisar nos galhos, parecia que estava esmagando pequenos ossos de pássaros. Rezei para evitar um encontro com as cobras e aranhas venenosas que rastejavam livremente pelo chão na ausência de som humano.

Eu estava deixando os alojamentos palacianos de Nonso para o mundo espartano dos alojamentos dos escravos e, enquanto me aproximava, consegui ouvir risos e canções:

Ná se acomodi disbaxo da maciera
cum qualqué otra pessoua a ná sê mim
qualqué otra pessoua a ná sê mim
qualqué otra pessoua a ná sê eu

As pessoas estavam acordadas até tarde, aproveitando a perspectiva de um feriado de três dias.

Iam ficar tão felizes.

Quando entrei naquela comunidade intensa, barulhenta, pulsante e superlotada, era uma mulher mudada.

Em menos de dois dias, o inimaginável havia acontecido.

Tinha encontrado uma irmã.

Tinha me tornado tia triplamente.

Estava realizando minha segunda tentativa de ser livre.

Havia cometido um grave ato de sabotagem e logo encontraria o homem que um dia amei de verdade.

Acima de tudo, tinha descoberto o destino da minha família.

Não haveria reunião familiar ao redor do fogo, nem bolinhos tostados na brasa, nem cantoria, e muito menos bateção de panelas.

Agora que tudo se foi, percebi o quanto estava presa ao passado.

Tinha que abandonar tudo aquilo que me prendia, porque não havia futuro.

Mas renunciar à esperança? Depois de tanto tempo?

Por dentro, estava chorando, mas tinha que me segurar.

Por mim mesma e pelos garotos.

Até que estivéssemos em liberdade.

Então, e só então, me permitiria chorar.

Encontrei Ye Memé e Ma Marjani esperando por mim, as duas em cangas sujas da lida diária, sentadas com King Shaka atrás de alguns arbustos a certa distância da árvore de algodão; a farra estava barulhenta. Assim que me sentei, ele escapuliu pra esperar nas sombras.

Essa era minha obrigação.

Mesmo depois de um período muito curto nos arejados escalões superiores da fazenda, minhas amigas trabalhadoras rurais de repente pareciam oprimidas, maltrapilhas e profundamente desamparadas.

A área dos alojamentos também parecia decrépita, e terrivelmente *pobre*.

"Psiu! Olha só o que o gato trouxe!", foi a saudação de canto de olho que Ye Memé me lançou antes de emitir um dos sons de escarrada mais altos, nojentos, vulgares e longos já dirigidos a um ser humano.

Achei que ia acertar uma em mim, e me preparei para me abaixar.

Em vez disso, ela se ergueu como se fosse fazer uma partida dramática, e então mudou de ideia, voltou a se sentar, e com muitos acenos de braço começou a aliviar o que quer que lhe pesasse no peito.

"Cê é uma mulher ingarta, seorita Omo. Cê é uma mintirosa i uma ingranadora. Mim toma bom-bom conta de cê i fais di cê mia miga ispeciár quano tudu essi tempu cê tava guardano um norme-norme segredu. U quê!? Cê thabaiô na casa do Bwana comu sistenti pessoar lá loingi pru cima d'áugua i nunca mim contô? Comu cê acha qui issu mim feis sintí quano ouví dis otra pessoua quano mim divia sê a permera a sabê? Cê é uma cobra nu pastu, seorita!"

Era muito bom vê-la de novo, apesar do discurso. Sabia que assim que ela liberasse a pressão, a válvula seria ajustada com a mesma rapidez e a raiva ia se dissipar. Tinha aprendido a amar muitíssimo tanto a ela quanto a Ma Marjani. Mas estava com medo do que tinha para lhes contar.

O ponto principal era que estavam prestes a perder seus filhos.

Tentei me explicar para minhas duas amigas o melhor que pude. Expliquei que não queria ser apontada como diferente. Que nunca pensei que alguém fosse descobrir coisas sobre o meu passado, porque havia sido relegada ao trabalho nas plantações para sempre. Até disse a elas que não achava que se interessavam pela minha vida em Londolo, porque, sempre que falava da capital, elas mudavam de assunto. Isso fez com que me sentisse insignificante, eu disse, exagerando um pouquinho. Sem valor. Não aceita.

As mulheres, tão acostumadas a ocupar um terreno moral elevado, ficaram surpresas, porque dessa vez talvez estivessem erradas. Enquanto permaneciam nesse estado de dúvida, dei a notícia da venda iminente de Yao e Dingiswayo para o exterior e do meu plano para mudar isso.

Ye Memé parecia impotente nos momentos seguintes. Minha amiga, que às vezes era tão poderosa a ponto de parecer sobre-humana, não podia fazer absolutamente nada para alterar o fato de que mais dois dos seus filhos iam ser levados pra sempre.

Vê-la desmoronar foi horrível. Ye Memé, a mulher mais forte que já conheci, surtou. Contorceu o rosto e emitiu um grito silencioso. Jogou-se no chão, batendo com os punhos na terra. Arranhou o solo e enfiou punhados de terra na boca, depois cuspiu quando começou a se engasgar.

Ma Marjani colocou a mão sobre a boca e fez o possível para contê-la. King Shaka e eu entramos em cena até que ela se controlasse.

Nós quatro então choramos.

Conosco, estava King Shaka, que cerca de sessenta anos depois de ter sido raptado ainda pensava na família em Margate todos os dias.

"É mió mim si dispidi dus meus fio. Seorita Omo, cê diz pru sior Magik pra vim mi buscá i u restu dus meu fedeio quando eles é mais véio. Mim ná fica mais anqui si mim pudé invitá. Issu é dismais pruma muié guentá. É ora da Ye Memé encontrá arguma libredade. Ma, cê veim juntu?"

"Ná! Mim fica", veio a resposta determinada e ofendida.

O mundo inteiro de Ma estava desmoronando.

"Ma Marjani nunca vai iscalá ninhuma muntanha ou vai sê troturada si for capiturada. Aporpósitu, eu acha qui é a milhór coisa qui pudia contecê com Dingiswayo. Nóis perdi anqueli minino mais libredadi vai fazê deli um omi milhór, loingi dessis grotos inútiu qui eli adimira i tantu quiria sê."

Ela fez uma pausa, resmungando "Si eli consiguí…".

Eu me levantei para ir, energizada e exausta como nunca.

Quando Qwashee abriu a porta, saindo do estupor do sono, a irritação que aflorou nas feições dele foi substituída por alívio bem rapidinho. Quando me viu, me abraçou de forma calorosa, mas, quando lhe falei do plano, ele me manteve à distância de um braço.

Ele então se revelou dono de uma determinação que até aquele momento eu desconhecia.

"Cê qué qui eu vai morar im otro lugá i qui saia sem-êra-nem-bêra em preseguição a dargões? Cê ispera qui eu tomi uma dicisão di mediato pra arriscá mia'vida? Cê sabi quantu tempu levô inté pidi procê si proximá i fazê a corti procê? Magino qui mais di anu, essi foi u tempu qui levô. Perciso di tempu pra refretí sobri isso, mais cê ná me dá tempu. Issu é ranzoávi?"

Nada nas nossas vidas é razoável, Qwashee.

A gente passou aquela noite como se fosse a última.

Beliscões vermelhos e roxos marcavam os glúteos daquelas coxas finas e duras.

Arranhões tipo pinças de caranguejo desciam pelas costas ossudas.

Chupei o sangue do pescoço dele.

"Cê tá uma muié ardenti essa noiti", ele sussurrou.

"Não — furiosa", resmunguei, deixando marcas de dentes nos ombros dele.

Minha última manhã na fazenda cheo clarão, esfregando os olhos.

Egou e Qwashee ainda não havia se decidido.

Eu o deixei antes que acordasse, sabendo que os garotos eram minha prioridade.

Homem inútiu!

O alojamento inteiro estava acordado antes do amanhecer, como de costume.

No entanto, em vez do habitual êxodo em massa morro acima, as pessoas passavam o tempo em torno das cabanas, a atmosfera transbordando de expectativa. Depois de ficarem acordados até tarde, estavam todos na modalidade de economia de energia, preservando o ânimo para beber, dançar e namorar, o que ia durar pelos próximos três dias gloriosos.

Ye Memé não apareceu a manhã toda.

Tomei conta de Lolli enquanto Ma Marjani cuidava de Inaani, Akiki e Cabion.

No início da tarde, um mensageiro chegou correndo anunciando que o Bwana ia adentrar em breve os portões da propriedade:

"Chefe chegano! Faiz uma fila! Chefe chegano! Faiz uma fila!"

Estava brincando de amarelinha com Lolli, um dos meus passos igualando dois dos dela. Tentei compartilhar das risadas estridentes dela, como se também estivesse vivenciando o expoente máximo da diversão de todo mundo.

Temia pensar no que aconteceria com ela quando os ossos se esticassem no sentido do comprimento e as curvas femininas começassem a arredondar os planos verticais.

Será que teria esse tempo?

* * *

Ye Memé saiu cambaleando da escuridão da cabana na direção do clarão, esfregando os olhos.

Enquanto Ma enfileirava as crianças, arranquei Lolli de onde estávamos brincando e a coloquei no chão do lado de fora da cabana. Segurei-a com força contra as pernas, os braços cruzados sobre o peito dela.

Minha visão periférica registrou Qwashee me observando.

Todos estavam usando as melhores roupas de domingo, o que os visitantes da fazenda sempre achavam pitoresco. As pessoas ficavam ajeitando as roupas no próprio corpo: alinhando a cintura de saias brancas com babados, alisando calças de chita, amarrando os lenços de uma forma rebuscada, enxugando o suor da testa e do lábio superior.

A cantoria deve ter começado nos portões. A gente a pegou pelo meio e a amplificou — no momento em que a carruagem dos deuses apareceu sobre a colina:

Cê é o nossu raiu di sol
Nossu únicu raiu di sol
Cê faiz nóis filiz
Quano u céu tá acinzentadu.
Cê numca vai sabê, Bwana
U quantu a gente ti ama.
Pru favô ná leve nossu sol prum lugá afastadu

O Bwana estava em uma espécie de carruagem folheada a ouro, aberta, mais adequada a uma metrópole flamejante do que ao interior. Usava um manto de pele de leopardo e um cocar de penas. Uma pesada corrente de ouro com um enorme pingente de ouro em forma de carneiro pendia entre os peitinhos nada desprezíveis.

Ao seu lado estava Bamwoze, que parecia estar se divertindo.

Sentado no assento oposto se encontrava Nonso, que não parecia estar se divertindo.

Caminhando na frente, estavam dois homens ambossanos que faziam a contagem da força de trabalho.

A carruagem se movia a trote até onde eu estava.

Meus braços se apertaram em torno da Lolli.

No início, Bamwoze ficou surpreso ao ver a ex-babá. Isso logo deu lugar a um aceno de cabeça paternalista que dizia: *Você de fato escangalhou com tudo, não é?*.

Nonso me lançou um olhar que pretendia reafirmar um contrato que ele imaginava que tínhamos feito.

O Bwana, que esperava me ver, ainda assim foi pego de surpresa. Reprimiu um arquejo bem a tempo de manter a compostura. Talvez fosse porque eu parecia tão diferente? Ou ele se lembrou de supetão do meu açoitamento? Sentiu culpa? Simpatia? Dúvida?

A fissura naquela carcaça me encorajou a olhar para ele com o tipo de ousadia camicase que demonstrei pela última vez quando tive meu confronto final com Milagrinho. Enquanto parecia que estava cantando a canção de boas-vindas, murmurei algo tão vil que, mesmo que o Bwana não pudesse ler meus lábios, ainda ia entender a mensagem.

Funcionou. Ele parecia envergonhado. Toma essa, pau no cu! Ele voltou a atenção pra Ye Memé, que estava ao meu lado e cantava com entusiasmo. Concedeu um aceno de reconhecimento nervoso e senhoril à minha amiga, enquanto as rodas da carruagem continuavam girando na curva.

Nesse ponto, houve um suspiro comunitário de alívio, e as

pessoas se abanaram com as mãos ou caíram de joelhos para uma pausa de cinco minutinhos.

Mas eu não. Não estava muito grudenta ou com calor, nem estava tremendo.

Não podia me dar ao luxo.

Então as festividades começaram.

Barris de rum e cerveja foram rolados pelas vielas e chegaram carrinhos de comida. Havia muito de tudo: sopa de caramujo com pão dc coco, arroz com feijão-vermelho, frango ao molho de vinho de palma, purê de batata-doce, molho quente à base de queijo sobre fatias de pão torrado, tortas *gizzada* recheadas com coco ralado e sobremesa *duckanoo*.

Depois que as pessoas encheram a pança até não poder mais, elas passaram a queimar as calorias. Balançavam os quadris e pisavam forte no chão, batiam palmas e sacudiam chocalhos, batiam tambores e tocavam violinos. Sopravam flautas estridentes feitas de junco, gaita de foles de couro, trompetes de tubos de metal e gaitas de madeira. Manuseavam as hastes de metal da *mbira* e corriam varetas pra cima e pra baixo nos sulcos ondeados das tábuas de lavar roupa e começaram danças de linha e danças do *véio paíz* e danças ambossanas de quadris flexíveis.

Ye Memé chutou o balde e bebeu rum mais rápido que qualquer pessoa e girou de olhos esbugalhados, suada, em um esvoaçante frenesi de algodão branco, que logo desabou no chão.

Dois homens a carregaram para dentro.

Fui me despedir.

Ela estava fora de combate.

Dei um beijo na bochecha dela e disse que eu "ia dá um marditu di um jeitu du Magik vim pra buscá cê i us fedeio quanu eles é mais véio".

* * *

Lá na Casa Grande, havia uma festa mais tranquila. Os donos de escravizados locais e os dignitários da ilha tinham chegado de carruagem durante toda a tarde.

Dava pra imaginar direitinho: cálices tilintantes, canapés delicados antes do banquete noturno, os acordes delicados de um quarteto de cordas, um coro cantarolando à meia-voz, um pavilhão ao estilo beduíno, um discreto bate-papo dissimulado entre as mulheres, obscenidade competitiva entre os homens, flertes entre os já comprometidos ou casados com outras pessoas.

O Bwana não teria escolha a não ser desempenhar o papel de anfitrião para os convidados mais *estimados*.

A auditoria teria que esperar até que as festividades acabassem.

Nonso estaria se cagando.

Lolli se empanturrou com tantas *gizzadas* que vomitou.

Eu a peguei no colo e a carreguei pra dentro.

Minha criança, meu frágil girassol, estava tão leve, úmida e mole nos meus braços.

Eu a deitei para dormir ao lado da mãe e dei um beijo de despedida na minha queridinha.

Quando saí daquela cabana pela última vez, peguei Ma conduzindo as outras crianças em uma rumba em meio aos alojamentos.

Antes de fazerem uma curva, ela virou a cabeça numa saudação.

Fiz uma saudação de volta.

E então havia apenas eu.

Eu me sentei sóbria e quieta do lado de fora da cabana, no escuro, longe da luz das lamparinas e do barulho dos festeiros.

Eu me sentei no banco simples, duro e prático, que era obra de Frank.

Corri as mãos sobre aquela superfície lisa, gasta e sem lascas, como se fosse um amante.

Qwashee não estava em lugar nenhum.

Maldito seja, Qwashee. Maldito seja!

Depois de esperar uma eternidade, King Shaka passou caminhando vagarosamente.

Escapuli sem ser notada pelos festeiros, as provisões amarradas a um pano nas costas, como se eu estivesse carregando uma criança.

Enfiada na minha saia, havia uma bolsinha de couro contendo a seiva do oleandro.

Segui King Shaka a certa distância pelos caminhos desertos que corriam ao longo do rio e dos campos, ficando o mais perto possível dos arbustos, com o objetivo de chegar ao limite da propriedade.

O velho caminhava tão rápido que me esforcei para acompanhá-lo. A cada passo, ele perdia alguns anos. A determinação absoluta no andar dele me deu confiança.

A temperatura estava mais fria fora dos alojamentos, longe do calor das construções e das pessoas. Ansiava pelo clima mais fresco das montanhas, e pela primeira vez me perguntei que tipo de vida eu teria lá.

Se tivesse sucesso.

Se *nós* tivéssemos sucesso.

Passamos pelo templo, que em condições normais estaria em ebulição com as manifestações frenéticas da congregação.

No momento, parecia uma catacumba, igual a um túmulo.

Eu andava como se fosse invisível.

Sabia que qualquer respiração pesada ou um passo desajeitado poderia alertar um dos poucos guardas que não tiraram folga.

Graças a Deus a lua não apareceu nessa noite.

King Shaka alcançou a delimitação da propriedade, onde deslocou com facilidade duas das tábuas da cerca. Assim que atravessamos, ele pôs as tábuas de volta no chão.

A gente estava agora além dos limites da fazenda.

Era oficialmente uma fugitiva, uma foragida, alguém a ser usada como exemplo.

Caminhei lado a lado com King Shaka, que ainda não havia dito uma palavra.

A certa distância, ele retirou um saco debaixo de um arbusto e pegou um punhado de pimenta-vermelha moída, que começou a espalhar atrás de nós, me entregando um pouco para fazer o mesmo.

Aquilo ardeu nas minhas mãos, mas não reclamei.

Seguimos em frente, ficando perto da vegetação, das árvores, às vezes saindo do rio para depois entrar nele de novo.

Por fim, chegamos a uma cadeia baixa de colinas onde, escondida atrás de algumas samambaias, havia uma caverna.

King Shaka rastejou para dentro e eu o segui.

Ele puxou as samambaias de volta atrás dele.

Eu podia ouvir respirações e sentir o calor dos corpos humanos.

Yao correu para os meus braços, e amparei o corpo jovem e trêmulo.

Dingiswayo veio se sentar aos meus pés. Acariciei a cabeça dele.

King Shaka acendeu uma vela.

Os dois garotos estavam abalados, porém Dingiswayo mantinha a cabeça baixa.

Tinha pensado no resgate, mas não tinha pensado nas perdas deles — a família, a casa, o que era conhecido.

Para ser sincera, não tinha pensado em *nada* daquilo.

Quando Dingiswayo tentou conter um gemido, o agarrei próximo a mim também. Ele tentou se afastar, mas fui persistente.

Segurei um garoto debaixo de cada braço.

Logo ouvimos o som de samambaias roçando o chão.

Ndewele entrou engatinhando e parecendo mais vivo do que nunca.

Aterrorizados, os garotos correram para o fundo da caverna.

Era Ndewele, o capataz de escravizados.

Ele lhes garantiu que tudo ficaria bem. Que deviam pensar nele como um irmão mais velho dali pra frente.

Ele ia cuidar deles.

Me senti grata.

Contei a eles que ele era filho da minha irmã.

Eu me perguntei se seria capaz de gostar dele — meu sobrinho.

Em seguida, veio outro homem que era tão ágil nos movimentos que a gente mal o ouviu antes de mergulhar na caverna. Era Qwashee.

Abafei uma risada e dei um tapa de um modo brejeiro no traseiro dele.

Ele sorriu de um jeito tímido, sussurrando, "Cê aicha qui essi omi ná consegui tomá uma decisã?".

King Shaka se dirigiu a todos nós:

"Ndewele tem insturção di ondi us Marrom vai incontrá ceis. Leva duas noiti i um dia, intão reza prus dauses pra qui ninguéim noti a farta di ceis i si notá qui elis fica di bicu caladu. Talveiz u Bwana noti qui u Ndewele sumiu, mas eli teim muinto u qui fazê pra resolvê u assuntu Nonso, talveiz ele deixi issu iscapá.

"Permeramenti, ceis devi di tê cuidadu cas armadilia pra pegá genti, ná apenas us du Massa mardadi, mas tamém a isperteza

Marrom, u qui elis chama di 'assobiu de cinco dedus'. É uma videira ispichada pru cima dum bruracu nu chão cumas istaca apuntada diretu pra cima, intão cê morri impaladu.

"Segundamenti, todus ceis temqui si disfarçá di arbustu. Lá fora ceis incontra foias i gaios amarradu cum barbanti anssim ceis podi si arbustá.

"Agora — pegui issu."

Ele entregou para cada um de nós um ramo de folhas grandes e pesadas que não reconheci.

"Uma foia cumula áugua da chuva suficenti proceis bebê num dia. Ceis vai precisá quanu a rota disviá du riu.

"Issu tamém."

Ele jogou o saco de pimenta no chão da caverna.

"Pru úrtimo, i si ceis é capituradu?"

Ele parecia gritar estas palavras sem de fato levantar a voz:

"FICA — CAS — MARDITA — BOUCA — FICHADA!"

Com isso ele rastejou de volta para fora da caverna.

E se foi.

Ficamos sentados ali por alguns momentos, um tanto atordoados.

Um núcleo familiar unido agora, contando uns com os outros para sobreviver.

Esperava que Ndewele ou Qwashee assumissem o controle, então percebi que era eu quem deveria tomar a liderança. Ndewele conhecia o caminho e Qwashee era um homem forte, mas eu tinha tornado aquela história realidade, para mim mesma, para os garotos, para os amigos que havia deixado para trás.

Eu me sentia tão calma, tão equilibrada, tão poderosa.

Saímos da caverna parecendo uns arbustos, conforme recomendado, e seguimos em direção ao rio.

Ndewele perguntou, com uma deferência surpreendente, se devia andar na frente para testar o melhor caminho sobre o leito do rio.

Concordei.

Ele se manteve na borda rasa, cuidadoso a cada passo.

Dingiswayo o seguiu, testando o andar viril de Ndewele para decidir se podia adotá-lo.

Agarrei as mãos úmidas de Yao, lembrando de como Garanwyn uma vez segurou as minhas.

Qwashee fechava a retaguarda carregando o saco de pimenta.

Quando entrei no rio, um lodo mole escorreu por entre meus dedos e a corrente de água fria revigorou meus pés quentes e sujos.

Ela vinha percorrendo todo o caminho desde o País da Liberdade.

Pós-escrito

Nonso foi banido da fazenda pelo pai e morreu de sífilis alguns anos depois no Porto de Mo Bassa. Deixou uma esposa que já não vivia com ele e cinco filhos legítimos.

Bamwoze tornou a fazenda a mais próspera e a mais fortificada do Japão Ocidental. Quando a libertação chegou, cinquenta anos depois, era conhecido pelo mundo inteiro como o mais venerável Chefe Katamba II.

O Bwana morreu em paz em Londolo, rodeado de várias esposas, filhos e netos. Na última edição do panfleto A *Chama*, ele escreveu que teve uma vida boa, mas só porque, "*Caros leitores, eu estava disposto a arregaçar as mangas e trabalhar duro*".

King Shaka foi implicado na fuga de Yao e Dingiswayo, mas culpou Ndewele, a quem confidenciou seu paradeiro. Sharon corroborou a história dele.

Ela escapou impune. Ele não.

King Shaka escapou do castigo físico, mas foi libertado para viver por conta própria. Ele foi obrigado a subsistir contando com a boa vontade dos escravizados nos alojamentos — que foi abundante.

Sharon continuou sendo a favorita do Bwana até que o coração dela por fim desistiu — oito meses depois que perdeu o filho e a irmã.

Ye Memé foi submetida à tortura do esmagador de polegares. Quando isso não a subjugou, foi esfolada com uma vara espinhosa até que as costas se tornassem uma confusão de carne ensanguentada. Como ainda se recusava a falar, Massa Rotimi cortou a língua dela.

Frank não era o homem quieto que eu um dia tinha conhecido. Era um homem raivoso, um homem guerreiro, um homem casado. Cuidou do amor de sua juventude, mas nunca mais foi meu companheiro.

No acampamento Marrom, Qwashee não era feroz o suficiente para reivindicar algo — a terra, um posto, a mulher que amava. Acabou escolhendo o vinho de palma, até que o vinho de palma acabou com ele.

Lolli teve o primeiro filho aos treze anos e morreu ao dar à luz o sétimo, aos vinte e três.

Ma Marjani criou os que sobreviveram.

Dingiswayo passou para a história como o líder guerrilheiro Marrom mais destemido. Muitas vezes ele tentou resgatar sua família escravizada no vale, e muitas vezes falhou.

Os Marrons nunca confiaram em Ndewele. Eu era sua única defensora. Ele partiu para o porto, esperando se passar por livre. Se conseguiu, nunca descobrimos.

Yao cresceu como um homem gentil, um homem pensante, um homem livre. Ensinou os filhos a ler e escrever. Depois da libertação, Dingiswayo II, o filho mais velho, se tornou o primeiro professor branquelo na ilha de Nova Ambossa.

Quanto aos meus três filhos perdidos — nunca me encontraram.

Quando a liberdade veio, um homem idoso chamado Pa Yao e uma senhora muito idosa chamada srta. Doris desceram as montanhas até a fazenda Lar, Doce Lar.

Os caminhos eram exatamente os mesmos, até os gengibres vermelhos, as buganvílias roxas e as helicônias douradas.

Dormindo em uma rede pendurada entre os galhos dispersos da árvore de algodão, estava uma velha de bochechas encovadas toda encolhidinha.

Os ossos dela ainda eram os de um viking.

Quando abriu os olhos e nos viu — ela ficou sem palavras.

No século XXI, os descendentes do Bwana ainda são donos da propriedade açucareira e estão entre as famílias mais ilustres e ricas do Reino Unido da Grande Ambossa, onde todos residem. Os trabalhadores dos canaviais, muitos dos quais são descendentes dos escravos originais, são pagos.

Agradecimentos

Gostaria de aludir à memória e agradecer à minha maravilhosa agente Kate Jones da ICM de Londres, que infelizmente faleceu alguns meses antes da publicação deste livro.

Além disso, meu sincero obrigada a Megan Lynch e ao pessoal da Riverhead, e a Simon Prosser e ao pessoal da Hamish Hamilton em Londres; e, por colocar este livro na rua, à minha agente norte-americana na ICM, Kate Lee, e a Karolina Suton e ao pessoal da Curtis Brown em Londres.

Ao meu primeiro leitor, Jacob Ross, e ao meu último leitor, Jason Todd — *brigada, vocêis*.

Por me ler, encorajar, provocar e sempre me apoiar na minha escrita, na minha vida e em tudo o mais — um abraço enorme ao meu parceiro, David.

ESTA OBRA FOI COMPOSTA PELO ESTÚDIO O.L.M./ FLAVIO PERALTA EM ELECTRA
E IMPRESSA EM OFSETE PELA GRÁFICA BARTIRA SOBRE PAPEL PÓLEN NATURAL
DA SUZANO S.A. PARA A EDITORA SCHWARCZ EM OUTUBRO DE 2025

FSC
www.fsc.org
MISTO
Papel | Apoiando o manejo florestal responsável
FSC® C105484

A marca FSC® é a garantia de que a madeira utilizada na fabricação do papel deste livro provém de florestas que foram gerenciadas de maneira ambientalmente correta, socialmente justa e economicamente viável, além de outras fontes de origem controlada.